Hanne Holms
Kriminelles Kopenhagen

PIPER

Zu diesem Buch

In Kopenhagens Unterwelt ist die Hölle los! Mehrere Gangs fechten einen handfesten Krieg aus, und die Polizei hat keine Ahnung, worum es überhaupt geht. Währenddessen soll Reisejournalistin Lisa Langer im Süden der Insel Lolland in einem Erbschaftsstreit vermitteln. Weit genug entfernt von allem, was sich im kriminellen Kopenhagen abspielt. Glaubt sie. Doch die Erbschaftssache ist eine schmutzige Angelegenheit, und Lisa kommt einem Mordkomplott auf die Schliche, dessen Spur sie direkt zu den verfeindeten Gangs in der dänischen Hauptstadt führt …

Hanne Holms, geboren in Stuttgart, besucht als Reisejournalistin die schönsten Orte der Welt und arbeitet, wo andere Urlaub machen. Doch sie hat auch eine dunkle Seite: Sie schreibt Kriminalromane, und so sind Mord und Totschlag ihre liebsten Reisebegleiter.
Mehr zur Autorin unter http://www.hanneholms.de

Hanne Holms

KRIMINELLES KOPENHAGEN

Ein Dänemark-Krimi

PIPER

Mehr über unsere Autoren und Bücher:
www.piper.de

Wenn Ihnen dieser Krimi gefallen hat, schreiben Sie uns unter Nennung des Titels »Kriminelles Kopenhagen« an *empfehlungen@piper.de,* und wir empfehlen Ihnen gerne vergleichbare Bücher.

Von Hanne Holms liegen im Piper Verlag vor:
Balearenblut
Italienische Intrigen
Fado fatal
Kriminelles Kopenhagen

FSC www.fsc.org
MIX
Papier aus verantwortungsvollen Quellen
FSC® C083411

Originalausgabe
ISBN 978-3-492-31508-1
Mai 2020

Redaktion: Annika Krummacher
Umschlaggestaltung: Martina Eisele
Umschlagabbildung: Bigstock (SeanPavonePhoto; RedlineVector; Sakena; studicon)
Satz: Kösel Media GmbH, Krugzell
Gesetzt aus der Officina
Druck und Bindung: CPI books GmbH, Leck
Printed in the EU

Für R.
In Erinnerung an eine herrlich hyggelige Zeit
in Dänemark.

Irgendwann war es endlich dunkel genug. Zwar war die Sonne an diesem Märztag um kurz nach sechs untergegangen, aber es war keine Wolke am Himmel, und die Dämmerung zog sich hin. Schließlich wurde das Schlauchboot zu Wasser gelassen, der Außenbordmotor in Position gebracht und gestartet, und dann ging es hinaus auf die Ostsee. Bisweilen schwappte ein kleiner Schwall Meerwasser über die Bordwand und benetzte den schwarzen Kunststoffsack, an dem ein Netz mit Steinen befestigt war. Die Gestalt an der Pinne des Außenborders hatte anfangs noch eine Skimaske getragen, die sie sich jetzt jedoch vom Kopf zog. Dann fuhr sie sich mit den Fingern durchs Haar, das wenig später schon wieder vom Wind zerzaust war.

Das Boot hielt eine Zeit lang auf den Windpark zu, wo sich die Betonpfeiler aneinanderreihten und die Stahlflügel in ihrer gleichmäßigen Choreografie kreisten. Doch bald drehte das Schlauchboot nach Westen ab, und etwa in der Mitte zwischen dem Windpark und der Route, auf der die Fähre nach Dänemark verkehrte, wurde der Motor gestoppt. Das Gefährt verlor an Fahrt, bis es schließlich nur noch auf den Wellen hin und her schaukelte. Die Gestalt im Boot sah sich noch einmal in alle Richtungen um, dann machte sie sich an die Arbeit. Ein Seil wurde angehoben, an dessen Ende ein kleiner Anker befestigt war, der sich zunächst im Kunststoffsack verfing. Die Gestalt zerrte und zog an dem Seil, bis sich der Anker wieder gelöst hatte.

Kurz darauf platschte er ins Wasser und zog mit seinem Gewicht das Seil stramm. Dann wurde der Sack auf die Bordwand gewuchtet und anschließend ins Meer gekippt. Die Gestalt auf dem Schlauchboot ließ den Blick eine Weile auf der Stelle ruhen, wo der Sack ins Wasser getaucht war. Der Anker und das Netz mit den Steinen würden dafür sorgen, dass der Kunststoffsack mitsamt seinem Inhalt nicht wieder an die Oberfläche trieb.

Der Außenbordmotor wurde gestartet, und das Boot nahm Kurs auf die dänische Südküste. Im Osten drehten sich die Stahlflügel des Windparks wie zuvor, und im Westen pflügte von Puttgarden her die nächste Fähre auf Rødby zu.

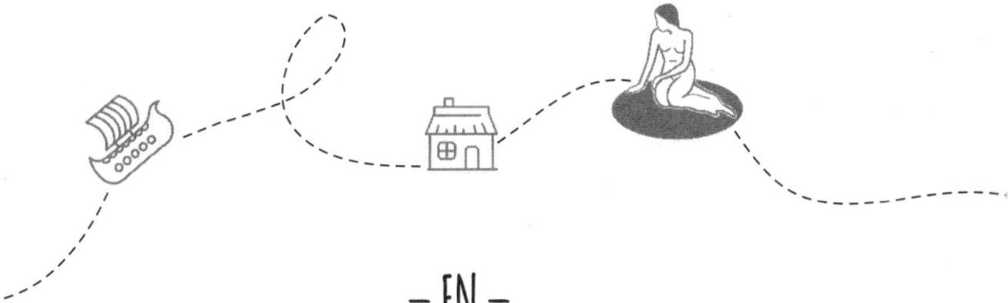

– EN –

Fred Hamann hatte Lisa Langer mit seinem teuren SUV in Hamburg abgeholt. Sie war gern auf der Beifahrerseite eingestiegen und nutzte die Fahrt, um noch einmal ihre Notizen durchzusehen und anschließend in der dänischen Tageszeitung zu blättern, die sie am Bahnhof zur Einstimmung auf die Tage in Dänemark gekauft hatte. Lisa freute sich darauf, endlich mal wieder ihre Dänischkenntnisse anwenden zu können, und auch Fred würde zurechtkommen: Er sprach zwar nur sehr holprig Dänisch, verstand aber das meiste, wenn sein Gegenüber nicht allzu schnell und undeutlich redete.

Der Morgen war trocken, aber windig und für Mitte Juni überraschend kühl. Immerhin war der Verkehr erträglich, und sie kamen etwas zügiger voran als gedacht.

»Schon wieder ein Toter in Kopenhagen«, sagte Lisa und gab Fred eine kurze Zusammenfassung von dem, was sie gerade in der Zeitung gelesen hatte. Ein Mann Ende vierzig, mehrfach vorbestraft wegen Drogenhandels und Körperverletzung, war im Süden der Stadt erstochen aufgefunden worden. Der oder die Täter hatten sich keine große Mühe gegeben, die Leiche zu verstecken: Der Tote lag mitten auf der Zufahrt zu einer Motocross-Anlage.

»Die Kripo geht davon aus, dass dieser Mord in Zusammenhang mit einigen weiteren Todesfällen steht, die es in den vergangenen Wochen in Kopenhagen gab. Da scheint ein richtiger Bandenkrieg im Gange zu sein.«

»Umso besser, dass wir nicht dorthin unterwegs sind«, versetzte Fred grinsend. »Auf Lolland soll es ziemlich ruhig zugehen. Das ist mir auch ganz recht, wir müssen ja nicht schon wieder in seltsame Todesfälle verwickelt werden.«

Im Zusammenhang mit einem Mord auf Mallorca hatte er die Reisejournalistin Lisa vor fast genau drei Jahren kennengelernt. Damals war er für einen windigen Geschäftsmann tätig gewesen, der mit illegalen Bauprojekten Geld verdienen wollte, und hatte dann im Verlauf der Geschichte die Fronten gewechselt. Inzwischen arbeitete er der Polizei sogar zu. Bei einem eigenartigen Todesfall in der Toskana hatte er den Ermittlern empfohlen, Lisa in ihre Arbeit mit einzubeziehen. Und bei einem Aufenthalt in Portugal schließlich hatte sie Fred als Unterstützung angefordert, als sie den rätselhaften Unfalltod eines älteren Ehepaars aufklären wollte. Lisa und Fred waren jedes Mal ein gutes Team gewesen, und sie hatten stets dazu beitragen können, einen oder mehrere Mörder zur Strecke zu bringen. Aber es war eben auch manchmal etwas gefährlich für sie geworden.

Diesmal drohte nichts Derartiges. Fred und Lisa freuten sich auf ein paar entspannte Wochen in einem Ferienhäuschen direkt am Meer. Es gehörte dem dänischen Verleger Jens Hoven, der über seinen Freund Heribert von Stoltz auf Lisas Krimis aufmerksam geworden war. Als Verleger des Hamburger Reisemagazins myJourney, für das

Lisa als freiberufliche Reporterin arbeitete, wusste Stoltz auch von Lisas Kriminalromanen, die sie unter Pseudonym in einem großen deutschen Buchverlag publizierte. Sie liefen ausgezeichnet und schafften es stets in die Bestsellerlisten, weshalb Jens Hoven sich bei Lisas Verlag bereits die dänischen Übersetzungsrechte gesichert hatte.

Stoltz hatte seinem Freund auch von Lisas Faible für Ermittlungen aller Art erzählt. Daher hatte Hoven ihr nicht nur einen Aufenthalt in seinem reizenden Ferienhäuschen angeboten, sondern darüber hinaus ein stattliches Honorar in Aussicht gestellt, wenn sie für ihn in einer heiklen Erbschaftsangelegenheit recherchierte. Die Sache hatte spannend geklungen, das Honorar war reizvoll, und auch die Dienste von Fred, den Lisa umgehend als Partner vorgeschlagen hatte, sollten gut bezahlt werden. Von ruhigen Wochen in Dänemark hatten ihr schon einige Freunde vorgeschwärmt, und eine Erholungspause, gelegentlich unterbrochen von Recherchen, war jetzt genau das Richtige für sie.

»Stimmt, auf Mord und Totschlag kann auch ich diesmal gern verzichten«, meinte Lisa lachend, während sie sich dem Fährhafen von Puttgarden näherten. »Außerdem wird die Erbschaftsgeschichte schon kompliziert genug werden.«

Sie hatte für das Fährticket nach Rødby ein paar Euro mehr ausgegeben, um von der Abfahrtszeit her flexibel zu sein. Zu den Annehmlichkeiten des teureren Tickets zählte auch, dass sie auf einer VIP-Spur an der Schlange der Wartenden vorbeifahren konnten.

Im Bordrestaurant genossen sie die Auswahl am Frühstücksbüfett, den Kaffee und den überaus freundlichen Kellner, der für ihren Tisch zuständig war. Und sie besprachen noch einmal das wenige, das Jens Hoven bisher über das erhoffte Erbe hatte verlauten lassen. Seinen Angaben zufolge war er der einzige lebende Verwandte seines verstorbenen Onkels, der ein stattliches Vermögen hinterlassen hatte. Allerdings machten Geschäftspartner des Onkels Ansprüche geltend, und sollten sie damit durchkommen, wäre für Hoven nicht mehr viel vom Erbe übrig.

»Mir ist noch nicht ganz klar, welche Hilfe sich dieser Hoven von uns erhofft«, meinte Fred. »Er könnte sich doch auch einfach einen Anwalt nehmen, der seine Angelegenheit vertritt.«

»Ich habe ihn so verstanden, dass diese Geschäftspartner ein sehr großes Interesse daran haben, ihre Forderungen durchzusetzen. Und dass sie sich von einem Anwalt oder allein von der Tatsache, dass ihr Anspruch rechtlich nicht wasserdicht ist, nicht davon abhalten lassen wollen, das Geld einzutreiben.«

»Befürchtet er etwa handfeste Drohungen, zerkratzte Autos oder gelockerte Radmuttern?«

Lisa zuckte mit den Schultern, aber ein kurzes Aufblitzen in ihren Augen konnte sie nicht unterdrücken.

»Also doch wieder ein Kriminalfall«, brummte Fred und grinste gutmütig.

Der Weg von Rødby nach Nysted führte auf schmalen Sträßchen durch den Süden der dänischen Insel. Nysted war gut ausgeschildert, aber sie hatten Schwierigkeiten, das Anwesen von Jens Hoven zu finden. Er hatte von einem Schloss gesprochen, das er »Hovenborg« genannt hatte, und sie würden die herrschaftliche Zufahrt schon erkennen, wenn sie sie zu Gesicht bekämen. Doch er hatte ihnen die Anfahrt offenbar zu unpräzise beschrieben, denn als sie von der Landstraße in einen Weg einbogen, dessen Beginn von zwei wuchtigen Säulen flankiert wurde und der dann schmal und schnurgerade zwischen alten Bäumen verlief, bis er sich weit hinten im Schatten der Allee verlor, stellte sich heraus, dass sie hier falsch waren.

Ein älterer Kleinwagen rumpelte auf sie zu und blieb direkt vor Freds SUV stehen. Eine Frau Ende fünfzig stieg aus, trat neben Fred, der inzwischen das Seitenfenster heruntergelassen hatte, und fixierte ihn mit streng erhobenen Augenbrauen und vor der Brust verschränkten Armen.

»Privatbesitz«, schnarrte sie auf Deutsch. Sie hatte wohl angesichts des deutschen Kennzeichens die richtigen Schlüsse gezogen. Dazu wedelte sie mit der linken Hand, als wolle sie Freds SUV wie eine lästige Fliege verscheuchen.

»Geht's hier zum Haus von Herrn Jens Hoven?«, fragte Fred und nickte in die Richtung, aus der die Frau mit ihrem Kleinwagen gekommen war. Daraufhin spielte ein mitleidiges Lächeln um ihre Mundwinkel.

»Wohl kaum«, versetzte sie und räusperte sich. »Ihr Herr Hoven kann sich ein Anwesen wie Schloss Aalholm schwerlich leisten.«

»Können Sie uns denn sagen, wohin wir fahren müssen, damit wir zu ihm finden?«

»Sie müssen noch ein kleines Stück auf der Landstraße in Richtung Nysted fahren. Kurz vor dem Teich geht ein schmales Sträßchen nach links ab, das führt Sie direkt zu Ihrem Herrn Hoven.«

Damit wandte sie sich ab, baute sich mit weiterhin verschränkten Armen neben ihrem Kleinwagen auf und musterte die beiden Deutschen. Ihr Misstrauen gegen diese Fremden war offenbar ähnlich groß wie die Abneigung gegenüber Jens Hoven. Erst als Fred zur Landstraße zurückgekehrt war und seinen SUV in Richtung Nysted lenkte, sah er im Rückspiegel, wie der Kleinwagen ebenfalls auf die Landstraße einbog und sich in die andere Richtung entfernte.

»Halt, Fred, hier wäre es gewesen!«, rief Lisa in diesem Moment.

Sie waren höchstens fünfhundert Meter weit gekommen. Rechter Hand lag ein kleiner Tümpel, aus dem kahle Bäume in bizarren Formen emporragten. Fred wendete und fuhr zu der verpassten Abfahrt zurück. Rechts und links des kleinen Wegs standen auch hier zwei steinerne Säulen, die allerdings viel neuer wirkten als die an der Einfahrt von Schloss Aalholm. Auf den Säulen waren polierte Messingschilder angebracht, die ein kitschig wirkendes Wappen zeigten: einen dicken Turm, auf dem ein stilisiertes Buch lag, aus dessen aufgeschlagenen Seiten eine Rose sprießte.

»Hoffen wir, dass er für sein Haus mehr Geschmack bewiesen hat als für sein Wappen«, brummte Fred und steuerte den Wagen die asphaltierte Allee entlang. Die Bäume links und rechts des Weges schienen noch jung zu sein.

Zwischen den dünnen Stämmchen hindurch waren Felder und Wiesen zu sehen und nicht weit entfernt ein trutzig wirkender Gutshof. Am Ende der Allee beschrieb der Weg einen Bogen nach links, und die Bäume gaben den Blick auf Hovenborg frei.

Der gepflasterte Hof war an drei Seiten von Gebäuden umgeben. Der linke Flügel bestand aus mehreren kleinen Häuschen, die mit dem Giebel zum Hofplatz ausgerichtet und direkt aneinandergebaut waren. Rechts wurde der Hof durch eine Reihe von Stallungen und Schuppen begrenzt. Durch eines der geöffneten Scheunentore blickte man auf eine Koppel, die sich dahinter erstreckte. Das Hauptgebäude war aus hellen Mauersteinen errichtet, die fast silbern in der Sonne glänzten. Die Fenster mit ihren schmalen, weiß getünchten Laibungen dominierten das Erdgeschoss und den ersten Stock. Das Walmdach aus dunklen Ziegeln war ebenfalls von Fenstern unterbrochen, die jeweils von kleinen Giebeln gekrönt waren. Über dem Eingangsbereich in der Mitte der Hausfront befand sich ein Balkon mit einer wuchtigen Steinbrüstung, der aussah, als wolle der Hausherr jeden Moment ins Freie treten, um zu seinen Untertanen zu sprechen.

Das Wohnhaus ging auf der linken Seite in mehrere Turmfragmente über, die mit wenig Geschick auf alt getrimmt waren, als handle es sich um eine mittelalterliche Burgruine. Die rechte Seite des Hauptgebäudes schwang sich dagegen zu mehreren schlanken Türmen auf, die vage an Fotos von Schloss Neuschwanstein erinnerten, in ihren Proportionen allerdings völlig misslungen waren.

Fred seufzte und ließ seinen Wagen wenige Meter neben

dem Eingangsbereich ausrollen. Die zweiflügelige Haustür wurde aufgestoßen, noch bevor Lisa und Fred ausgestiegen waren. Ein schmaler Mann Mitte fünfzig kam gemessenen Schrittes auf sie zu und knetete im Gehen die Hände, die in weißen Handschuhen steckten. Er trug einen schwarzen Anzug zu polierten Schuhen und legte die typische Haltung eines Butlers an den Tag.

»Herr Hoven erwartet Sie bereits in der Bibliothek«, näselte der Mann und ging ihnen voraus ins Haus. Über den Eingangsbereich gelangte man in eine geräumige Halle, die von einer Freitreppe zum ersten Stock dominiert wurde. Der Butler ging links an der Treppe vorbei und führte die Gäste in den hinteren Bereich des Gebäudes. Vor einer Holztür mit aufwendig aussehenden Schnitzarbeiten blieb er stehen und klopfte zweimal. Als kurz darauf ein gedämpftes »Ja« aus dem Zimmer zu hören war, zog er die Tür auf, blieb im Flur stehen und wies Lisa und Fred mit einer theatralischen Armbewegung den Weg in die Bibliothek.

Der Raum war recht gemütlich eingerichtet und bot durch seine breite Fensterfront einen schönen Blick in den Garten. Jens Hoven sah älter und etwas weniger gepflegt aus, als ihn die Fotos auf der Homepage seines Verlags zeigten, aber auch mit grau melierten Haaren, dunklen Augenringen und nachlässig rasierten Wangen gab er noch einen ansehnlichen Endvierziger ab.

»Frau Langer, wie schön, Sie hierzuhaben!«, flötete er, nahm ihre Rechte in beide Hände und lächelte sie an. Dann drückte er auch Freds Hand und bat seine Gäste zu der ledernen Sitzgarnitur am Fenster. »Ich hoffe, die Reise war angenehm? Tee? Kaffee? Vielleicht einen Cognac?«

Nachdem sich Lisa und Fred für Kaffee entschieden hatten, rief Hoven seinen Butler, der wenig später eine volle Kanne und ein paar Tassen brachte. Dann setzte sich der Verleger wieder, musterte seine Besucher und deutete dazu auf den niedrigen Couchtisch zwischen ihnen.

»Milch, Zucker, bitte bedienen Sie sich. Und diese Kekse sind die besten, die Sie in Nysted bekommen können. Haben Sie gut hergefunden?«

»Ja, danke«, schwindelte Lisa und biss in den Keks. Er war lecker, wenn auch etwas trocken. Während sich Hoven in belanglosem Small Talk erging und ihnen »Insidertipps« zu Nysted und Umgebung anvertraute, die sie schon von ihrer ersten oberflächlichen Recherche im Internet her kannte, nahm sie sich noch einen Keks und ließ alles lächelnd über sich ergehen. Immerhin war der Kaffee ausgezeichnet.

»Nun aber zu unserem eigentlichen Thema«, sagte Hoven schließlich. »Ich hatte Ihnen ja schon am Telefon erzählt, dass mein Onkel Ægir verstorben ist und dass es Probleme mit dem Erbe gibt.« Er strahlte Lisa an. »Ich freue mich und danke Ihnen sehr, Frau Langer, dass Sie sich bereit erklärt haben, mir in dieser unangenehmen Situation zu helfen.« Er warf Fred einen Blick zu. »Und Ihnen natürlich auch, Herr Hamann.«

»Wie können wir Ihnen denn helfen?«, fragte Fred, um die Höflichkeiten ein wenig abzukürzen.

»Nun ja, zunächst einmal steht fest, dass ich der Alleinerbe meines Onkels bin. Er ist der jüngere Bruder meines

Vaters, und außer mir gibt es keine lebenden Verwandten mehr.«

»Frau Langer hat erwähnt, dass frühere Geschäftspartner Ihres Onkels finanzielle Ansprüche erheben.«

Hoven verzog sein Gesicht, als hätte er in eine Zitrone gebissen.

»Genau das ist das Problem. Diese Leute würden notfalls auch auf den rechtlichen Weg verzichten, wenn ich es mal so ausdrücken darf.«

»Sie haben Ihnen also gedroht?«

»Allerdings.«

»Womit?«

»Konkret sind sie nicht geworden, aber es wurde doch klar, dass es nicht viel gibt, vor dem sie zurückschrecken würden. Sehr unangenehme Menschen, das kann ich Ihnen sagen!«

Er erhob sich, ging zu einem Stehpult und kehrte mit einem Tablet zurück. Mit flinken Bewegungen öffnete er eine Datei und hielt Lisa und Fred das Display hin. Es zeigte zwei vierschrötige und erkennbar schlecht gelaunte Kerle, die so in der Bibliothek standen, dass sie die Zimmertür im Rücken hatten. Fred wandte den Blick zu der Stelle, an der er die Kamera vermutete, mit der das Bild gemacht worden war. Dort stand zwischen einigen Folianten eine Porzellankatze, und als Fred genauer hinsah, erkannte er in einem der Katzenaugen ein leichtes Schimmern – eine Lichtreflexion auf dem Kameraobjektiv. Hoven quittierte Freds erfolgreiche Suche mit einem breiten Grinsen und deutete auf weitere Stellen im Raum.

»Es sind mehrere Kameras in der Bibliothek versteckt,

dazu weitere im Treppenhaus, im Eingangsbereich und den meisten anderen Räumen, auch auf dem Gelände sind welche verteilt.« Jens Hoven zog einen USB-Stick aus seiner Hemdtasche. »Ich habe Ihnen einige Sequenzen zusammengestellt, die meine beiden unangenehmen Besucher aus verschiedenen Perspektiven zeigen. Auch die Drohungen sind deutlich zu verstehen – vor Gericht werde ich das nicht verwenden können, aber vielleicht ist es für Ihre Arbeit hilfreich.«

Während Fred den Stick an sich nahm, zauberte Hoven einen schmalen Aktendeckel hervor.

»Auf dem Stick finden Sie außerdem Unterlagen, Links und Informationen zu Leuten, mit denen Sie vielleicht reden sollten. Hier habe ich Ihnen noch mehr Material zusammengestellt.«

Den Aktendeckel reichte er Lisa, die ihn aufklappte und kurz in den Papieren blätterte, um sich einen ersten Überblick zu verschaffen. Es handelte sich um Kopien, unter anderem von Kaufverträgen, wobei immer nur die erste Seite des jeweiligen Vertrags kopiert worden war. Außerdem fand Lisa Prospekte von Ferienanlagen und Skizzen, vermutlich erste Entwürfe von Bau- und Bebauungsplänen. Ganz vorn im Aktendeckel lag eine Liste mit Namen und Adressen.

»Das«, meinte Hoven, »sind einige Leute, die mit meinem Onkel geschäftlich zu tun hatten.«

Als Lisa fragend die Augenbrauen hob, fügte er hinzu:

»Nein, das sind nicht die Geschäftspartner, die mir drohen. Das sind alles honorige Leute, und auch die geschäftlichen Verbindungen zu meinem Onkel wirken auf mich nicht irgendwie verdächtig – aber vielleicht können sie Ihnen ja trotzdem etwas Hilfreiches erzählen.«

»Haben Sie über Ihre Erpresser auch Informationen?«

»Leider nicht. Die Schlägertypen, die mich besucht haben, waren nur Handlanger, und sie haben die Namen ihrer Auftraggeber nicht genannt.«

»Aber woher wissen Sie denn dann, welche Ansprüche bestehen oder ob das alles nur Behauptungen sind?«

Hoven zuckte mit den Schultern.

»Das muss ich diesen Typen wohl oder übel glauben, und auf mich wirkten sie sehr überzeugend.« Er räusperte sich und lächelte entschuldigend. »Ich bin nicht der Mutigste, wissen Sie, und ich verabscheue körperliche Gewalt. Wenn mir Prügel oder Schlimmeres angedroht werden, neige ich dazu, der Gegenseite einfach zu glauben, dass die erhobenen Ansprüche wirklich bestehen.«

»Wenn Sie das akzeptieren und auf Ihr Erbe verzichten wollen … was tun wir dann noch hier?«

»Na ja, auf das Erbe würde ich nur ungern verzichten, aber ich habe den beiden Muskelprotzen gegenüber nicht darauf bestanden, dass sie mir Dokumente vorlegen, die diese Ansprüche belegen. Die Kerle kamen zu mir, drohten mir, nannten eine Summe und waren kurz darauf wieder weg.«

»Und welche Summe haben sie genannt?«

»Achtundzwanzig Millionen.«

»Dänische Kronen, hoffe ich.«

Hoven nickte.

»Also knapp vier Millionen Euro.«

»Sie haben behauptet, ihr Chef habe Geschäfte mit

meinem Onkel gemacht, und aus dem letzten Deal schulde mein Onkel diesem Chef achtundzwanzig Millionen.«

»Eine Immobiliengeschichte?«, mutmaßte Lisa beim Gedanken an die Unterlagen, die Hoven ihr gegeben hatte.

»Das weiß ich nicht, aber tatsächlich hatte mein Onkel immer wieder mit Grundstücken und Projekten aus der Baubranche zu tun. Er handelte aber auch mit anderen Dingen, mit teuren Autos etwa.«

»Gibt das Erbe Ihres Onkels die geforderte Summe überhaupt her?«

»Das schon, aber ich wüsste durchaus, was ich mit dem geerbten Geld anfangen würde – inklusive der achtundzwanzig Millionen.«

Nach dem Gespräch rief Jens Hoven seinen Butler, den er den Gästen als Richard vorstellte, und beauftragte ihn, Lisa und Fred hinauszugeleiten und zu dem Ferienhaus zu bringen.

»Ich erlaube mir, Ihnen vorauszufahren«, verkündete Richard, zog eines der Garagentore auf und verschwand im Inneren. Kurz darauf fuhr ein silbern glänzender Rolls-Royce heraus und hielt neben Freds Geländewagen. »Wenn Sie mir jetzt bitte folgen möchten?«

Fred wendete seinen SUV, ließ Lisa einsteigen, und dann fuhren sie der Luxuskarosse in gemächlichem Tempo hinterher. Es ging durch ein Gewerbegebiet und dann durch eine Wohngegend, bis der Rolls-Royce schließlich in ein Areal mit Ferienhäusern abbog. Der Butler fuhr auf ein Häuschen zu, das direkt am Meer lag, und parkte das

Auto so, dass Fred bis ans Haus fahren konnte. Als er und Lisa ausstiegen, stand Richard bereits dienstbeflissen neben dem Heck des SUV.

»Darf ich mich um Ihr Gepäck kümmern?«, erkundigte er sich höflich.

»Meinen Koffer nehme ich selbst, aber wenn Sie vielleicht Frau Langer behilflich sein könnten?«

»Selbstverständlich.« Der Butler sah Lisa fragend an und wartete dann darauf, dass sie ihm zeigte, welche Gepäckstücke ihr gehörten. Schließlich hängte er sich zwei große Taschen um und wollte schon nach dem Rollkoffer greifen, aber Lisa lehnte lächelnd ab.

Das Gebäude war großzügig geschnitten, und durch die vielen großen Fenster ringsum tauchte die Sonne alle Räume in freundliches Licht. Richard zeigte ihnen die Schlaf- und Badezimmer. Der Wohnraum war offen bis unters Dach, eine Leiter führte zu einer Galerie hinauf. Fred überließ Lisa das schönste Schlafzimmer mit Blick aufs Meer, während er sich in einem kleineren Raum einrichtete, der nach hinten hinausging und direkt an das größere Bad angrenzte. Im verbliebenen dritten Schlafzimmer stellte sie die geleerten Koffer und Taschen ab, und als sich Richard unter Verbeugungen verabschiedet hatte, fuhren sie einkaufen und beschlossen, auf dem Weg auch gleich das Städtchen zu erkunden.

Nysted stellte sich als etwas verschlafen, aber hübsch heraus. Am kleinen Hafen gab es die Möglichkeit, für die teuren dänischen Verhältnisse günstig zu essen, außerdem gab es ein Feinschmeckerlokal. Metzger, Blumenladen und zwei kleine Supermärkte komplettierten das Angebot.

Lisa schlug vor, am Abend zusammen Pasta zu kochen. Sie deckten sich mit allem Nötigen ein, und Fred wählte einige Flaschen Wein aus, bevor sie wieder in ihre Unterkunft fuhren. Der Wind hatte nachgelassen, und sie setzten sich auf die Terrasse, wo das Sonnenlicht angenehm wärmte. Fred kochte Kaffee, und dann nahmen sie sich die Unterlagen aus der Aktenmappe vor, die Hoven ihnen mitgegeben hatte.

Die Namensliste war mit Anmerkungen versehen, die erklärten, was die jeweiligen Personen mit Hovens verstorbenem Onkel Ægir zu tun gehabt hatten. Jens Hoven hatte für Lisa und Fred gleich für den kommenden Tag Termine mit seinem Steuerberater und seinem Anwalt verabredet, an denen er auch teilnehmen wollte. Bei einer kurzen Internetrecherche stellte Fred fest, dass die Geschäftspartner auf der Liste an der Spitze von seriös wirkenden Firmen standen oder für solche Unternehmen als Einkäufer oder Verwalter des Immobilienbesitzes arbeiteten. In Zeitungsartikeln war zu lesen, wie sich zwei dieser Firmen finanziell neu aufstellen wollten: Indem sie ihre Betriebsgebäude samt Grundstück an eine Firma verkauften und sie anschließend mieteten. Der Name des Unternehmens lautete HovInvest – und die Vermutung, dass das Ægir Hovens Firma gewesen war, bestätigte sich wenige Klicks später durch das Impressum der zugehörigen Homepage.

Die Flächen und Gebäude, um die es dabei ging, waren recht stattlich. Durch Deals von HovInvest mochten tatsächlich Ansprüche von mehreren Millionen Kronen aufgelaufen sein. Doch Freds Suche nach Meldungen, die auf

Zerwürfnisse zwischen HovInvest und seinen Partnern hindeuteten, blieb erfolglos. Ohnehin war es nicht sehr wahrscheinlich, dass die unzufriedenen Geschäftspartner, die Jens Hoven Schläger ins Haus schickten, auf dieser Liste standen. Dabei dürfte es sich eher um Geschäftsbeziehungen handeln, die nicht ganz so offizieller Natur gewesen waren.

Irgendwann hatten sie keine Lust mehr, in Akten zu wühlen, sondern widmeten sich dem Kochen. Und schon bald konnten sie sich Spaghetti mit Fischfilet und Gemüsesoße auf der Terrasse schmecken lassen, mit Blick hinaus aufs Meer. Fred öffnete einen italienischen Roten, und sie stießen auf spannende Recherchen, interessante Gespräche und schöne Tage auf Lolland an. Und Lisa bot Fred das Du an, was schon längst überfällig gewesen war.

Nach dem Essen machten sie einen ausgedehnten Spaziergang und erkundeten die Umgebung. Zum Meer führten schmale Fußwege, die wie Schneisen in die umliegenden Wiesen gemäht waren. Auch um das Haus herum war ein Bereich gemäht, ansonsten stand das Gras hüfthoch. Entlang der Küste war es hübsch, der Blick reichte bis nach Rostock im Südosten und Fehmarn im Südwesten, und ein paar Kilometer von der Küste entfernt drehten sich majestätisch die stählernen Flügel des großen Windparks.

Richtung Osten führte der Uferweg um eine Bucht herum. Wenn man ihm folgte, gelangte man zu einer Landspitze, von der aus man zur Nachbarinsel Falster schaute, wo die Fähren von Gedser nach Warnemünde abfuhren. Lisa und Fred folgten dem Weg nach Westen, der zunächst durch einen lichten Wald führte, bis sich der Blick wieder weitete und sie einen kleinen Sandstrand vor sich hatten. Von hier aus war Nysted zu sehen, mit den Häuserreihen, die hinter dem kleinen Hafen sanft anstiegen.

Erholt von der angenehmen Brise, die ihnen an der Küste um die Nase geweht war, kehrten die beiden ins Ferienhaus zurück. Fred ging ins Bad und machte sich bettfertig, Lisa hingegen setzte sich mit einem Glas Wein und ihrem Laptop auf die Terrasse. Dort steckte sie den USB-Stick ein und holte mit wenigen Klicks das erste darauf gespeicherte Dokument auf den Bildschirm.

Doch es war so lauschig dort auf der Terrasse, dass Lisa beschloss, noch ein wenig aufs Meer hinauszuschauen, ehe sie mit der Arbeit begann. Also klappte sie das Laptop zu, um vom beleuchteten Bildschirm nicht geblendet zu werden.

Die Dämmerung war inzwischen weit fortgeschritten. Die Lichter der Windräder blinkten, und in der Ferne schob sich hinter der Landzunge bei Gedser eine hell erleuchtete Fähre in ihr Blickfeld. Im hohen Gras raschelte es, und plötzlich trat ein Reh mit seinem Kitz auf die gemähte Fläche beim Haus. Lisa regte sich nicht und genoss den idyllischen Anblick. Die Ricke stand dicht bei ihrem Kitz, und während das Kleine unbekümmert äste, wandte das erwachsene Tier den Kopf in alle Richtungen, um nach einer möglichen Gefahr Ausschau zu halten. Einen Moment blieb der Blick des Rehs auf Lisa haften, aber die still dasitzende Frau wirkte offenbar so harmlos, dass nun auch die Ricke den Kopf senkte und graste. Lisa erwog, die Szene zu fotografieren, doch sie befürchtete, die Tiere mit einer unbedachten Bewegung zu erschrecken. Also blieb sie reglos sitzen.

Kurz darauf ruckte der Kopf der Rehmutter nach oben, die Ohren stellten sich auf, und nach einem bohrenden Blick am Ferienhaus vorbei nahm sie Reißaus, das Kitz im Schlepptau, und machte sich mit großen Sprüngen durch das hohe Gras davon.

Lisa horchte, aber von der Seite des Hauses, in die das Reh geschaut hatte, war nichts zu hören, und als sie gerade aufstehen und für alle Fälle nachsehen wollte, hörte sie vom Meer her einen Schrei. Von links kam eine Gestalt auf dem Uferweg heran. Sie war etwas unsicher auf den Beinen und drehte sich ab und zu um die eigene Achse. Mit dem nächsten Schrei erkannte Lisa, dass es sich um einen Mann handelte. Die Stimme klang rau und alt, und Lisa konnte nicht verstehen, was der Alte von sich gab. Dann wandte sich der Mann zum Meer und schimpfte und gestikulierte, bevor er seinen Weg wieder aufnahm und in kurzen Abständen seinen Schrei von vorhin wiederholte. Als er den Uferweg direkt vor ihr erreicht hatte, blieb er stehen, drehte sich im Kreis und fuchtelte mit den Fäusten. Dann ging er einige Schritte weiter, blieb fast eine Minute lang regungslos und starrte das kleine Sträßchen entlang, das an ihrem Ferienhaus vorbei Richtung Nysted führte. Schließlich wandte sich der Fremde ab und setzte seinen Weg am Ufer entlang fort. Bald verloren sich seine immer gleichen Schreie in der Ferne, bis es irgendwann ganz still war.

Still … bis auf ein leises Knarren hinter ihr. Blitzschnell fuhr Lisa herum – und sah Fred in der Tür stehen.

»Tut mir leid, ich wollte dich nicht erschrecken«, sagte er und hob entschuldigend die Hände. »Ich habe die Schreie gehört und wollte sehen, ob bei dir alles in Ordnung ist.«

»Ja, alles gut. Aber ein bisschen gruselig war der Typ schon. Zum Glück hat er mich nicht gesehen. Er klang sehr wütend und auch ein bisschen angetrunken.«

Lisa stand auf, klemmte sich das Laptop unter den Arm und nahm ihr Glas in die Hand.

»Jedenfalls hat er mir die Lust verdorben, noch länger auf der Terrasse zu sitzen. Schade eigentlich, es ist wirklich schön hier.«

Sie ging ins Wohnzimmer, und Fred schloss die Tür hinter ihnen. Bald darauf wurden die Lichter gelöscht, und das Ferienhaus kam zur Ruhe.

Nur ein leises Fluchen war zu hören, ein Rascheln zwischen Sträßchen und Hauswand, und dann leise Schritte, die sich langsam entfernten.

»Sorry, Chef, aber das war einfach Pech!«

Niels Baghold stand mit hängenden Schultern vor dem wuchtigen Schreibtisch. Der Mann, der dahinter in einem Ledersessel mehr lag als saß, hatte die Stirn gerunzelt und blickte Baghold ungnädig an.

»Wäre der blöde Knud nicht gekommen, hätte ich genau gesehen, was sich die Frau auf dem Laptop anschaut. Ich hatte mich bis zur Häuserecke geschlichen und wollte gerade aufstehen, damit ich einen besseren

Blickwinkel auf den Bildschirm bekomme. Da kommt Knud daher und brüllt in der Gegend herum. Ich könnte ihn …«

Sein Gegenüber schaute nach wie vor streng, sagte aber kein Wort. Das hatte Niels schon immer nervös gemacht.

»Ehrlich, Chef, ich komm noch an die Info. Ich find schon noch raus, was die mit dem Hoven zu schaffen hat. Sie ist auf jeden Fall aus Deutschland, und der Typ, der sie begleitet, auch.«

»So, so, aus Deutschland«, knurrte der Mann im Ledersessel mit tiefer Stimme. »Und das schließen Sie messerscharf … woraus?«

Niels richtete sich etwas auf und straffte seinen Rücken.

»Die beiden haben sich auf Deutsch unterhalten.«

Der andere wiegte den Kopf, seufzte und hielt Niels sein Handy hin.

»Dieses Bild haben Sie mir vorhin geschickt, richtig?«

»Ja.«

»Es zeigt die beiden, wie sie von Hovens Schlossattrappe wegfahren, richtig?«

»Genau, Chef.«

Der andere zog mit zwei Fingern ein Detail des Fotos näher heran.

»Sehen Sie das Kennzeichen des Wagens?«

»Ja, wieso?«

»Ein deutsches Kennzeichen. Also ist die Schlussfolgerung, dass diese Deutsch sprechenden Menschen aus Deutschland stammen könnten, nicht falsch – aber keine wahnsinnig neue Erkenntnis für mich.«

»Ja, aber ... ich meine ...«

Ein strenger Blick unter gerunzelter Stirn. Niels schluckte und ließ die Schultern wieder sinken.

»Sie haben natürlich recht, Chef. Das haben Sie sich schon wegen des Fotos gedacht.«

»So ist es. Haben Sie irgendetwas Neues für mich?«

»Die Frau hat auf ihrem Laptop ein Dokument geöffnet, aber dann hat sie das Laptop plötzlich wieder zugeklappt, sonst hätte ich das gesehen von der Stelle aus, zu der ich mich geschlichen habe.«

»Und niemand hat Sie bemerkt?«

Niels dachte einen Moment lang an das Reh, das ihn angeblickt hatte und dann davongerannt war. Aber das blöde Vieh würde dem Chef ja wohl kaum davon erzählen, also schüttelte er den Kopf.

»Nein, niemand.«

»Gut.«

»Am Ende ist die Frau ins Haus gegangen, und dann sind die beiden ins Bett. Übrigens in unterschiedlichen Zimmern.«

»So, so. Danke, das wäre dann alles für heute.«

»Soll ich nicht noch jemanden beobachten? Ich könnte auch versuchen, ins Haus einzubrechen, solange die beiden schlafen. Oder ...«

Der andere hob die Hand, und Niels verstummte.

»Nein, heute machen Sie nichts mehr. Kommen Sie morgen früh zur vereinbarten Zeit.«

Niels nickte unglücklich.

»Das haben Sie gut gemacht, Niels«, fuhr der Chef fort. »Wenn Knud nicht gekommen wäre, hätten Sie sicher ganz viele neue Informationen für mich gehabt. Morgen klappt es ganz bestimmt, okay?«

»Okay.« Ein leichtes Lächeln schlich sich in seine Miene. Er nickte dem Mann hinter dem Schreibtisch zu, und dann war er auch schon verschwunden.

In Kopenhagen klingelte kurz darauf ein Handy. Ein alter Mann nahm das Gespräch entgegen und hörte zunächst stumm zu, was ihm berichtet wurde.

»Und du hast echt diesen dämlichen Niels darauf angesetzt?«, entfuhr es dem Alten schließlich.

»Ja, ich …«

»Du kümmerst dich gefälligst selbst darum, hast du mich verstanden? Du selbst!«

»Aber Niels kommt morgen früh wieder und …«

»… und du schickst ihn dann gleich wieder nach Hause!«

»Aber ich …«

»Nichts aber! Das wirst du persönlich übernehmen!«

Damit drückte der Alte das Gespräch weg und schnaubte. Es dauerte einen Moment, bis er sich wieder beruhigt hatte, dann wählte er eine Nummer.

»Nicklas«, sagte er, als die Verbindung stand, »du musst mich abholen. Wir fahren nach Nysted.«

Lisa und Fred hatten gut geschlafen und ausgiebig gefrühstückt. Nun schenkten sie sich noch einen Kaffee ein und genossen den Blick von der Terrasse. Die Sonne schien, eine sanfte Brise strich über das hohe Gras, und es versprach ein schöner Junitag zu werden. Von dem Weg, der zwischen den Ferienhäusern verlief, war das Knirschen von Autoreifen auf Kies zu hören. Kurz darauf stand Richard vor ihnen. Jens Hovens Butler war ums Haus herum über die Wiese zu ihnen gekommen.

Er deutete eine kleine Verbeugung an. »Wenn Sie so weit wären, würde ich Sie nun zu Herrn Hoven bringen. Auf Hovenborg haben sich inzwischen sein Anwalt und sein Steuerberater eingefunden. Sie stehen für Ihre Fragen zur Verfügung.«

Fred schaute kurz auf die Uhr. Der Butler war fünf Minuten zu früh dran.

»Ich warte natürlich gern, bis Sie fertig sind«, schob Richard nach, dem der Blick nicht entgangen war.

»Dauert nicht mehr lange«, versicherte Lisa und deutete auf den freien Stuhl neben sich. »Nehmen Sie doch bitte Platz. Auch einen Kaffee?«

»Nein, vielen Dank. Ich warte im Wagen.«

Bald darauf trugen Lisa und Fred ihre Tassen nach drinnen und schlossen alle Türen und Fenster. Der Butler war im Rolls-Royce gekommen, und als er seine beiden Fahrgäste aus dem Ferienhaus treten sah, stieg er hastig aus und hielt Lisa eine der Hintertüren auf. Fred umrundete das Heck des Wagens und schlüpfte auf der anderen Seite hinein, was Richard mit erhobenen Augenbrauen beobachtete – er hatte wohl erwartet, dass sich auch der zweite Gast von ihm die Tür öffnen ließe.

Danach chauffierte er sie wortlos nach Hovenborg. Dort öffnete er Lisa die Tür, ohne Fred weiter zu beachten. Mit durchgedrücktem Rücken und gerecktem Kinn ging er voraus ins Haus, klopfte an der Tür zum Kaminzimmer und ließ die beiden mit einer Verbeugung eintreten. In der Sitzecke erhoben sich neben dem Hausherrn zwei weitere Männer zur Begrüßung. Während Hoven seine Besucher einander vorstellte, brachte Richard frischen Kaffee und schenkte allen ein. Dann verbeugte er sich knapp und zog lautlos die Tür hinter sich zu.

Links von Hoven saß sein Steuerberater Claus Dahl, ein hagerer, freudlos wirkender Mann Ende fünfzig. Er trug das dünne schwarze, am Ansatz etwas nachlässig gefärbte Haar straff nach hinten gegelt und hatte einen dicken Ordner vor sich liegen. Ständig räusperte er sich und ließ den kleinen Finger ein wenig abstehen, wenn er die Kaffeetasse an die schmalen Lippen führte.

Zur Rechten von Hoven saß der Anwalt des Verlegers. Tom Vaks hatte sich lässig in seinem Sessel zurückgelehnt und die Beine übereinandergeschlagen. Zwischen Hosensaum und den teuer aussehenden braunen Lederschuhen kamen rot-grau gemusterte Strümpfe zum Vorschein. Er war ein sportlicher Typ von Mitte vierzig, mit sorgfältig inszeniertem Dreitagebart und einigen grauen Strähnen im dunkelblonden Haar, und er musterte Lisa so wohlwollend interessiert, dass es gerade noch nicht aufdringlich war.

Erst referierte der Steuerberater und blätterte dabei in seinem Ordner. Er hatte eine leidlich angenehme Stimme, trug seine Informationen aber denkbar langweilig vor. Vieles an seinen Ausführungen fand Lisa weder interessant noch hilfreich. Die Erbschaft war wohl wirklich sehr stattlich, selbst wenn man die zu zahlende Erbschaftssteuer abzog.

»Außerdem«, erklärte Dahl, »fällt auch auf die Erlöse, die sich aus dem Erbe ergeben, eine Nachlasssteuer an – also auf Wertsteigerungen durch Verkauf von vererbten Immobilien oder eingenommene Mieten. In Dänemark wird der Nachlass vom Todeszeitpunkt des Erblassers bis zum Übergang in das Eigentum des Erben wie eine eigenständige juristische Person behandelt, und alle Einkünfte, die sich in diesem Zeitraum aus dem Erbe ergeben, werden mit fünfzig Prozent besteuert. Angesichts der Umstände von Ægir Hovens Tod fiel dieser Zeitraum natürlich länger aus als erhofft.«

Lisa stutzte, und auch Fred warf Jens Hoven einen fragenden Blick zu, doch der tat, als hätte er nichts bemerkt, und sah unverwandt seinen Steuerberater an. Dahl schloss mit der Einschätzung, dass der größte Teil der Erbschaft verbraucht sei, wenn man die gestellten Forderungen begleiche.

Nun meldete sich der Anwalt zu Wort.

»Ich gehe davon aus«, sagte Tom Vaks mit einer tiefen, volltönenden Stimme, die ein großes Selbstbewusstsein verriet, »dass ich diese Forderungen vor Gericht vom Tisch bekommen kann. Das Problem ist nur, dass es die betreffenden Herrschaften offenbar nicht besonders interessiert, wie sich die Rechtslage darstellt. Auch ein entsprechender Gerichtsentscheid würde sie vermutlich nicht stoppen. Hat Herr Hoven Ihnen erzählt, dass ihn zwei Schlägertypen einschüchtern sollten?«

Lisa nickte.

»Wir wissen noch nicht, wer die beiden geschickt hat«, fuhr Vaks fort, »aber wir haben den Eindruck, dass sich

Herr Hovens Onkel auch auf einige zwielichtige Geschäfte eingelassen hat. Es gibt vage Spuren in kriminelle Kreise.«

»Sollte sich dann nicht besser die Polizei darum kümmern?«, wandte Lisa ein.

»Die Spuren sind vage, wie gesagt. Und wir können nichts beweisen, was illegal wäre. Die Forderungen wurden natürlich nur mündlich übermittelt, und auch gedroht wurde Herrn Hoven nur im Gespräch und ohne Zeugen. Butler Richard schwört Stein und Bein, dass er nichts von der Unterredung mitbekommen habe.«

Vaks gönnte sich ein schwaches Lächeln. Er schien dem Butler nicht zu glauben.

»Herr Hoven hat uns Bilder einer Überwachungskamera gezeigt und Videos, die diese Drohungen dokumentieren«, wandte Lisa ein.

»Die sind vor Gericht leider nicht verwertbar«, entgegnete der Anwalt. »Bisher haben uns die Aufnahmen noch nicht auf die Spur der beiden Männer geführt. Herr Hoven erzählte mir, dass Sie und Herr Hamann mit schwierigen Fällen Erfahrung haben und teilweise auf unorthodoxen Wegen zum Erfolg kommen. Das erscheint mir erfolgversprechender als das, was ich ausrichten kann. Deshalb wünsche ich Ihnen viel Glück in unserem Fall. Und wenn ich Ihnen behilflich sein kann, lassen Sie es mich wissen.«

Er überreichte Lisa eine Visitenkarte mit seinen Kontaktdaten, darunter auch einer Anschrift in Kopenhagen.

»Darauf komme ich gern zurück, vielen Dank«, sagte Lisa. »Ich nehme an, Sie haben einen Mitarbeiter darauf angesetzt, die beiden Schlägertypen zu finden. Könnten wir vielleicht mal mit ihm sprechen?«

»Mit ihr«, korrigierte Vaks lächelnd. »Natürlich, aber dafür wäre es vielleicht besser, wenn Sie nach Kopenhagen kommen würden. Sagen Sie mir einfach, wann Sie Zeit haben, dann organisiere ich ein Treffen.«

»Gut, danke. Ich melde mich.«

Nach einer Weile verabschiedeten sich der Anwalt und der Steuerberater. Hoven läutete nach seinem Butler, und Richard brachte die beiden zur Haustür. Unterdessen erhob sich Hoven und holte eine unscheinbare Pappschachtel aus einem der Regale in der Bibliothek. Er stellte sie vor Lisa und Fred auf den Couchtisch und hob den Deckel ab. Darin lagen Plunderstücke mit Vanillefüllung und Zimtschnecken, die sehr appetitlich aussahen und verführerisch dufteten.

»Nehmen Sie doch, bitte«, bot Hoven seinen verbliebenen Gästen an. »Herr Dahl hält leider nichts von diesem Süßkram, wie er es nennt, und Herr Vaks verkneift sich solche Leckereien und joggt lieber eine Stunde länger. Aber Sie mögen so etwas hoffentlich?«

Fred ließ sich nicht zweimal bitten, und auch Lisa griff zu.

Dann jedoch sah sie Hoven mit ernstem Blick an und fragte: »Was meinte Ihr Steuerberater vorhin, als er die ›Todesumstände‹ Ihres Onkels erwähnte?«

Jens Hoven verschluckte sich, hustete und nahm einen großen Schluck Kaffee, bevor er antwortete.

»Tragische Geschichte.« Er setzte eine traurige Miene auf. »Mein Onkel war eigentlich kein großer Freund der Ostsee, auch wenn er hier im Süden von Lolland lebte und entlang der Küste geschäftlich sehr engagiert war. Aber dass er zum Angeln hinausgefahren wäre oder sich eine ruhige Stelle zum Baden gesucht hätte …« Hoven schüttelte den Kopf. »Onkel Ægir war wohl das, was man bei Ihnen in Deutschland eine Landratte nennt – trotz seines Vornamens.«

Hoven lächelte wehmütig, und auf Lisas fragenden Blick erklärte er: »Ægir ist in der nordischen Mythologie eine Art Meeresgott. Mein Onkel hat mir ab und zu davon erzählt und hat dabei gelacht. Na ja … zum Lachen fand ich es dann am Ende natürlich nicht mehr.«

Eine kurze Pause entstand. Hoven seufzte und redete weiter.

»Sein Leichnam wurde in der Nähe des Fähranlegers in Rødby ans Ufer geschwemmt. Die Polizei kam zu dem Schluss, dass Onkel Ægir mehrere Wochen im Wasser getrieben haben muss.«

»Und wie kam er ums Leben? Hat die Polizei das herausgefunden?«

»Nicht wirklich, nein. Natürlich wurde der Tote von der Rechtsmedizin obduziert, aber die Polizei meinte, die Verletzungen könnten von allem Möglichen herstammen. Wenn eine Leiche wochenlang im Wasser liegt, lässt sich das alles nicht mehr so genau feststellen …«

»Was waren das denn für Verletzungen?«

»Am Hinterkopf war der Schädelknochen gebrochen, und die Rechtsmedizinerin hielt es für möglich, dass einige Beschädigungen an Onkel Ægirs Haut durch Seile oder Schnüre hervorgerufen worden sein könnten – aber sicher war sie sich nicht. In der Nähe des rechten Schulterblatts wurde außerdem eine Kerbe im Knochen entdeckt, die von einem scharfen Stück Metall herrühren könnte, aber es war nichts Schlimmes, sondern eher eine Art tiefe Schramme.«

»Und was schloss die Polizei daraus?«

»Im Abschlussbericht ist die Rede davon, dass Ægir mit einem Boot hinaus auf die Ostsee gefahren sein dürfte, wo ihm irgendwo ein Missgeschick passierte – vielleicht ist er aufgestanden und auf dem nassen Boden des Boots ausgerutscht. Dadurch könnte er mit dem Hinterkopf aufgeschlagen sein und war schon tot, als er über Bord stürzte.«

»Wie ist die Polizei zu dieser Einschätzung gelangt?«

»Die Rechtsmedizinerin hat die Lunge untersucht und ist zu dem Schluss gekommen, dass Onkel Ægir nicht mehr geatmet hat, nachdem er im Wasser war.«

»Dann könnte er aber genauso gut irgendwo anders erschlagen und dann im Meer beseitigt worden sein«, gab Fred zu bedenken. »Gerade wenn er so windige Geschäftspartner wie den Boss Ihrer beiden Schlägertypen hatte ...«

Hoven machte ein Gesicht wie sieben Tage Regenwetter. »Wecken Sie da bloß keine schlafenden Hunde! Die Polizei hat lang genug gebraucht, um zu einem Ergebnis zu kommen. Sie haben doch meinen Steuerberater gehört – je länger es dauert, bis das Erbe auch wirklich in meinem Eigentum ist, umso teurer kann das am Ende für mich werden.«

»Aber wenn wir herausfinden könnten, dass genau die Leute Ihren Onkel ermordet haben, die jetzt Ihnen drohen: Wäre das nicht ein guter Ansatz für Ihren Anwalt?«

»Und dann? Sie haben doch gehört, wie Herr Vaks das

einschätzt. Angenommen, die hätten meinen Onkel wirklich auf dem Gewissen, dann wird doch nicht der Boss dieser Ganoven selbst Hand angelegt, sondern einen seiner Muskelprotze losgeschickt haben. Höchstens käme der Handlanger hinter Gitter, aber der Chef wäre noch in Freiheit – und schickt den Nächsten los, der mich um die Ecke bringen soll. Das wäre natürlich ein toller Erfolg!«

»Können wir denn mal mit der Polizei sprechen? Oder mit der Rechtsmedizinerin?«, hakte Lisa nach.

»Nein!«, brauste Hoven auf. »Und dazu habe ich Sie auch gar nicht hergebeten! Sie sollen herausfinden, wer hinter den Drohungen steht, und meinem Anwalt Argumente liefern. Bestenfalls weiß er so viel über die zwielichtigen Geschäfte dieser Ganoven, dass er ihnen im Gegenzug androhen kann, sie auffliegen zu lassen.«

»Und Sie glauben, das funktioniert?«

Hoven zuckte mit den Schultern. Sehr zuversichtlich wirkte er in diesem Moment nicht.

»Auch Ganoven geht es letztendlich nur ums Geld«, meinte er. »Wenn sie merken, dass ich genügend Informationen über sie habe, um ihnen auf eine Art in die Suppe zu spucken, die ihnen finanziell richtig wehtut, lassen sie mich vielleicht in Ruhe, weil sich der ganze Ärger für sie nicht lohnt.«

»Sie müssten ihnen aber schon sehr wirkungsvoll in die Suppe spucken können, dass sie stattdessen lieber auf achtundzwanzig Millionen Kronen verzichten«, gab Lisa zu bedenken.

»Ich will es in jedem Fall versuchen. Einen anderen Ausweg sehe ich im Moment nicht.«

»Wir werden uns Mühe geben, Herr Hoven, keine Sorge. Und sollten wir nichts Entsprechendes finden, können Sie immer noch die geforderte Summe zahlen und so zumindest Ihre Sicherheit gewährleisten.«

Hoven nickte, aber es war ihm anzusehen, dass Bezahlen keine ernsthafte Option für ihn war. Ob er in finanziellen Schwierigkeiten steckte?

– 10 –

Die Polizeistation befand sich im Norden von Rødby. Dass dort jemand zwei deutsche Besucher empfangen würde, um ihnen etwas über den Tod von Ægir Hoven zu erzählen, hatte Lisa der dänischen Reisejournalistin Anne Syderborg zu verdanken, mit der sie vor einigen Jahren bei einer Reportage über die amerikanischen Jungferninseln zusammengearbeitet hatte. Die beiden Frauen standen seitdem in lockerem telefonischem Kontakt, und nun hatte Lisa sie um Rat gebeten.

Dabei hatte sich herausgestellt, dass ein Cousin von Anne Polizist in Rødby war. Sofort hatte er sich bereit erklärt, Lisa mit einem Kollegen bekannt zu machen, der von Anfang an in die Ermittlungen zum Tod von Ægir Hoven involviert gewesen war.

Annes Cousin erwartete sie vor dem Polizeigebäude, er bat sie aber nicht herein, sondern deutete auf eine kleine Grünfläche auf der anderen Straßenseite.

»Der Mann, mit dem Sie sprechen sollten, sitzt dort drüben unter einem der Bäume. Falls er eingenickt sein sollte, wecken Sie ihn lieber nicht – das mag er nicht so gern, aber keine Sorge, er hat einen leichten Schlaf.« Der Polizist grinste gutmütig und zwinkerte den beiden Besuchern zu.

Damit wandte er sich ab und kehrte ins Gebäude zurück. Lisa und Fred überquerten die Straße. Die Sonne schien kräftig vom blauen Himmel, doch im Schatten der Bäume war es angenehm kühl. Unter der ausladenden Krone einer alten Buche saß ein Mann in Uniform. Er hatte den Rücken gemütlich an den Stamm gelehnt, die Augen geschlossen und die Arme ganz entspannt auf den Oberschenkeln abgelegt. Der Brustkorb des Mannes hob und senkte sich in tiefen Atemzügen, auch als Lisa und Fred schon eine Weile direkt vor ihm gestanden hatten. Gerade als sie überlegten, ob sie ihn nicht doch wecken sollten, schlug dieser lächelnd die Augen auf.

»Ich sehe schon, der Kollege hat Sie instruiert«, sagte er und musterte seine beiden Besucher. »Hat er gesagt, dass Sie mich auf keinen Fall wecken sollen?«

Lisa nickte und erwiderte sein Lächeln. Überraschend behände kam der Polizist auf die Beine und gab ihnen beiden die Hand. Er stellte sich als Søren Christensen vor und lud sie zu einem kleinen Spaziergang ein. Unterwegs wollte er von Lisa hören, warum sie sich für den Tod von Ægir Hoven interessierte. Da sie ihm schlecht von den Drohungen und kriminellen Machenschaften erzählen konnte, die Jens Hoven ja unter der Decke halten wollte, hatte sie sich gemeinsam mit Fred folgende Geschichte zurechtgelegt: Der Neffe und Erbe des Toten habe sie mit ergänzenden Recherchen beauftragt, weil er vermute, dass sein Onkel mehr Vermögen besessen habe als die Gelder, Immobilien und Firmenanteile, die im Nachlassverzeichnis aufgeführt seien.

»Kann schon sein«, brummte Søren Christensen. »Ægir

Hoven hatte seine Finger überall mit drin – und dass sein Neffe da finanziell auf Nummer sicher gehen will, glaube ich gern. Vielleicht stoßen Sie wirklich noch auf ein paar Millionen mehr, wer weiß? Und der junge Hoven scheint dringend Geld zu brauchen, so sehr, wie er uns wegen dieser Geschichte genervt hat. Aber die Polizei muss nun mal ihre Arbeit machen, nicht wahr, und zwar gründlich, was manchmal seine Zeit braucht.«

Unterdessen erreichten sie nach etwa hundertfünfzig Metern einen asphaltierten Parkplatz, von dem ein schmaler Weg in einen dichten Wald führte. Christensen ging ihnen auf dem Pfad voraus, bis sie eine etwa kreisrunde Lichtung erreichten. Er trat in die Sonne hinaus, schloss die Augen und hielt sein Gesicht den wärmenden Strahlen entgegen. Lisa und Fred bauten sich ihm gegenüber auf und warteten darauf, dass er weiterredete. Es dauerte eine Weile, bis er den Blick senkte und wieder Lisa und Fred ansah.

»Schön hier, nicht wahr? Wissen Sie, man achtet viel zu wenig auf die Schönheit, die einen umgibt. Ich für meinen Teil habe mir vorgenommen, das zu ändern – und seit ich mehr im Hier und Jetzt lebe, seit ich Kleinigkeiten zu schätzen weiß und dem Leben nicht mehr jede krumme Wendung übel nehme, bin ich schon viel ausgeglichener geworden.«

Fred hatte die Hände in die Hosentaschen geschoben und offenbar eingesehen, dass dieser Mann nicht schneller auf den Punkt kommen würde, wenn man ihn drängte. Lisa aber konnte ihre Ungeduld nicht verbergen. Christensen grinste.

»Bleiben Sie doch ein paar Tage auf Lolland, und lassen Sie sich auf den Rhythmus hier ein. Nicht jeder Däne ist entspannt, aber in Rødby, Nysted und den Dörfern drum herum geht es schon eher gemütlich zu. Deswegen habe ich mich vor ein paar Jahren von Kopenhagen hierherversetzen lassen – oder besser gesagt zurückversetzen lassen, denn hier in Rødby habe ich schon Dienst getan, bevor es in die Hauptstadt ging.«

Lisa wollte ihn schon unterbrechen, da fing sie einen kurzen Blick von Fred auf, der nur leicht den Kopf schüttelte.

»Ægir Hoven wurde östlich von Rødby ans Ufer geschwemmt«, fuhr Christensen fort, »und er sah aus, wie Wasserleichen leider aussehen: nicht schön. Die Rechtsmedizinerin hat ihn eingehend untersucht, und wir als Polizei sind zu dem Schluss gelangt, dass es unglückliche Umstände waren, die Ægir Hoven das Leben gekostet haben.«

Christensen schaute Lisa prüfend an.

»Und wenn Sie über diesen Todesfall mit mir reden wollen, schließe ich daraus, dass Sie anderer Meinung sind, stimmt das?«

»Wir haben eigentlich noch gar keine Meinung. Wir wollen nur allem nachgehen.«

»Und was versprechen Sie sich davon mit Blick auf Ihren Auftrag, weiteres Vermögen aufzuspüren?«

»Sagen Sie und Ihre Kollegen nicht immer, dass Sie zu Beginn in alle Richtungen ermitteln?«, versetzte Lisa lächelnd.

»Sie sollten weniger Krimis schauen«, brummte Christensen.

»Haben Sie den toten Ægir Hoven eigentlich aufgefunden?«

»Gott bewahre! Das hätte mir noch gefehlt! Es war blöd genug, dass der Tote ausgerechnet zu einer Zeit ans Ufer geschwemmt wurde, als ich in der Nähe war. Ich war mit dem Boot draußen, wollte eigentlich die Angel auswerfen und endlich mal ein paar ruhige Stunden haben, doch da kam der Anruf, und vorbei war's mit der Ruhe!«

»Und dort wurde der Leichnam entdeckt?«

»Ja, an einem Sonntagmorgen, das muss man sich mal vorstellen!« Søren Christensen schüttelte den Kopf, seine Empörung wirkte echt. »Also habe ich die Angel wieder eingeholt und bin mit dem Boot zu der Stelle gefahren, die mir beschrieben worden war. Und da lag der Tote, mit dem Gesicht nach unten, am Strand …«

Er verstummte und schüttelte sich, bevor er fortfuhr.

»Sie wollen natürlich vor allem wissen, wer ihn gefunden hat, stimmt's? Der alte Harald war's, der jeden Tag seine Runden an der Küste dreht. Dem hat's die Leiche vor die Füße geschwemmt.«

Christensen unterbrach sich und sah Lisa an.

»Harald Schenstrøm, ein pensionierter Fischer.«

»Haben Sie auch seine Adresse?«

»Der hat keine richtige Adresse, sondern haust in einer windschiefen Kate in der Nähe von Schloss Aalholm, mit Blick auf die Ostsee. Der Vater des heutigen Schlossbesitzers hat wohl eine gewisse Sympathie für den armen Schlucker gehegt und ihm daher Wohnrecht in der alten Kate gewährt. Dem Hörensagen nach muss er keine Miete zahlen. Außerdem wird ihm wohl vom Schloss zu essen und zu trinken gegeben. Als Fischer wird Harald keine allzu üppige Rente beziehen.«

»Frag ihn doch, ob es während der Ermittlungen irgendetwas gab, was auf einen gewaltsamen Tod hingedeutet hätte«, sagte Fred zu Lisa, und sie übersetzte für ihn.

»Wir sind allen Hinweisen nachgegangen – viele waren es nicht –, aber am Ende war für uns die Sache klar: Ægir Hoven ist mit einem Boot hinausgefahren und ausgerutscht, hat sich den Schädel am Bootsrand aufgeschlagen und ist bewusstlos oder vielleicht auch schon tot über Bord gegangen.«

Das weitere Gespräch mit dem Polizisten brachte nichts Neues. Christensen schien heilfroh zu sein, dass Ægir Hoven offenbar nicht durch Mord oder Totschlag ums Leben gekommen war – und vermutlich ging es seinen Kollegen nicht anders.

Sie tauschten Visitenkarten, Christensen nannte ihnen sogar sein Stammlokal in Nysted, *Dines gamle knejpe*, wo man sich gern mal auf ein Bier und einen Aquavit zusammensetzen könne, aber das sagte er wohl eher aus Höflichkeit. Als Fred und Lisa davonfuhren, sahen sie im Rückspiegel den Polizisten, der ihnen nachschaute, die Mundwinkel gesenkt und die Hände tief in den Taschen vergraben.

Was sie nicht sahen, war die Limousine, die in einiger Entfernung am Straßenrand stand. Hinter dem Steuer saß ein Mann im eleganten Anzug, die verrutschten Manschetten seines Hemdes gaben den Blick frei auf eine teure Uhr. Neben ihm hockte ein alter Mann. Er beobachtete konzentriert den wegfahrenden SUV und den Polizisten, der sich gemächlich auf dem Weg zum Polizeigebäude machte.

»Sollen wir dem Wagen folgen?«, fragte der Mann am Steuer.

»Sie werden vermutlich zu ihrem Ferienhäuschen zurückfahren. Bring mich lieber zu Albert, der soll sich um die beiden kümmern und sie ein bisschen im Auge behalten.«

Über das Gesicht des Jüngeren huschte ein Schatten, und der Alte seufzte.

»Er ist halt mein Sohn, sei nicht so streng mit ihm«, schnarrte er und wedelte mit der linken Hand. »Und jetzt fahr los.«

Auf dem Handy studierte Lisa während der Fahrt nach Nysted, ob es zur Kate des alten Fischers wohl einen Weg gab, der nicht über die offizielle Zufahrt zum Schloss führte.

»Schau mal hier, Fred«, sagte sie schließlich und hielt ihm das Smartphone hin. »Wenn wir ein Stück vor Nysted nach Stubberup abbiegen, könnten wir das Auto am Ufer parken und von dort zu Fuß zum Häuschen des Fischers gehen.«

Nachdem Fred wenig später den SUV am Rand eines kleinen Hafens zwischen zwei Wohnmobilen abgestellt hatte, machten sie sich auf den Weg. Erst ging es am Rand eines Feldes entlang, dann über das steinige Ufer und durch ein Waldstück, bis sie zu einer Wiese gelangten, von der aus man nach Westen, Süden und Osten hin freien

Blick auf die Ostsee hatte. Unter einem seltsam verwachsenen Baum mit schrundiger Rinde duckte sich ein kleines Holzhäuschen, auf dessen Dach schwarze Teerpappe genagelt war. Vor der Hütte befand sich eine Feuerstelle, über der an einem metallenen Dreibein ein zerbeulter Topf hing. Darunter, in der Asche, stand eine ebenso zerbeulte Metallkanne. Die Feuerstelle war von einigen alten Bänken umgeben. Vor dem baufälligen Häuschen lagen ein altes Ruderboot und allerlei Krimskrams, und an einem morsch wirkenden Holzpfosten war ein zweites Boot mit eingeholtem Außenbordmotor im seichten Uferwasser vertäut.

Lisa trat an das Häuschen heran und bückte sich, um durch eines der niedrig angebrachten Fenster ins Innere zu blicken, da sah sie aus dem Augenwinkel, wie Fred blitzschnell herumfuhr. Nun drehte auch sie sich um – und sah einen alten Mann, der sie aus funkelnden Augen anstarrte und etwas knurrte, was Lisa trotz ihrer Dänischkenntnisse nicht recht verstand, weil er zum Reden kaum den Mund öffnete. Dass es nichts Freundliches gewesen war, begriff sie aber durchaus.

»Wie bitte? Ich habe Sie nicht verstanden«, entgegnete sie.

Nun bequemte sich der Alte, etwas lauter und deutlicher zu werden.

»Was suchen Sie hier? Und was fällt Ihnen ein, einfach in mein Haus reinzuglotzen?«

»Ich wollte nur schauen, ob Sie vielleicht drin sind. Aber so weit kam ich gar nicht, weil Sie plötzlich hinter mir standen. Sie sind doch Harald Schenstrøm?«

»Klar bin ich das. Und ich werd hier wohl stehen dürfen, wann und wo ich will!«

Sein Tonfall klang feindselig, aber auf Lisa wirkte der Alte eher nervös, beinahe ängstlich, und sie fragte sich, was er mit seinem aggressiven Auftreten wohl überspielen wollte.

»Also«, schob er nach und reckte das Kinn, so gut es eben ging. Dabei sah er nicht sehr bedrohlich aus, insbesondere nicht neben einem muskelbepackten Hünen wie Fred Hamann.

»Wir würden gern mit Ihnen reden.«

»Mit mir?« Er klang überrascht.

Lisa sah sich noch einmal um, aber außer ihnen war niemand auf der Lichtung zu sehen. Sie warf einen forschenden Blick in den Wald hinein, auch der war menschenleer. Und als sie erneut das Häuschen musterte, um hinter den Fensterscheiben etwas zu erkennen, trat der alte Fischer an sie heran und zupfte sie heftig am Ärmel.

»Sie sind Deutsche, richtig?«

»Ja. Ist mein Dänisch so schlecht?«

»Nein, das nicht, aber ich habe ein Auge drauf, was in meinem Städtchen vor sich geht. Und ich hab Sie gestern in einem Wagen mit deutschen Kennzeichen gesehen.«

»Aha.«

»Sie wohnen drüben in einem der Ferienhäuser, stimmt's?«

»Auch das ist richtig, warum?«

»Und Sie wollen wirklich mit mir reden?«

Als Lisa nickte, ließ sich der Fischer erleichtert auf einer der Holzbänke nieder.

»Setzen Sie sich«, sagte er, nun deutlich freundlicher, und wies auf die Bank ihm gegenüber. »Bitte.«

Bevor sie Platz nahm, sah sich Lisa unauffällig um und erspähte dabei einen Schlafsack, der seitlich hinter der Hütte halb von einem Gebüsch verdeckt war. Sie tat so, als hätte sie nichts gesehen, und setzte sich neben Fred auf die morsche Bank.

»Und was wollen Sie nun von mir wissen?«, fragte der Alte. »Wenn Sie mit mir reden wollen, geht es bestimmt um den toten Hoven.«

»Woher wissen Sie das?«

»Sie waren mit Ihrem Wagen bei Jens Hoven – und der kennt derzeit kein anderes Thema als seinen toten Onkel, oder genauer: das Vermögen seines toten Onkels, das er jetzt endlich in die Hände bekommen will. Also hat er Sie vermutlich hergeholt, damit Sie für ihn ein bisschen in der Sache herumstochern.«

Lisa nickte und sah den alten Fischer anerkennend an. »Gut kombiniert, Herr Schenstrøm.«

Er zuckte mit den Schultern.

»Sie haben ihn gefunden«, fuhr Lisa fort. »Das hat uns Søren Christensen erzählt, der Polizist.«

»Ich weiß, wer Søren ist«, versetzte Schenstrøm ungnädig.

»In welchem Zustand haben Sie die Leiche denn vorgefunden?«

»Sah nicht schön aus, nach der ganzen Zeit im Wasser. Sein Schädel hatte ein Loch, hier hinten.« Schenstrøm deutete auf eine Stelle an seinem Hinterkopf. »Und an den Armen und am Rücken war die Haut beschädigt, aber wenn er nur lange genug im Wasser gelegen hat, kann das auch draußen auf See passiert sein.«

»Wie meinen Sie das?«

»Er kann angeknabbert worden sein, oder sein Leichnam ist irgendwo entlanggeschrammt, was weiß ich.«

Lisa fragte sich, ob es wirklich eine gute Idee gewesen war, den alten Fischer zu besuchen. Er schien nicht mehr zu wissen, als der Polizist in Rødby ihnen erzählt hatte.

Da fiel ihr auf, dass Schenstrøm ganz kurz an ihr vorbei zu seiner Kate schaute, bevor er sich gleich darauf wieder ganz auf sie konzentrierte. Auch Fred hatte es bemerkt. Beide drehten sich zur Hütte des Fischers um. Vor der nun geöffneten Eingangstür stand eine zerlumpte Gestalt, die sich die Hand als Sonnenschutz vor die Augen hielt, als vertrage sie das grelle Licht nicht. Lisa kramte in ihrer Erinnerung, aber ihr fiel beim besten Willen nicht ein, wo sie den Mann, der so mitleiderregend dort stand, schon einmal gesehen hatte. Als sie sich wieder dem alten Fischer zuwandte, sah der sie forschend an.

»Wer ist das?«, fragte sie schließlich.

»Sie kennen ihn nicht?« Schenstrøm wirkte überrascht. »Um ehrlich zu sein, hatte ich vorhin gedacht, Sie seien seinetwegen hier.«

»Wieso? Was sollten wir von ihm wollen?«

»Sie erkennen ihn nicht wieder?«

»Habe ich ihn denn schon einmal gesehen?«

»Gehört, vor allem.«

Sie nahm den Mann vor der Kate genauer in Augenschein. Meinte Schenstrøm den Mann, der gestern Abend schreiend und fluchend am Ufer entlanggegangen war?

Da war es schon zu dunkel gewesen, um mehr als eine vage Kontur von ihm zu erkennen.

»War er gestern Abend in der Nähe unseres Ferienhauses am Wasser und hat herumgeschrien?«, fragte sie den Fischer, der mit einem bedächtigen Nicken antwortete. »Und warum sollten wir extra herkommen, um mit ihm zu reden?«

»Sie wären nicht die ersten Feriengäste, die sich an seinem Geschrei gestört hätten.«

»Er hat mir eher ein wenig Angst gemacht.«

»Angst müssen Sie nicht vor ihm haben. Knud Aalstrup ist ein armes Schwein und tut keiner Fliege was zuleide. Außer …«

»Außer was?«

»Na ja, solange Sie ihn nicht anschreien, haben Sie nichts zu befürchten.«

»Warum sollte ich ihn anschreien?«

»Es gab mal einen Fall, da hat sich ein Feriengast von ihm gestört gefühlt. Er hat sich aufgeregt, weil seine Kinder wegen des lauten Geschreis nicht schlafen konnten. Also ist er rausgegangen und hat Knud zugerufen, dass er doch endlich mal die Klappe halten soll.«

»Und was ist passiert?«

»Knud und der Mann haben sich eine Zeit lang angeschrien, und dann hat Knud seine Runde fortgesetzt.«

»Mehr nicht?«

»Der Arzt, zu dem der Feriengast am nächsten Morgen ging, hat ein paar blaue Flecke festgestellt, zwei Blutergüsse im Gesicht und einen ausgeschlagenen Schneidezahn.«

»Na toll! Und das hätten Sie mir verschwiegen? Damit ich womöglich auch wegen Knud zum Arzt muss?«

Schenstrøm zuckte mit den Schultern.

»Dem Gast hat es übrigens nichts gebracht, dass er sich ein Attest vom Arzt geholt hat. Die Polizei hat einen Bericht geschrieben, mehr kam nicht dabei heraus. Der Feriengast kannte ja Knuds Namen nicht, und die Polizei hat so getan, als wisse sie nicht, um wen es sich handelte. Im Übrigen hat Knud kein Geld, von dem er den Schadenersatz zahlen könnte. Bei dem ist nichts zu holen – das ist ja letztendlich auch der Grund dafür, dass er seine Runde dreht.«

»Wollen Sie damit sagen, dass er regelmäßig am Uferweg herumstrolcht und aufs Meer hinausschreit?«

»Jeden Abend, wenn es dunkel wird. Der Feriengast hatte schon bald die Nase voll. Am Abend nach dem … Zusammenstoß mit Knud hat er sich nicht mehr rausgetraut, und er hat ihm auch nichts mehr zugerufen. Und am nächsten Tag ist er mit seiner Familie abgereist.«

»Und was für ein Problem hat Ihr Freund?«

»Lange Geschichte.«

»Das macht nichts.«

»Glauben Sie mir, Knud hat seine Gründe, jeden Abend fluchend und schreiend am Meer entlangzulaufen. Und wie gesagt: Hören Sie am besten weg, kümmern Sie sich nicht um ihn, und dann haben Sie auch nichts zu befürchten. Es ist so schön hier in Nysted und so entspannt – da werden Sie die paar Minuten Geschrei doch verschmerzen können!«

Knud hatte sich während der ganzen Unterhaltung keinen Millimeter fortbewegt. Er stand reglos vor der Tür der Kate und starrte den alten Fischer und seine beiden Besucher unverwandt an. Er wirkte verwirrt, vielleicht auch etwas betrunken oder verkatert, aber nicht gefährlich.

»Wohnt er hier bei Ihnen?«, fragte Fred in gebrochenem Dänisch.

»Nein, er haust in einer alten Wellblechhalle mit Blick auf den Friedhof. Manchmal treffen wir uns, wenn er seine Runde dreht. Ich bin am frühen Abend gern draußen mit dem Boot, und auf dem Wasser ist er ja nicht zu überhören. Dann fahre ich rüber zum Anleger beim Campingplatz ...« Er deutete auf eine Halbinsel gegenüber. »... und setze mich mit ihm auf eine Dose Bier zusammen. Gestern hat er auf mich den Eindruck gemacht, als würde eine Dose nicht reichen, also habe ich ihn mit hierhergenommen. Und danach war nicht mehr daran zu denken, dass er im Dunkeln noch nach Hause marschiert.«

Schenstrøm warf Knud einen traurigen Blick zu.

»Wie gesagt: Er ist ein armer Kerl, dem übel mitgespielt wurde. Für den räume ich schon mal meine Hütte und kriech in den Schlafsack statt ins Bett.«

Knud Aalstrup hatte den alten Fischer wohl verstanden. Er nickte ihm zu, wischte sich mit dem Ärmel seiner eingerissenen Jacke die Nase und trottete dann an der Kate vorbei in den Wald hinein.

»Wenn er jeden Abend am Ufer unterwegs ist«, sagte Lisa zu Schenstrøm, »könnte er doch etwas mitbekommen haben, was mit Ægir Hovens Tod zu tun hat, glauben Sie nicht auch?«

Der Alte sah sie lange an.

»Erzählen Sie Knud bloß nicht, dass Ægir tot ist! Erwähnen Sie ihm gegenüber niemals den Namen Hoven!«

Die Stimme des Fischers klang nun bedrohlich, und aus seinen Augen war alle Freundlichkeit verschwunden.

»Kannte er ihn denn?«

»Wie gesagt, eine lange Geschichte, die ich jetzt nicht erzählen will. Im Moment muss Ihnen reichen, dass Knud nichts von der Familie Hoven hören sollte. Lassen Sie, um Himmels willen, den armen Kerl damit in Ruhe!«

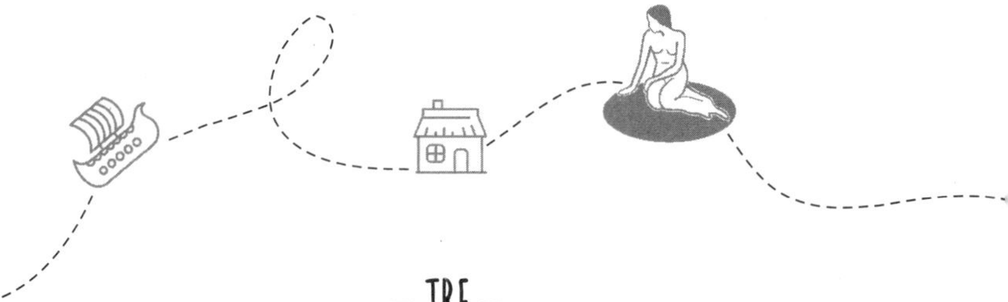

– TRE –

Gegen halb neun am nächsten Morgen klopfte es an der Haustür. Lisa hatte Kaffee aufgesetzt und war im Begriff, Speck und Rühreier zu braten, während Fred im Supermarkt frisches Brot besorgen wollte. Als er die Tür öffnete, stand Tom Vaks lächelnd vor ihm. Er trug Sportkleidung und streckte ihm eine prall gefüllte Tüte entgegen.

»Ich war ein bisschen joggen, da habe ich Ihnen das mitgebracht«, sagte der Anwalt, der kein bisschen verschwitzt aussah oder außer Atem war. »Und wenn Sie mir einen Kaffee spendieren, können wir uns gern ein wenig unterhalten. Ich könnte mir vorstellen, dass Ihnen ein paar Hintergrundinformationen ganz recht wären.«

Fred bat ihn herein, und gemeinsam deckten sie den Terrassentisch. Kurz darauf saßen sie alle beisammen und ließen sich an der frischen Luft ein üppiges Frühstück schmecken.

»Herr Hoven hat mir das Ferienhäuschen dort drüben zur Verfügung gestellt.« Er deutete auf das übernächste Gebäude, das ebenfalls in der ersten Reihe stand und freien Blick auf die Ostsee bot. »Ihm gehören einige Häuser in dieser Anlage, und im Ort selbst besitzt er ebenfalls einige Immobilien.«

»Ist er sehr vermögend?«, fragte Lisa.

Vaks lächelte und schwieg.

»Die Art, wie er über das Erbe seines Onkels spricht«, schob Lisa nach, »und der Umstand, dass er das Erbe lieber heute als morgen in Händen hätte, hat auf mich eher den Eindruck gemacht, dass er in finanziellen Schwierigkeiten steckt.«

Der Anwalt nahm noch etwas Rührei und strich sich Butter aufs Brot, bevor er antwortete.

»Sie werden verstehen, dass ich Ihnen dazu keine Auskunft geben kann. Herr Hoven ist mein Mandant, da ist Loyalität und Verschwiegenheit geboten. Auch Herr Dahl, sein Steuerberater, wird darüber kein Sterbenswörtchen verlieren.«

»Hat er auch hier in der Anlage übernachtet?«

»Nein, er schläft lieber zu Hause in Roskilde.«

»Sie wollen uns also nichts über Herrn Hoven erzählen«, fasste Lisa zusammen. »Welche Art von Hintergrundinformationen haben Sie denn dann vorhin gemeint?«

»Informationen zu Ægir Hoven.«

»Haben Sie uns denn gestern nicht alles gesagt, was Sie wissen?«

»Nein, und ich habe den ganzen Tag darüber nachgedacht, ob ich es Ihnen überhaupt erzählen soll. Mein Mandant hat Ihnen diese Informationen nicht anvertraut, aber ich bin zu dem Schluss gekommen, dass sich Herr Hoven damit Ihnen gegenüber nicht fair verhalten hat. Sie sollten mehr über die Geschichte wissen, auf die Sie sich eingelassen haben. Auch, um besser einschätzen zu können, welches Risiko Sie eingehen – und ob Sie dann womöglich sogar Abstand von Herrn Hovens Auftrag nehmen wollen.«

»Dann erzählen Sie mal.«

»Ægir Hoven war nach außen hin ein seriöser Geschäftsmann, allerdings war er in Kopenhagen auch in einige Deals verwickelt, die auf den zweiten Blick nicht mehr ganz so seriös wirken. Manchmal wurde eine Immobilie oder ein Frachtschiff zu einem Preis verkauft, der so knapp über dem Einkaufspreis lag, dass er nicht viel daran verdient haben kann. Meiner Einschätzung nach verfügte Ægir Hoven gar nicht über genug eigenes Kapital für solche Käufe. Wer ihm Geld zur Verfügung stellte, musste doch an einer höheren Rendite interessiert sein, als sie durch den Handel am Ende realisiert wurde.«

Zwischendurch war Fred anzusehen, dass er nicht alles verstanden hatte. Lisa übersetzte ihm das Wichtigste und wandte sich dann wieder an Vaks: »Sie denken an Geldwäsche?«

»Einige der Projekte, an denen er beteiligt war, legen das jedenfalls nahe.«

»Und wenn nur genug Geld auf dem Spiel steht, werden die beiden Schlägertypen nicht das Gefährlichste sein, was die Leute im Hintergrund aufbieten – ist das Ihre Befürchtung?«

»Ja, zumal ich nicht wirklich glaube, dass Ægir Hoven eines natürlichen Todes gestorben ist.«

»Ihr Mandant sieht das anders, oder zumindest will er nicht an der offiziellen Version rütteln, es habe sich um einen Unglücksfall gehandelt.«

»Er hat Ihnen ja auch den Grund genannt. Wenn die

Ermittlungen wiederaufgenommen würden, müsste er noch länger auf das Erbe warten.«

»Also hat Herr Hoven doch finanzielle Probleme«, meldete sich Fred zu Wort.

Der Anwalt grinste und zuckte mit den Schultern.

»Das nehme ich jetzt mal als Zustimmung«, meinte Lisa.

»Ich habe nichts gesagt. Außerdem kann es ja auch sein, dass diejenigen, die von Herrn Hoven Geld fordern, allmählich ungeduldig werden. Das Kapital soll ja schließlich weiter für diese Leute arbeiten, nicht wahr? Und davon soll der Fiskus am besten nichts oder nur möglichst wenig abzwacken.«

»Auf jeden Fall steckt Herr Hoven in der Klemme«, sagte Lisa. »Ich verstehe nur nicht, warum er nicht die Polizei einschaltet. Die will doch auch die Hintermänner dingfest machen. Gerade in einem Fall von dieser Größenordnung müsste das doch im Interesse der staatlichen Behörden sein. Ich könnte mir gut vorstellen, dass die Polizei dafür das ganz große Besteck einsetzen würde.«

»Nun ja«, gab Vaks zu bedenken, »das mag ja alles sein, und meinem Mandanten würde am Ende vielleicht wirklich keine Gefahr mehr drohen. Nur das Erbe des Onkels wäre ziemlich sicher auch flöten. Wenn er sein Vermögen ganz oder teilweise mit Geldwäsche gemacht hat, wird es natürlich beschlagnahmt, und Herr Hoven sieht gar kein Geld.«

Lisa und Fred tauschten einen nachdenklichen Blick.

»Und wenn ausreichend große Summen im Spiel sind,

ist nicht auszuschließen, dass auch der eine oder andere Beamte gar kein Interesse daran hat, dass die Wahrheit ans Licht kommt«, fügte Tom Vaks hinzu.

»Denken Sie an die Polizei in Nysted?«, hakte Lisa nach. »Wir haben dort mit einem Beamten gesprochen, der über die Erkenntnis seiner Kollegen, dass Ægir Hoven keines unnatürlichen Todes gestorben ist, ganz erleichtert zu sein schien.«

»Ich nehme an, Sie meinen Søren Christensen, der als erster Polizist am Fundort der Leiche war.«

»Ja, genau den. Er wirkte zufrieden damit, dass die Ermittlungen in dieser Sache abgeschlossen sind.«

»Christensen ist nicht korrupt. Jedenfalls ist das die Einschätzung meiner Mitarbeiterin in Kopenhagen, mit der Sie sich mal unterhalten sollten. Offenbar hat er in Kopenhagen aber durchaus gute Arbeit geleistet. Unter Kollegen und sogar in der Kopenhagener Unterwelt genießt er noch heute einen Ruf als absolut korrekter Polizist. Irgendwann muss ihm der Dienst in Kopenhagen aber zugesetzt haben, vielleicht gab es gesundheitliche Gründe, was weiß ich, jedenfalls ließ er sich nach Lolland zurückversetzen. Inzwischen will er einfach nur seinen Dienst ohne große Aufregung verrichten und nach der Schicht mit dem Boot auf die Ostsee rausfahren oder sich in seiner Lieblingskneipe gemütlich volllaufen lassen.«

»Das hört sich für mich nicht gerade so an, als könnten sich die Bürger von Rødby und Nysted auf diesen Polizisten verlassen.«

»Doch, das können sie. Christensen hat gute Kontakte in der Gegend, und wann immer irgendwo etwas Illegales passiert, bekommt er sehr schnell Wind davon. Oft löst er das aber … na ja … auf dem kleinen Dienstweg.«

»Und was macht Christensen in solchen Fällen?«, wollte Lisa wissen.

»Manchmal reicht es schon, wenn er den Betreffenden ins Gewissen redet – es kommt vor, dass geklautes Geld oder gestohlene Gegenstände ein paar Tage später plötzlich wieder vor dem Haus liegen, aus dem sie entwendet wurden. Nach Prügeleien gibt es Entschuldigungen, und irgendein stadtbekannter Halunke harkt freiwillig stundenlang Blumenbeete auf öffentlichen Flächen – darüber wundern sich die Einheimischen schon seit einiger Zeit nicht mehr. Und manche haben durch Christensens unkonventionelle Methoden richtig gut die Kurve gekriegt. Eine junge Frau, die vor ein paar Jahren regelmäßig alleinlebende ältere Menschen in Rødby und Umgebung beklaut und das Geld gleich in Drogen umgesetzt hat, wurde von Christensen dazu verdonnert, diese Leute zu Arztbesuchen zu begleiten oder Einkäufe für sie zu machen. Heute macht sie eine Ausbildung in einem Seniorenheim in Vesterborg. Und ihr damaliger Dealer, der sich mit geklauten Autoradios und abmontierten Sportfelgen etwas dazuverdient hat, musste drei Wochen lang in einer Autowerkstatt mithelfen. Dabei hat er sich offenbar gut angestellt, denn er ist heute der fleißigste Mechaniker in der Werkstatt.«

»Klingt ja sehr idyllisch.«

»Nun gut, das sind zwei Beispiele, wo Christensens Ansatz funktioniert hat. Viele andere hat aber auch er nicht vor Knast oder Schlimmerem bewahren können. Jedenfalls wissen die Leute in der Gegend, was sie an Søren Christensen haben, und oft genug stecken sie ihm unter der Hand Informationen zu, anstatt gleich Anzeige zu erstatten. Christensen kümmert sich, seine Kollegen ziehen mit, und wenn's geklappt hat, sind am Ende alle zufrieden: Das Problem ist gelöst, und die Polizei muss keinen Bericht schreiben.«

»Und im Fall von Ægir Hovens Tod?«

»Ein Mord lässt sich natürlich nicht inoffiziell lösen, das ist klar. Also hat die Polizei durchaus ernsthaft ermittelt. Es ist zwar nicht auszuschließen, dass Ægir Hoven getötet und anschließend in der Ostsee entsorgt wurde, doch die Polizei hat sich für die andere Version entschieden, die ebenso denkbar ist.«

»Und Christensen freut sich, weil ihm eine aufwendige Morduntersuchung den wohlverdienten Feierabend verderben würde?«

»Seine Freizeit ist ihm wirklich heilig. Ich habe mir sagen lassen, dass die Deutschen sich neuerdings für die gemütlichen Dänen interessieren, die es sich gern so richtig *hyggelig* machen. Søren Christensen ließe sich mit gutem Recht als menschgewordene *Hygge* bezeichnen.«

»Dafür hat er sich ja einen tollen Job ausgesucht ...«

»Na ja, in Kopenhagen galt er als harter Hund, als einer, der Ganoven nicht mehr vom Haken lässt, wenn er ihre Spur verfolgt. Was genau ihn davon abgebracht hat, weiß ich nicht – aber heute richtet er sich den Dienst eher ... na ja ... eben *hyggelig* ein.«

»Er hatte auch nicht viel Lust, uns etwas über Hovens Tod zu erzählen.«

»Ich wundere mich eher, dass er überhaupt mit Ihnen über das Thema gesprochen hat.«

»Eine Bekannte hat für mich den Kontakt zur Polizei in Nysted hergestellt, einer von Christensens Kollegen hat sich dann wohl für uns eingesetzt.«

»Wollen Sie ihn mal in seiner Stammkneipe treffen?«

»Dines gamle knejpe?«

»Ja, kennen Sie das Lokal?«

»Nein, aber Christensen hat uns den Namen genannt. Er meinte, wir könnten dort auch mal ein Bier zusammen trinken.«

»Na also! Sie finden die Kneipe in der Adelgade in Nysted. Er ist dort fast jeden Abend anzutreffen.«

»Aber ob es ratsam ist, ihn in seiner Freizeit auf etwas Dienstliches anzusprechen? Das scheint er doch nicht so zu mögen.«

»Er sollte natürlich schon ein paar Gläser intus haben, wenn Sie auf das Thema zu sprechen kommen.«

»Glauben Sie denn, dass Christensen wirklich mehr über die Hintergründe von Ægir Hovens Tod weiß?«

»Das vielleicht nicht, aber er könnte etwas wissen über die Geschäfte, die Ægir Hoven hier auf Lolland betrieben hat. Und vielleicht ist er ihm auch schon in seiner Zeit in Kopenhagen begegnet.«

Lisa sah Fred fragend an, der nickte nur.

»Haben Sie eigentlich gestern Abend auch diesen Typen gehört, der schreiend am Ufer entlanggelaufen ist?«, wechselte der Anwalt das Thema. »Er schien einen Namen zu rufen, aber ich bin nicht schlau geworden aus seinem Gebrüll.«

»Ja, den haben wir auch gehört. Offenbar macht er das jeden Abend nach Einbruch der Dämmerung. Uns wurde versichert, dass er nicht gefährlich ist – solange man ihn nicht ebenfalls anschreit. Einem Feriengast hier in der Anlage soll das schon mal schlecht bekommen sein.«

»Und warum macht der Typ das?«

»Wir haben mit dem alten Fischer gesprochen, der die Leiche von Ægir Hoven am Ufer gefunden hat. Er kennt den alten Mann, einen gewissen Knud Aalstrup, der in einer Wellblechhalle beim Friedhof wohnt. Ihm muss wohl übel mitgespielt worden sein – aber worum es da ging, wollte uns der Fischer nicht erzählen.«

»Ich würde schon gern wissen, was es damit auf sich hat. Ich bin seit vorgestern drüben in dem Ferienhaus zu Gast, und nach dem ersten Abend habe ich meinen Mandanten mal gefragt, ob er was über den Schreihals wisse. Er hat beteuert, dass er davon keine Ahnung habe, aber meine Frage hat ihn sichtlich nervös gemacht. Vielleicht forsche ich mal ein wenig nach, womöglich steht auch dieser Knud in irgendeinem Verhältnis zu Jens oder Ægir Hoven.«

»Kann gut sein. Der Fischer hat uns eingeschärft, dem Alten ja nicht zu erzählen, dass Ægir Hoven tot ist. Wenn er das erführe, würde er völlig ausrasten, meint er.«

»Gut, dann bohre ich mal ein bisschen nach. Ich bin gespannt, was ich zutage fördern kann.«

Es war gegen halb sieben am Abend, als sie die kleine Kneipe betraten, die Søren Christensen regelmäßig aufsuchte. Das Lokal lag in einem Hinterhof am nördlichen

Ortsrand, hierher verirrten sich wohl nur selten Besucher von außerhalb. Entsprechend neugierig schaute ihnen die Frau hinter dem Tresen entgegen, als sie die Tür hinter sich ins Schloss drückten. Die Wirtin mochte Mitte oder Ende vierzig sein. Sie trug einen blonden Pferdeschwanz, hatte vielleicht ein paar Kilo zu viel auf den Rippen und tiefe Augenringe, wirkte aber sympathisch und durchaus attraktiv.

Der Raum wirkte etwas düster, aber auch auf eine aus der Zeit gefallene Art gemütlich. Rechts vom Tresen führte ein schmaler Gang zu den Toiletten, links davon standen ein paar Tische. Vier Männer hockten bei Bier und Schnaps und spielten Karten. Einer von ihnen, ein molliger Typ mit rötlichem Gesicht, erzählte gerade eine wüste Zote, und gerade als er die anzügliche Pointe herausbrüllte, fiel sein Blick auf Lisa – und sein Gesicht nahm eine noch kräftigere Farbe an. Doch Lisa winkte nur ab und lachte mit, während sie mit Fred auf die Theke zusteuerte.

Auf einem der fünf Barhocker saß Søren Christensen und hielt sich mit beiden Händen an einem fast leeren Bierglas fest. Lisa kletterte auf den Hocker links neben ihm und tat so, als wäre sie überrascht, ihn hier zu treffen. Fred setzte sich auf den Hocker rechts von Christensen. Der brummte eine lahme Begrüßung und stierte wieder vor sich hin. Entweder hatte er schon jetzt einen sitzen, oder er hatte keine Lust, sich mit den beiden Deutschen zu unterhalten.

»Hallo, ihr beiden«, sagte die Wirtin. »Ich bin Dine, willkommen in meinem kleinen Schuppen. Was darf's denn sein?«

Lisa und Fred bestellten Bier, und kurz darauf standen zwei gut gefüllte Gläser vor ihnen.

»Skål, Herr Christensen!«, nahm Lisa einen neuen Anlauf, aber der Polizist deutete nur mürrisch auf sein Glas.

»Darf ich Ihnen eins spendieren?«, fuhr sie fort.

Sie deutete sein Schulterzucken als Zustimmung und gab der Wirtin ein Zeichen. Dann prosteten sich Lisa, Fred und der Polizist doch noch zu, und als Dine den nach wie vor schweigsamen Christensen mit einer frechen Bemerkung auf den Arm nahm und ihm vorhielt, wie unhöflich er zu ihren Gästen sei, bequemte er sich und wandte sich halb seiner Nachbarin zu.

»Na, noch immer auf der Suche nach Informationen?«, brummte er.

»Heute Abend nicht mehr«, schwindelte Lisa. »Wir hatten einfach Lust auf ein frisch gezapftes Bier.«

»Und da verschlägt es Sie ausgerechnet hierher, in Dines Kneipe?«

»Na ja, Sie hatten uns doch diese Kneipe empfohlen.«

Christensen nickte, und am Ende war sogar ein leichtes Grinsen zu erahnen.

»Und warum haben Sie Dines Kneipe zu Ihrem Lieblingslokal erkoren?«, erkundigte sich Lisa.

Er deutete vage nach Norden.

»Ich wohne nur ein paar Häuser weiter. Das ist ganz praktisch, wenn man mal mehr als ein Bier trinken will. Mich als Polizisten würde zwar kein hiesiger Kollege kontrollieren, wenn ich hinterm Steuer sitze und keinen Durst mehr habe – aber man muss ja auch Vorbild sein als Polizist, nicht wahr?«

Dines kehliges Lachen kam spontan, und auf Søren Christensens übertrieben empörten Blick hin spendierte sie den dreien Aquavit in eisgekühlten Gläsern.

»Skål!«, sagte nun Christensen. Sie kippten den Schnaps und tranken mit Bier nach.

»Werden Sie länger in Nysted bleiben?«, fragte er.

»Schwer zu sagen. Auf jeden Fall sind wir wunderbar untergebracht. Wir wohnen in dem Ferienhäuschen ganz in der Ecke der Anlage, sehr schön und mit einem tollen Blick auf die Ostsee.«

Christensen nickte. »Stimmt, ist schön da. Hatten Sie schon Gelegenheit, abends auf der Terrasse zu sitzen?«

»Hatten wir, und gleich am ersten Abend schaute ein Reh mit seinem Kitz vorbei.«

»Das wird wohl nicht mehr zum Haus kommen, bis Sie abgereist sind.«

»Ich weiß nicht recht. Von meinem Anblick hat sich das Reh nicht stören lassen, es ist erst später davongerannt.«

»Es ist ruhig bei uns abends, nicht wahr?«

Lisa grinste, und in Christensens Augen blitzte es schelmisch.

»Na ja, bis auf Knud, der offenbar allabendlich seine Runde dreht.«

»Ach, Sie kennen schon seinen Vornamen?«

»Harald Schenstrøm hat ihn uns genannt.«

»Dachte ich es mir doch, dass Sie gleich nach dem Gespräch mit mir zu dem alten Fischer fahren, um ihn auszufragen. Und hat er Ihnen etwas erzählt, das Ihnen weiterhilft?«

»Nicht wirklich. Und als wir ihn gefragt haben, warum Knud jeden Abend schreiend und fluchend am Meer entlangläuft, wollte er gar nichts mehr erzählen. Dabei scheinen sich die beiden zu kennen, jedenfalls war Knud gerade bei dem alten Fischer zu Besuch. Was hat es denn mit Knud auf sich?«

Søren Christensen verstummte und drehte sich wieder zum Tresen. Die Wirtin, die das Gespräch aufmerksam verfolgt hatte, mischte sich ein.

»Warum interessieren Sie sich denn für Knud? Von der dänischen Polizei können Sie nicht sein. Ihr Dänisch ist recht gut, aber ich würde trotzdem darauf tippen, dass Sie aus Deutschland kommen.«

»Richtig getippt. Ich bin eigentlich Reisejournalistin«, erklärte Lisa. »Und so schön und ruhig, wie es hier ist, werde ich wohl auch mal einen Artikel über Lolland schreiben. Aber jetzt bin ich hier, weil Jens Hoven mich gebeten hat, ein wenig nachzuforschen, ob sein Onkel Ægir vielleicht mehr Vermögen besessen hat, als im Testament steht.«

»Der junge Hoven ist Ihr Auftraggeber? Na, das hätte ich mir an Ihrer Stelle noch einmal überlegt.«

»Warum?«

»Den mag hier in Nysted keiner, und ich glaube fast, das gilt für die ganze Gegend zwischen Gedser und Nakskov. Jens Hoven ist ein Schnösel, der gern mit seinem Geld protzt – das er wahrscheinlich gar nicht hat. Falls Sie mit ihm also ein Honorar verabredet haben, würde ich Ihnen zu Vorkasse raten.«

»Woher wissen Sie das? Schuldet er Ihnen Geld?«

»Mir? Glauben Sie ernsthaft, der würde auch nur einen seiner Maßschuhe hier reinsetzen?« Sie lachte bitter. »Nein, aber meine Freundin, die eine Gärtnerei betreibt, wartet noch auf Geld dafür, dass sie seinen kitschigen Herrensitz …«

»Hovenborg?«

»Ja, Hovenborg, genau! Sie hat den Garten dieses geschmacklosen Anwesens mit Rosenstöcken, Büschen und Bäumchen so weit aufgepeppt, wie es halt ging. Inzwischen hat sie die Hoffnung vermutlich aufgegeben, dass er seine Rechnungen jemals bezahlen wird. Und so geht es einigen Geschäftsleuten in Nysted.«

»Wir haben uns vorgestern auf dem Weg nach Hovenborg verfahren und sind versehentlich in der Zufahrt von Schloss Aalholm gelandet. Da kam uns eine biestige ältere Dame entgegen, die auf Herrn Hoven auch nicht gut zu sprechen war.«

Dine lachte. »Die gute Thyra sollten Sie auf keinen Fall auf Jens Hoven ansprechen, die hat den gefressen. Seit vielen Jahren ist sie Haushälterin auf Schloss Aalholm, sie führt ein strenges Regiment dort, aber sie hat den Laden auch im Griff. Und sie ist sehr stolz darauf, für die Schlossherren zu arbeiten: alter Adel, sehr auf Traditionen bedacht. Da gefällt es ihr natürlich nicht, wenn quasi gegenüber so ein Schnösel einen Protzbau hinstellt und es auf diese Weise wagt, mit ihrer Herrschaft zu konkurrieren. Mit Thyra kommt nicht jeder zurecht, auch ich nicht wirklich, aber was Jens Hoven betrifft, teile ich ihre Meinung voll und ganz.«

»Haben Sie auch Ægir Hoven gekannt?«

»Nicht besonders gut. Er war ja nur selten in seinem Haus hier in Nysted. Ansonsten pendelte er meistens zwischen Roskilde, wo seine Firma ansässig ist, und Kopenhagen, wo er ein sauteures Penthouse besessen haben soll. Hier in Nysted habe ich ihn manchmal beim Metzger oder im Blumenladen gesehen oder mit Geschäftspartnern, die er gern ins Nobelrestaurant am Hafen ausführte. Seine Geschäfte schienen gut zu laufen, aber ob das alles legal war, das müssen Sie unseren Supercop fragen.«

Sie stupste Christensen an, der sich auf sein Bier konzentriert hatte, während die Wirtin plauderte.

»Jetzt red schon, du Sturkopf«, schob sie nach. »Was sollen denn sonst unsere deutschen Gäste von der dänischen Polizei denken?«

»Was soll ich schon erzählen?«

»Na, zum Beispiel, ob Ægir Hoven Dreck am Stecken hatte oder nicht.«

»Jeder hat Dreck am Stecken, der eine mehr, die andere weniger.«

Er grinste Dine an, die hob abwehrend die Hände.

»Ich bin ein Engel, eine Heilige!«

Sie lachte, schnappte sich die drei inzwischen geleerten Biergläser und füllte drei neue.

»Die Runde geht auf mich«, sagte Lisa. »Dazu bitte noch einen Aquavit für Herrn Christensen und …« Sie sah zu Fred, der den Kopf schüttelte.

Der Polizist bekam seinen Aquavit, und die Wirtin schenkte sich auch einen ein.

»Skål!«, rief sie fröhlich, und dann ruhten alle Blicke

auf Søren Christensen, der sich noch kurz zierte, schließlich aber doch zu erzählen begann.

»Ægir Hoven war ein erfolgreicher Geschäftsmann, der kein einziges Mal wegen irgendetwas belangt wurde. Er hat meines Wissens nie einen Geschäftspartner übers Ohr gehauen, und wenn er etwas kaufen wollte, hat er zwar hart verhandelt, am Ende aber doch meistens einen fairen Preis bezahlt. Und im Gegensatz zu seinem Neffen hat er immer vollständig und pünktlich gezahlt.«

»Sie haben gerade gesagt, dass er nie für etwas belangt worden sei. Das muss ja nicht heißen, dass er nichts Illegales angestellt hat, richtig?«

»Richtig, aber er ist nie bei etwas Illegalem erwischt worden.«

»Und das ärgert Sie?«

»Ich bin Polizist! Natürlich ärgert mich das!«

»Weil Sie wissen, dass er doch auch an kriminellen Machenschaften beteiligt war?«

»Das haben Sie gesagt.«

»Mensch, Søren, jetzt eier hier nicht so rum!«, meldete sich Dine wieder zu Wort. »Raus mit der Sprache!«

»Der Mann ist tot. Wer hat etwas davon, wenn ich jetzt Gerüchte über ihn verbreite?«

Beinahe wäre Lisa damit herausgerückt, dass jemand Anspruch auf Ægir Hovens Nachlass geltend machte, der in der dänischen Unterwelt womöglich einigen Einfluss hatte. Da brachte ein strenger Blick der Wirtin den Polizisten doch noch zum Reden. Was er erzählte, deckte sich im Wesentlichen mit dem, was Vaks über Ægir Hovens Geschäfte erzählt hatte.

»In einigen Fällen, in denen es um mehr als zehn Millionen Kronen ging, würde ich drauf wetten, dass er Investoren mit im Boot hatte«, schloss er. »Und ich glaube, dass sich einige dieser Investoren mit schmutzigem Geld in Hovens Projekte eingekauft haben.«

»Wie kommen Sie darauf?«, fragte Lisa deshalb.

»Sie werden ja wohl nicht glauben, dass ich meine Informanten preisgebe. In Lolland hatte Ægir Hoven jedenfalls einen tadellosen Ruf, das hat Ihnen ja Dine auch schon bestätigt.«

»Sie waren mal Polizist in Kopenhagen – stammt Ihr Wissen von dort?«

Christensen war ein wenig blass geworden. Er saß ein, zwei Minuten wie versteinert da, bevor er einen klein gefalteten Geldschein aus der Hosentasche zog, ihn auf den Tresen legte und die Kneipe ohne ein weiteres Wort verließ.

»Was war das denn?«, wandte sich Lisa an die Wirtin.

»Über seine Zeit in Kopenhagen spricht er nicht gern, mehr weiß ich auch nicht. Dabei würde es mich durchaus interessieren. Søren ist ein netter Kerl, er trinkt ein bisschen viel – aber was wäre ich für eine Wirtin, wenn ich mich darüber beschweren würde …«

Sie blickte versonnen drein. Es war nicht zu übersehen, dass sie sich mehr mit Christensen vorstellen konnte, als ihm frisches Bier zu zapfen und Aquavit auszuschenken.

»Wie lange ist es denn her, dass er in Kopenhagen als Polizist gearbeitet hat?«

»Acht Jahre vielleicht, oder neun – so genau weiß ich das nicht mehr. Er war ziemlich fertig damals. Ich glaube, es ist kein Zuckerschlecken als Polizist in der Hauptstadt.«

»Ich fürchte, das gilt für alle größeren Städte«, knurrte Fred auf Deutsch. Lisa übersetzte für Christensen, aber die Wirtin hatte Fred verstanden, sie nickte und musterte ihn wohlwollend und verfiel für die nächsten Sätze in recht gutes Deutsch.

»Sind Sie auch Polizist? Oder waren Sie mal einer?«

»Nein, eher das Gegenteil. Aber das ist vorbei, und es ist gut so.«

Dine sah ihn noch kurz an, dann kam sie zu dem Schluss, dass sie in ihm noch einen männlichen Gast vor sich hatte, der nicht gern über seine Vergangenheit sprach.

Die Männer am Tisch waren mit ihrem Kartenspiel fertig und machten Anstalten aufzubrechen. Der Witzeerzähler mit dem roten Gesicht kam zum Tresen und zahlte, und während er auf sein Rückgeld wartete, raunte er Lisa noch einmal zu, dass er den Witz von vorhin natürlich nicht erzählt hätte, wenn er geahnt hätte, dass eine Dame wie sie die Kneipe betreten würde. Er hatte eine Fahne und legte Lisa vertraulich eine Hand auf den Oberarm. Das schmierige Grinsen in seinem feisten Gesicht hätte es gar nicht mehr gebraucht, um seine »Entschuldigung« als plumpe Anmache zu enttarnen. Lisa warf ihm einen kühlen Blick zu, aber der Rotgesichtige achtete plötzlich gar nicht mehr auf sie, sondern sah über ihre Schulter hinweg, schluckte zweimal trocken und ließ dann von ihr ab. Im Hinausgehen wandte er sich noch einmal um, murmelte eine kaum verständliche Entschuldigung und hob beschwichtigend die Hände in Richtung Fred, der sich hinter ihr von seinem Barhocker erhoben hatte und mit ernster Miene durchaus bedrohlich wirkte.

»Danke«, sagte Lisa und lächelte Fred an, »aber mit dieser Pappnase wäre ich auch allein fertiggeworden.«

Sie zahlte, und lachend verließen sie die kleine Kneipe.

– FIRE –

Tom Vaks hatte ganz geheimnisvoll getan, als er Lisa am Nachmittag anrief und für den Abend neue Informationen versprach. Auf ihre neugierige Nachfrage hatte er nur gemeint, eine der Informationen habe ihn ziemlich wütend gemacht.

Entsprechend gespannt warteten sie und Fred abends auf das Eintreffen des Anwalt. Fred hatte eine Kleinigkeit gekocht, und Vaks erwies sich als zu hungrig, um ihnen noch vor dem Essen alles zu erzählen. Aber kaum waren die Teller geleert, berichtete er.

»Sie sollten morgen unbedingt meine Mitarbeiterin in Kopenhagen treffen. Sie ist auf einige Informationen gestoßen, die den Tod von Ægir Hoven möglicherweise in einem anderen Licht erscheinen lassen. Würde es Ihnen morgen Vormittag passen?«

»Ja, klar. Worum geht's denn?«

»Das meiste wird Ihnen meine Mitarbeiterin erzählen. Warten Sie, ich schreib ihr nur kurz eine Nachricht.«

Er zückte sein Handy.

»Ginge es um elf Uhr?«

Lisa nickte, Vaks tippte und steckte das Smartphone wieder weg.

»Was ich Ihnen jetzt schon sagen kann: Dass Ægir

Hoven ermordet wurde, ist nun sehr viel wahrscheinlicher – und sein Tod hat möglicherweise mit Ereignissen zu tun, die derzeit ganz Kopenhagen in Aufruhr versetzen. Vielleicht haben Sie schon davon gelesen. In der Hauptstadt soll ein regelrechter Bandenkrieg im Gange sein.«

Lisa seufzte. »Ich habe auf unserer Anreise tatsächlich in der Zeitung etwas darüber gelesen, und da waren Fred Hamann und ich noch heilfroh, dass wir in Lolland recherchieren sollen und nichts mit den Morden in Kopenhagen zu tun haben werden.«

Vaks grinste. »Zu früh gefreut, Frau Langer. Ist Ihnen die Sache nun zu heiß?«

»Vernünftiger wäre es ganz sicher, wenn ich von der Sache mit Herrn Hovens Erbe jetzt die Finger lassen würde – aber ich fürchte, so vernünftig bin ich nicht.«

»Gut«, warf Fred ein.

»Mir wird es hier allmählich etwas zu *hyggelig*«, fuhr Lisa fort und kam auf die Bemerkung des Anwalts am Telefon zu sprechen: »Aber was an der Sache macht Sie so wütend?«

»Da muss ich allerdings kurz ausholen. Wir haben uns doch gestern Vormittag über diesen Knud Aalstrup unterhalten, der mit seinem Geschrei die Abendruhe stört. Inzwischen weiß ich, dass ihm vor einigen Jahren übel mitgespielt wurde. Seine Eltern hatten einen gut gehenden Bauernhof etwas außerhalb von Kettinge, einem Dorf ganz in der Nähe. Der Familie gehörten Wiesen und Felder bis rüber nach Errindlev. Die Eltern übergaben den Hof ihrem einzigen Sohn Knud, der sich als Bauer in allen praktischen Dingen recht geschickt anstellte. Er kam mit den Maschinen zurecht und verstand sich gut auf Pflege und Nutzung seines Bodens. Nur war er wohl nicht die hellste Kerze auf dem Geburtstagskuchen, wenn ich es mal so ausdrücken darf. Eine Firma von außerhalb hat ihn über den Tisch gezogen – leider weiß ich noch nichts Näheres darüber, nur so viel, dass er auf diese Firma reingefallen ist und am Ende den Hof verloren hat. Danach hat er angefangen zu saufen. Das hat er inzwischen wieder im Griff, heißt es – außer, wenn er zusammen mit dem alten Fischer versumpft, wie vorgestern.«

Aus großer Entfernung wehte der Abendwind nun wieder einen Schrei heran, und Vaks verstummte. Fred löschte das Licht im Ferienhaus, und schweigend beobachteten sie Knud, wie er seine Runde drehte und schließlich nach gut zwanzig Minuten in dem Wäldchen verschwand, das sich an die Ferienhausanlage anschloss.

»Armer Kerl«, brummte Vaks. »Ich hätte gute Lust, ihn als Anwalt zu vertreten, wenn ich irgendetwas herausfinde, wogegen sich heute noch rechtlich etwas unternehmen lässt …«

»Sie sind gut als Anwalt, oder?«

Vaks lächelte.

»Falls ich das selbst von mir sagen darf: Ja. Das führt dazu, dass ich mir meine Mandanten mehr oder weniger frei auswählen kann.« Seine Miene verfinsterte sich. »Und manchmal treffe ich dabei offenbar nicht die beste Entscheidung.«

»Beziehen Sie das auf Jens Hoven?«

»Ja. Ich konnte bisher nicht in Erfahrung bringen, wie

die Firma hieß, die Knud Aalstrup übers Ohr gehauen hat, aber das finde ich noch heraus. Damals hat vor allem Ægir Hoven Land im Süden von Lolland aufgekauft, und ich könnte mir gut vorstellen, dass er dafür nicht immer die Firma HovInvest genutzt hat, sondern das manchmal auch über Strohmänner laufen ließ oder über Firmen, an denen er eher verdeckt beteiligt war. Das würde auch zu meinem Verdacht passen, dass er Geld gewaschen hat. Ich bin also nach Hovenborg gefahren, um meinen Mandanten direkt darauf anzusprechen, ob er vielleicht doch etwas über das Schicksal von Aalstrup wisse – und ob darin vielleicht auch sein Onkel verwickelt war. Immerhin könnten die Drohungen gegen Herrn Hoven auch aus dieser Richtung kommen. Aber er war leider nicht zu Hause.«

»Und was hat Sie daran so wütend gemacht?«

»Sein Butler öffnete mir und erklärte, dass der Hausherr leider nicht anwesend sei. Also nutzte ich die Gelegenheit, um mich bei Richard über die Vergangenheit von Knud Aalstrup zu erkundigen. Man weiß ja nie. Und stellen Sie sich vor, er hat mir erzählt, dass er Knud seit Jahren kennt. Er kommt ursprünglich aus Kettinge und hat dort zu einer Zeit gelebt, in der Knud noch den Bauernhof seiner Eltern bewirtschaftete. Als ich ihn fragte, ob er mehr über die Ereignisse wisse, durch die Aalstrup mittellos wurde, zögerte er erst und meinte dann, dass ich dazu lieber Herrn Hoven selbst befragen solle.«

»Der aber Ihnen gegenüber behauptet hat, Knud gar nicht zu kennen.«

»Genau. Das habe ich so auch dem Butler gesagt, worauf der erst einmal sprachlos war – und dann, das war jedenfalls mein Eindruck, offenbar so zornig wurde, dass es ihn erkennbar Mühe kostete, seine Haltung zu wahren. Er bat mich, einen Moment zu warten, und verschwand im Haus. Keine fünf Minuten später stand er wieder vor mir und drückte mir einen USB-Stick in die Hand. ›Den haben Sie natürlich nicht von mir‹, sagte er noch und verabschiedete mich.«

»Und was befindet sich auf dem Stick?«

»Eine einzige Datei, ein Video – das kann ich Ihnen zeigen. Ich hab's gleich in meine Cloud hochgeladen, für alle Fälle.«

Vaks zückte wieder sein Handy und startete einen kleinen Film. Es war dieselbe Szenerie, die ihnen Jens Hoven auf einem USB-Stick mitgegeben hatte, aber es waren nicht dieselben Bilder. Auch hier war Hoven zu sehen, wie er in seiner Bibliothek zwei Schlägertypen gegenüberstand, aber hier hatte einer der beiden Muskelprotze einige Unterlagen in der Hand, die er Hoven so hinhielt, als solle der sie lesen. Vaks stoppte das Video an einer Stelle, an der das Dokument leidlich gut zu erkennen war, und zoomte es heran.

Zu sehen war ein Deckblatt, das mit weiteren Seiten zusammengeheftet war. Durch das Vergrößern wurde das Bild etwas unscharf, aber trotzdem war die Überschrift des Deckblatts gut zu lesen: *Testamente* stand dort.

Soweit man den Text entziffern konnte, handelte es sich um das Vermächtnis von Ægir Hoven. Der Name des Erben war mit einem Post-it-Zettel überklebt, aber die letzte Adresszeile war lesbar, sie lautete *2300 København*.

»Ægir Hoven hat in seinem Testament offenbar jemanden bedacht, der im Postleitzahlenbereich 2300 gemeldet ist«, erklärte Vaks. »Und da die beiden Schläger dieses Testament dabeihaben und es meinem Mandanten zeigen, soll es vermutlich die Ansprüche ihres Auftraggebers untermauern.«

»Das Testament könnte eine Fälschung sein«, gab Lisa zu bedenken.

»Natürlich, und das lässt sich allein anhand des Videos nicht feststellen, aber ich hätte von Herrn Hoven schon erwartet, dass er mir von einem solchen Testament erzählt, ob gefälscht oder echt. Ich muss und will loyal zu meinen Mandanten stehen – aber das muss selbstverständlich auch im Gegenzug gelten.«

»Nehmen wir mal an, das Testament ist echt: Warum schickt der Erbe dann seine Handlanger und versucht, das Geld von Jens Hoven zu erpressen – anstatt das Testament einfach dem Nachlassverwalter vorzulegen?«

»Das könnte dafür sprechen, dass es gefälscht ist. Oder die Person, die hier bedacht wird, hat Dreck am Stecken und möchte nicht offiziell mit dem Erbe von Ægir Hoven in Verbindung gebracht werden. Falls sich mein Mandant darauf einlässt, das geforderte Geld zu bezahlen, ginge das natürlich etwas diskreter vor sich. Vermutlich stellen die achtundzwanzig Millionen, die der Chef dieser Schläger verlangt, nur einen Teil des Vermögens dar, das Ægir Hoven hinterlassen hat – vielleicht wurde die Erbschaftssteuer schon abgezogen, vielleicht wurde auch ein Anteil für meinen Mandanten mit eingepreist.«

»Wollen Sie Herrn Hoven auf das Testament ansprechen?«

»Das ist schwierig. Von wem außer von Richard sollte ich diesen Film zugespielt bekommen haben? Ich lass mir mal von einem Computerfreak, den ich kenne, erklären, ob man sich irgendwie in die Videoanlage von Hovenborg reinhacken kann. Oder besser in den dortigen Netzwerkserver, denn vermutlich bleiben die Videos nicht allzu lange im Videosystem, sondern werden auf eine Festplatte überspielt. Oder mir fällt etwas anderes ein, wie ich an den Stick mit dem Film gelangt sein kann. Den Butler will ich jedenfalls nicht verraten – vielleicht hat er noch mehr Informationen zu bieten.«

»Den Stick mit dem brisanten Filmausschnitt hat er Ihnen vermutlich zugesteckt, weil er vom Verhalten seines Chefs so enttäuscht war, dass er sich in diesem Punkt nicht mehr an seine Loyalität Herrn Hoven gegenüber gebunden fühlte«, sagte Fred. »Aber ich frage mich, warum der Butler diese Szene kannte und auf einen Datenstick kopiert hat. Und warum hat Ihnen Jens Hoven nicht von sich aus von dem Testament erzählt?«

Der Anwalt nickte. »Das wüsste ich auch gern.«

Der Rollstuhl stand im Dunkeln am Wegesrand, und der alte Mann musste sich recken, so gut es ging, um beobachten zu können, wie der Anwalt das Ferienhaus der beiden Deutschen verließ und auf ein anderes Häuschen zuhielt, in dem er schließlich verschwand. Eine Zeit lang blieb er noch reglos sitzen, dann wandte er sich zu dem elegant gekleideten Mann, der neben ihm stand.

»Vaks mischt also auch mit. Meinst du, wir sollen ihn im Blick behalten?«

Der andere zuckte mit den Schultern.

»Ich würde gern wissen, wie viel der Anwalt weiß«, fuhr der Alte fort. »Ich habe gehört, dass er seine kleine Schnüfflerin in Kopenhagen hat herumfragen lassen. Er scheint zu glauben, dass einige der jüngsten Morde mit der Erbschaft von Ægir Hoven zu tun haben.«

»Dann wird er die beiden Deutschen nach Kopenhagen mitnehmen, oder, Chef?«

»Das ist anzunehmen.«

Der Alte packte die Metallringe an den Rädern des Rollstuhls, schwang das Gefährt so weit herum, dass er den anderen vor sich hatte.

»Sag Albert, dass er sich um Vaks und die Deutschen kümmern soll«, wies er den Mann an. »Und sobald die in Kopenhagen aufkreuzen, sollen diese kleinen Schläger sich um sie kümmern.«

»Aber …«

»Mach's einfach. Ich weiß, dass du von Albert nicht viel hältst, aber das wird er ja wohl noch hinbekommen.«

»Und diese Kids …«

»Ja, auch denen traust du nicht viel zu, ich weiß. Aber mit einem geschniegelten Anwalt und zwei Touristen werden sie doch fertig werden, oder?«

Das zweifelnde Gesicht des Jüngeren quittierte der Alte mit einem breiten Grinsen.

»Jetzt ruf Albert an, ich bleib noch kurz hier.«

Der Jüngere hatte noch keine drei Schritte gemacht, als ihn der Alte noch einmal ansprach: »Und versuch mal was rauszubekommen über diesen Kerl, der da am Uferweg entlangläuft und in die Nacht hinausschreit.«

Tom Vaks war am frühen Freitagmorgen nach Kopenhagen aufgebrochen. Lisa und Fred folgten ihm gegen neun Uhr und erreichten ihr Ziel trotz des dichten Verkehrs um kurz vor elf. Vaks hatte ihnen die Adresse eines Lokals in der Nähe von Schloss Rosenborg geschickt, in dem er einen Tisch für vier Personen reserviert hatte. Fred fand sogar einen Parkplatz direkt in der Straße, wo sich das Lokal befand, und nach wenigen Schritten standen sie an der angegebenen Adresse vor einer steilen Steintreppe, die ins Untergeschoss hinunterführte. *Café & Øl-Halle 1892,* stand über dem niedrigen Eingang, und als sie die braune Holztür aufdrückten, sahen sie einen gemütlich eingerichteten Gastraum. An einem Tisch in der Ecke saß Tom Vaks mit einer Frau, die selbst im Sitzen sportlich wirkte. Als sich der Anwalt erhob, um seine Gäste zu begrüßen, stand auch sie auf und musterte die beiden Neuankömmlinge aufmerksam, aber nicht unfreundlich. Lisa schätzte sie auf Ende dreißig.

»Darf ich vorstellen: Mette Bødtger, Privatdetektivin, meine beste Mitarbeiterin. Und das sind Lisa Langer und Fred Hamann.«

Mette Bødtger hatte einen festen Händedruck. Ihr sympathisches Gesicht wurde von raspelkurzen hellblonden Haaren eingerahmt, und die Unterarme, die das Dreiviertelshirt freigab, waren mit Tätowierungen bedeckt.

Vaks deutete auf einen Teller mit üppig belegten Sandwiches, der in der Mitte des Tisches stand.

»Ich habe mir erlaubt, eine kleine Auswahl zusammenstellen zu lassen. Nehmen Sie, bitte! In meinen Augen ist das hier die beste Adresse für Smørrebrød in ganz Kopenhagen. Sie können sich natürlich auch gern selbst am Büfett bedienen. Schmeckt alles sensationell!«

Vaks deutete auf einen langen Tisch am anderen Ende des Gastraums, auf dem sich zahlreiche kleine Teller mit den unterschiedlichsten Variationen der dänischen Spezialität reihten. Das sah wirklich sehr lecker aus.

»Außerdem gibt es ganz wunderbares Bier«, fuhr der Anwalt fort. »Wenn ich Ihnen eines empfehlen darf?«

Er durfte, und wenig später standen vier volle Gläser vor ihnen. Sie stießen miteinander an und griffen tüchtig zu.

»Gut, dann will ich Ihnen mal schildern, worauf ich gestoßen bin«, ergriff Mette Bødtger das Wort. »Herr Vaks hat Ihnen sicher schon angedeutet, dass ich gewisse Verbindungen zwischen Ægir Hoven und einigen Todesfällen entdeckt habe, die in letzter Zeit die Hauptstadt erschütterte haben. Hoven war mit seinen Geschäften vielseitig engagiert. Wenn er nicht gerade in Roskilde oder Nysted war, lebte er in einem schicken Penthouse in Teglholmen hier in Kopenhagen. Seine Nachbarn haben ihn praktisch nie zu Gesicht bekommen, er ist mit dem Wagen in die Tiefgarage gefahren und danach mit dem Lift ins Apartment. Vielleicht hat er sich auch deshalb keines der hübschen Häuschen in Nyhavn gekauft, das er sich ganz sicher hätte leisten können. In Teglholmen kann man nämlich anonymer leben, wenn man darauf Wert legt. Zum Beispiel, um diskret irgendwelche Geschäftspartner zu empfangen.«

Lisa war gespannt, ob das nur so dahingesagt war oder ob die Privatdetektivin ihre Bemerkung würde untermauern können. Tatsächlich zog sie vier Fotos aus der Innentasche ihrer Jacke, die über der Stuhllehne hing. Zu sehen war auf jedem Foto ein Mann, keiner von ihnen sah besonders vertrauenerweckend aus, und das Alter der Personen schien von Ende dreißig bis Anfang siebzig zu reichen. Mette Bødtger deutete auf das erste Gesicht.

»Anders Jensen war zweiundfünfzig Jahre alt, als er eines Nachts Ende April vor einer Bar in der Fußgängerzone Strøget nur siebenhundert Meter Luftlinie von hier niedergestochen wurde und noch am Tatort starb. Die Polizei hatte ihn als Hehler und Drogenhändler im Visier, konnte ihm aber nie etwas anhängen.«

Der Mann auf dem zweiten Foto hieß Finn Thonning.

»Er wurde Anfang Mai von einem Van überfahren, als er drüben in Christianshavn eine Straße überqueren wollte. Thonning war sofort tot, der Van fuhr einfach weiter, und keiner der Passanten hatte sich das Kennzeichen gemerkt oder konnte der Polizei mehr über den Wagen sagen, als dass er groß und schwarz war und getönte Scheiben hatte. Thonning stand unter dem Verdacht, in halb Kopenhagen Schutzgelder von Ladeninhabern zu kassieren – auch ihm konnte nie etwas nachgewiesen werden.«

Der dritte Mann wurde von allen »Speedy« Olsen genannt.

»Er machte zeitlebens ein großes Geheimnis um seinen richtigen Vornamen, und jetzt muss das auch keiner mehr wissen. Olsen wurde Mitte Mai auf dem Gelände eines Bootsverleihs auf der Insel Refshaleøen gefunden. Er lag an Deck eines Motorboots, irgendjemand hatte ihm eine Kugel durch die Stirn gejagt. Er starb mit vierundvierzig

Jahren und war bis dahin einer der gefragtesten Fahrer der Kopenhagener Unterwelt.«

Komplettiert wurde das Quartett durch Henrik Halsman, einen honorig wirkenden Herrn von zweiundsiebzig Jahren.

»Das war einer der Paten in Kopenhagen«, erklärte Mette Bødtger. »Nach außen gab er den ehrlichen Geschäftsmann, einen Patriarchen, der sich noch für den geringsten seiner Mitarbeiter einsetzte, wenn der es nötig hatte. In Wirklichkeit hatte er bei vielen illegalen Dingen seine Finger im Spiel – vorausgesetzt, die Geschichte lohnte sich für ihn. Er kümmerte sich besonders um die Mitarbeiter, die seiner Meinung nach sein Vertrauen missbraucht hatten. Sein Markenzeichen waren Verletzungen am Hals – wahrscheinlich gefiel ihm der Bezug zu seinem Namen. Entweder wurde seinen Opfern die Kehle durchgeschnitten, oder sie wurden mit einer Drahtschlinge erwürgt. Das machte er natürlich in den seltensten Fällen selbst, sondern schickte seine engsten Handlanger los. Die nannten sich übrigens nicht ohne Stolz ›Halsmændene‹, also die Halsmänner. Halsman ist bisher das prominenteste Opfer des Bandenkriegs. Seine Leiche wurde vor vierzehn Tagen nahe der Anlegestelle in Nyhavn im Wasser entdeckt. Wo er getötet wurde, weiß die Polizei noch nicht, aber er starb stilecht: Ihm wurde die Kehle durchgeschnitten.«

Mette Bødtger lehnte sich zurück.

»Vom fünften Opfer, das eine Verbindung zu Ægir Hoven hatte, habe ich kein Foto, aber vielleicht haben Sie von seinem Tod in der Zeitung gelesen. Steen Egeberg war

Ende vierzig und lag erstochen auf der Zufahrt zu einer Motocross-Anlage im Süden der Stadt. Er war in der hiesigen Unterwelt ein kleines Licht, saß ab und zu wegen Messerstechereien, Drogenhandel und Körperverletzung hinter Gittern. Und er wird einer Bande zugerechnet, die mit den Halsmännern konkurrierte.«

»Und was sind die jeweiligen Beziehungen zu Ægir Hoven?«

»Beginnen wir mit Halsman. Eine von seinen Firmen war an einem Unternehmen namens FremTids ApS in Roskilde beteiligt, die mehrheitlich Ægir Hovens Firma HovInvest gehört. FremTids hat in ganz Dänemark alte Hotels und Gasthöfe aufgekauft, umgebaut und unter neuer Leitung weiterbetrieben – rund um die größeren Städte oft als Pensionen für Monteure, anderswo im Land vorübergehend auch als Flüchtlingsunterkünfte. Speedy Olsen hat vor einigen Jahren als persönlicher Fahrer von Halsman gearbeitet, sich dann aber selbstständig gemacht – aber er hatte auch danach noch Aufträge von Halsman und möglicherweise auch von Hoven. Jedenfalls wurde er einmal auf der Landstraße von Nysted nach Rødby geblitzt. Und von einem alten Bekannten habe ich erfahren, dass sein Wagen, ein schwarzer BMW X7, ab und zu in der Nähe von Ægir Hovens Haus in Nysted im Parkverbot stand, dass die Knöllchen, die er manchmal dafür bekam, aber stets von einem Firmenkonto bezahlt wurden – mal von der HovInvest, mal von FremTids.«

»Dann haben wir also einen Strippenzieher, der mit Ægir Hoven Geschäfte machte, und einen Fahrer, der vermutlich auch für Hoven unterwegs war«, fasste Fred auf Deutsch zusammen. »Wie passen der Schutzgelderpresser, der Hehler und der Kleinkriminelle von der Motocross-Anlage in dieses Bild?«

Lisa übersetzte für die beiden anderen.

»Thonning hat zwar Schutzgelder eingetrieben«, antwortete Vaks, »aber das hat er angeblich nicht auf eigene Rechnung gemacht. So ganz sicher war man sich nicht, für wen er kassiert hat. Manche vermuteten Halsman als seinen Boss, andere tippten eher auf einen Typen namens Vito – über den ich aber bisher so gut wie nichts in Erfahrung bringen konnte. Thonning war allerdings nicht ganz blöd. Es wäre also auch möglich, dass er die Schutzgelder selbst eingesteckt und diesen Vito als Hintermann nur erfunden hat, um sich in der Szene kleiner und unwichtiger zu machen, als er war. Es kann manchmal nicht schaden, wenn man unter dem Radar der richtig gefährlichen Typen bleibt.«

»Und die Verbindung zu Hoven?«, fragte Lisa.

»Wenn er das Geld für Halsman eintrieb, ist der ein Bindeglied. Außerdem wollte Thonning auch mal in einem Bistro in Teglholmen kassieren, in dem Hoven verkehrte – das Bistro befindet sich im selben Häuserblock wie Hovens Penthouse. Es gibt Augenzeugen, die gesehen haben wollen, wie Thonning eines Tages im Bistro stand und der Wirtin einen Umschlag mit Geld überreicht hat. Dabei soll er sich entschuldigt haben. Für mich klingt das eher so, als hätte er Schutzgeld abkassiert und später erfahren, dass er das besser hätte bleiben lassen. Kann natürlich alles auch Zufall gewesen sein.«

Die Privatdetektivin grinste. Es war klar, für wie wahrscheinlich sie das hielt.

»Anders Jensen war mal in einen Drogendeal involviert, bei dem auch ein Frachtschiff eine Rolle spielte, das zu diesem Zeitpunkt HovInvest gehörte. Jensen konnte sich, wie ich mir sagen ließ, wohl gerade noch rechtzeitig aus der Geschichte zurückziehen, um nicht belangt zu werden. Unter den vier Ganoven, die zu blöd waren, um rechtzeitig auszusteigen, war auch Steen Egeberg, der Tote von der Motocross-Anlage.«

»Gibt es irgendwelche Gemeinsamkeiten zwischen diesen Morden?«, fragte Fred, und Lisa übersetzte wieder. »Könnte es derselbe Täter gewesen sein? Gibt es Übereinstimmungen in Details – Tatzeiten, Indizien, irgendwelche Symbole, die am Tatort zurückgelassen wurden?«

»Bis auf den Van, der Thonning totfuhr, war die Tatwaffe jedes Mal ein Messer – aber es scheint kein besonders auffälliges Messer zu sein, das etwa in mehreren Morden eingesetzt worden wäre. Halsman wurde die Kehle aufgeschlitzt, so, wie er es immer bei seinen Opfern in Auftrag gab – aber überfahren wurde der Schutzgelderpresser und nicht der Chauffeur. Es wurden durch die Morde also auch nicht durchgängig Symbole gesetzt.«

Lisa nickte anerkennend. »Sie sprachen vorhin von einem regelrechten Bandenkrieg, der zurzeit in Kopenhagen tobt. Kann es auch sein, dass die Toten einfach Opfer diverser rivalisierender Gangs geworden sind und dass die Bezüge zu Ægir Hoven letztlich gar nichts zu bedeuten haben?«

»Auch das ist möglich. Außerdem könnte es sein, dass

einer oder mehrere der Mörder auch unter den Opfern sind – wenn zum Beispiel Speedy Olsen in seinem schwarzen BMW-Van Finn Thonning überfahren hätte und später etwa das Opfer von Steen Egeberg geworden wäre. Genauso gut könnte es sein, dass der zweite Mord den ersten rächen sollte, und so weiter. Das geht seit einiger Zeit hin und her hier in der Stadt – und ich habe Ihnen nur Infos zu den fünf Toten gegeben, für die ich Verbindungen zu Ægir Hoven nachweisen kann. Es gab einige Opfer mehr, und die Polizei tappt immer noch im Dunkeln, was es mit diesem Bandenkrieg auf sich hat und was ihn ausgelöst haben könnte.«

Nach dem Gespräch hatte sich jeder Nachschub vom Büfett geholt, Vaks spendierte allen noch einen Espresso, und dann brachen sie auf. Mette Bødtger schwang sich elegant auf ihr Fahrrad und winkte den anderen noch einmal zu, bevor sie davonfuhr.

»Ich nehme Sie mit und zeige Ihnen, wo die Leichen der Männer gefunden wurden, von denen Mette erzählt hat«, sagte Vaks und deutete auf eine noble Limousine, die nur ein paar Meter entfernt geparkt war. »Es kann nicht schaden, wenn wir möglichst viel über diese Todesfälle wissen.«

Er schloss den Wagen auf.

»Und wenn Sie häufiger in die Stadt kommen, kann ich Ihnen gern zwei Fahrräder bereitstellen. Damit kommt man vor allem in der Innenstadt am schnellsten durch.«

Er stieg ins Auto, Fred schob sich auf den Rücksitz und überließ Lisa den Beifahrerplatz. Vaks kurvte geschickt und zügig mit ihnen durch Kopenhagen. Er stellte seinen Wagen in der Nähe der Fußgängerzone ab und ging mit ihnen zu der Bar, vor der Anders Jensen niedergestochen wurde. Er zeigte ihnen die Straßenecke, an der ein schwarzer Van Finn Thonning überfahren hatte. Im Süden Kopenhagens sahen sie sich die Motocross-Anlage an, wo Steen Egeberg erstochen aufgefunden worden war. Schließlich fuhr Vaks wieder in die Innenstadt und stellte seinen Wagen in einer Tiefgarage am Hafen ab. Kurz darauf standen sie an einem Seitenkanal, der von schmalen, in verschiedenen Farben getünchten Häusern gesäumt war. Lisa kannte das Motiv: Nyhavn war Kopenhagener Idylle pur. Überall standen Touristen und machten Fotos, auf dem Wasser des Kanals schaukelten Kutter und Segelboote, und unter den Markisen der Restaurants war kaum noch ein Sitzplatz frei.

»So schön hatte es der Leichnam von Henrik Halsman«, bemerkte Vaks trocken und deutete zwischen zwei nebeneinander vertäuten Segelbooten aufs Wasser. »Dort wurde er gefunden. Die Polizei hat sich große Mühe gegeben, die Leiche so unauffällig wie möglich zu bergen.«

Vaks schwieg einen Moment, dann klatschte er in die Hände, sah Lisa und Fred auffordernd an und sagte: »Und nun unternehmen wir eine kleine Bootsfahrt.«

Er führte sie am Kanal entlang bis zum Fähranleger, wo die »Havnebusser« hielten, und bestieg mit ihnen das nächste Schiff in Richtung Norden. Ihr Ziel war die Insel Refshaleøen, wo Speedy Olsen tot in einem Motorboot gelegen hatte. Außerdem wollte Vaks ihnen den Streetfood-Markt Reffen zeigen.

Der smarte Anwalt, den der untersetzte Mann mit den langen rotblonden Haaren vom Parkhaus hierher verfolgt hatte, sprach laut, damit ihn die schlanke Frau und der groß gewachsene Mann, die ihn begleiteten, trotz des Gewimmels verstanden. Das machte es dem Rotblonden leicht, ihr nächstes Ziel zu erfahren, ohne ihnen allzu sehr auf die Pelle rücken zu müssen. Und weil sie sich um nichts in ihrer Umgebung gekümmert hatten, war es ihm sogar möglich gewesen, alle drei unauffällig mit dem Smartphone zu fotografieren.

Er hatte mitbekommen, dass die drei mit dem Hafenbus zur Insel Refshaleøen fahren wollten. Ein Stück von der Anlegestelle entfernt blieb er stehen, wartete, bis sich die drei in die Schlange der Wartenden eingereiht hatten, und rief auf dem Handy einen gespeicherten Kontakt auf.

»Ja, die kommen jetzt«, sagte er mit einer überraschend hohen Stimme. »Wo bist du? Am Jacht-Center? Das ist gut. Die schauen sich die Stelle an, wo Speedy gelegen hat, genau, wie wir es uns gedacht haben. Ich schick dir Fotos, damit du sie auch erkennst. Und danach wollen Sie zum Reffen. Was? Ja, ich hab auch Hunger, aber wenn der Chef sagt, dass wir … Was? Ach, mach doch, was du willst!«

Er drückte das Gespräch weg und stapfte wütend davon.

Auf einem der alten Segelboote, die dicht nebeneinander am Kai von Nyhavn vertäut waren, hatte sich inzwischen ein älterer Mann erhoben. Er hatte im Heck des Bootes gelegen und auf Außenstehende gewirkt wie ein alter Fischer, der ein Nickerchen in der Mittagssonne genießt –

doch unterhalb der zerschlissenen Schirmmütze hatten zwei wache Augen alles verfolgt, was der smarte Typ im maßgeschneiderten Anzug seinen beiden Begleitern erzählt hatte. Er hatte ihnen gezeigt, wo der tote Halsman gefunden worden war. Danach war von einer »Bootstour« die Rede gewesen – ob es wohl zur Refshaleøen gehen würde, wo die Leiche von Speedy Olsen gelegen hatte?

Den Mann im Anzug hatte er schon ein paarmal gesehen, auch wenn er nicht mehr wusste, wie er hieß. Aber er wusste, wen er nach dem Namen des Mannes fragen musste.

Nach dem Namen des rothaarigen Halunken, der die drei beobachtet hatte und ihnen zur Anlegestelle gefolgt war, musste er nicht fragen. Kjeld Pedersen hatte er schon seit Jahren im Blick, und wenn der untersetzte Kerl an der Anlegestelle sein Handy gezückt hatte, was vom Boot aus nicht zu erkennen war, dann hatte sich am anderen Ende der Leitung ziemlich sicher Benny gemeldet. Es war klar, wo Benny auf das Trio warten würde. Nur: Was hatte er dort mit ihnen vor? Wollte er sie nur weiter beobachten – oder hatte er anderes im Sinn?

Doch darüber konnte er sich noch den Kopf zerbrechen, wenn er zur Insel unterwegs war. Der Alte tauchte den Außenbordmotor ins Wasser, löste die Taue, tuckerte den Kanal entlang und nahm Kurs auf die Insel, die Speedy Olsen nicht mehr lebend verlassen hatte. Als der Weg nach Refshaleøen frei vor ihm lag, holte er das Handy aus der Tasche und wählte eine gespeicherte Nummer. Eine Frauenstimme meldete sich.

»Mette«, sagte der Alte, »du solltest schnell zu Speedys Fundort fahren.«

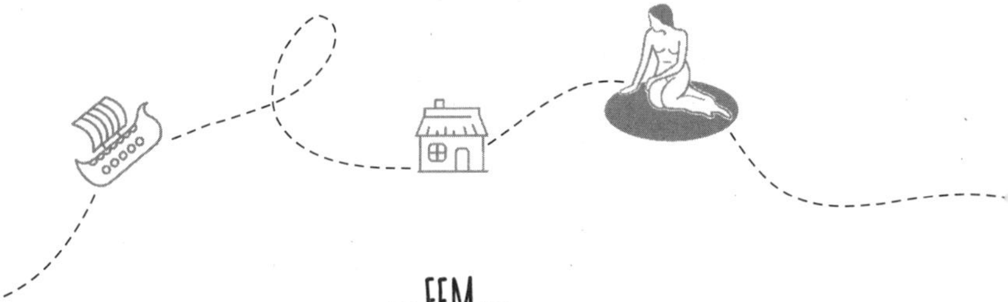

– FEM –

Auf dem letzten Stück zur Insel war der schwimmende Hafenbus so voll gewesen, dass es gar nicht alle an Bord schafften, die an der Anlegestelle Nordre Toldbod hatten zusteigen wollen. An der Endstation angekommen, strömten fast alle Fahrgäste im dichten Pulk vom Schiff und gingen davon. Einige Touristen blätterten noch in ihren Infozetteln oder bemühten die Karten-App ihres Handys, aber auch sie waren bald außer Sichtweite.

Vaks und seine Begleiter waren kaum zehn Minuten unterwegs, bis sie den Bootsverleih erreichten, zu dem offenbar auch eine kleine Reparaturwerft gehörte. Rechts von ihnen erhob sich ein großer Schuppen, schick holzvertäfelt und mit der Aufschrift *Jacht Center København* versehen. Daneben schloss sich eine baufällig wirkende Fabrikhalle an. Direkt vor ihnen befand sich ein großes metallenes Schiebetor, das ebenso geschlossen war wie die kleine Fußgängerpforte daneben. Auf einem Schild wurden »Boote jeder Art zu besten Preisen« angepriesen. Vaks trat an das Tor und ließ seinen Blick über das Außengelände der Firma schweifen. Es war menschenleer bis auf einen Glatzkopf, der mit dem Rücken an einem Fahnenmast lehnte.

»Hallo?«, rief Vaks und noch einmal: »He, Sie da!«

Nun endlich kam Bewegung in den Glatzkopf. Er strich sich über die Platte, reckte die Arme und schaute zu ihnen herüber. Dann trottete er auf die drei Besucher zu.

»Was ist denn los?«, brummte er und rieb sich die Augen. Der Glatzkopf war etwas kleiner als Fred und nicht annähernd so muskulös. Trotzdem wirkten seine Bewegungen, als wisse er sich zu wehren, wenn es drauf ankam.

»Sind Sie ein Mitarbeiter des Bootsverleihs?«, fragte Vaks.

»Klar, sonst würd ich ja wohl kaum meine Zeit totschlagen auf diesem Schrottplatz!« Er musterte die drei vor dem Tor finster, dann lachte er rau und deutete auf einige der Boote hinter sich. »Die übelsten Kähne können Sie sogar kaufen. Sie müssen sie nur irgendwie hier wegbekommen.«

»Wir interessieren uns tatsächlich für eines der Boote«, gab der Anwalt vor und deutete auf zwei ältere kleine Motorschiffe, die dicht beieinander auf dem Trockenen lagen. »Können wir uns die mal näher anschauen?«

»Meinetwegen«, brummte der Glatzkopf und zog die Pforte neben dem Metalltor auf. Dann ging er ihnen voraus.

Während Lisa durch die Pforte trat, machte sie Fred unauffällig auf ein Detail aufmerksam: Im Schloss steckte kein Schlüssel, und der Riegel des Verschlusses fehlte – ganz so, als hätte ihn jemand mit einem Bolzenschneider abgetrennt. Sie folgten dem Glatzkopf bis zu den beiden Booten, und Fred positionierte sich so, dass er einen plötzlichen Angriff des anderen gut hätte kontern können. Doch der Mann machte keine Anstalten, sie zu bedrohen, sondern schaute gelassen zu, wie Vaks sich über die Bordwand des ersten Schiffes beugte und Lisa heranwinkte. Fred blieb stehen, wo er war, und behielt den Glatzkopf im Auge. Vaks deutete auf einige Stellen im hinteren Bereich des Bootes.

»Das müsste man halt reparieren lassen«, sagte er leichthin, aber Lisa wusste natürlich, dass er ihr keine Schäden zeigen wollte, sondern die Fundstelle von Speedy Olsens Leiche. »Aber allzu teuer dürfte das nicht werden.«

»Ja, das scheint nur halb so schlimm zu sein«, ging sie auf sein Spiel ein, musterte das Boot noch eine Weile und ließ dann ihren Blick über die Umgebung schweifen. Der Glatzkopf beobachtete sie, und schließlich trat er auf sie und den Anwalt zu.

»Und, wollen Sie das Ding jetzt kaufen oder nicht?«, knurrte er. »Ich hab nicht den ganzen Tag Zeit.«

»Nicht?«, fragte Vaks. »Ich dachte, Sie arbeiten hier. Dann kann es Ihnen doch egal sein, womit Sie Ihre Arbeitszeit verbringen.«

»Jetzt werd mal nicht frech!«, herrschte der Glatzkopf ihn an und baute sich bedrohlich vor dem Anwalt auf. Fred war schräg hinter den Mann getreten und tippte ihm auf die Schulter. Der Glatzkopf fuhr halb herum und hob die Fäuste, erntete dafür aber nur ein mitleidiges Lächeln. Dann fielen ihm wohl Freds Muskeln auf, die sich unter dem Oberteil nun ein wenig deutlicher abzeichneten.

»Wie auch immer«, gab er sich versöhnlicher, ließ die Hände sinken und machte einen Schritt zur Seite. »Wenn

Sie das Boot kaufen wollen, sollten Sie am besten gleich rübergehen ins Büro.«

Er deutete zu der alten Halle hinüber.

»Ach, das Büro ist nicht im Neubau?«, gab Vaks überrascht zurück.

»Nö, der Chef vom Jacht-Center … äh … ist ein solcher Geizhals, der hat seinen neuen Schuppen untervermietet und gibt sich mit einem Kabuff in der alten Halle zufrieden.«

Vaks und Fred wechselten einen kurzen Blick, dann zuckte der Anwalt mit den Schultern.

»Das kann mir eigentlich egal sein, vielleicht wird das Schiff ja sogar etwas günstiger, wenn Ihr Chef geringere Fixkosten hat«, sagte er leichthin und setzte sich in Bewegung. »Und Sie, Frau Langer, bleiben besser hier und schauen sich das Boot noch ein wenig an, ja? Falls Ihnen doch noch etwas auffällt, was gegen den Kauf spricht, schreiben Sie mir kurz eine SMS.«

»Kommen Sie auch mit?«, wandte sich Fred an den Glatzkopf.

»Nein, ich bleib lieber mal hier bei Frau … Frau Langer, richtig?«

»Richtig«, bestätigte Lisa und ging langsam um das Boot herum, bis es sich zwischen ihr und dem Kahlköpfigen befand. Fred sah sie noch einmal fragend an, aber Lisa nickte nur kurz, und er folgte dem Anwalt zur alten Halle.

Der Glatzkopf sah ihnen nach, bis sie durch die einzige Tür an der Vorderseite im Gebäude verschwunden waren, dann machte er einen Schritt auf das Boot zu, hinter dem Lisa stand. Und dann noch einen.

Fred Hamann und Tom Vaks hatten auf dem kurzen Fußweg leise miteinander gesprochen. Beide trauten dem Glatzkopf nicht und rechneten mit einem Hinterhalt. Deshalb betraten sie die alte Halle nacheinander, der Anwalt ließ Fred vorgehen und wartete kurz, bevor er ebenfalls in das Halbdunkel hinter der Tür eintauchte. Dass sie die Lage richtig eingeschätzt hatten, wurde ihnen schon klar, bevor der erste Mann mit einem kräftigen Sprung aus dem Halbdunkel heranflog. Er wurde noch in der Luft abrupt von Freds Faust gebremst, die ihn krachend am Kiefer traf, seinen Körper in eine unfreiwillige Schraube trudeln und unkontrolliert gegen einen Stahlschrank prallen ließ.

Der Schmerzensschrei des ersten Angreifers war noch nicht verhallt, da hörte Fred hinter sich das typische Geräusch eines Springmessers, dessen Klinge aus dem Griff schnellt. Er trat einen Schritt zur Seite und warf sich herum. Ein hagerer Typ stürmte auf ihn los, das Messer in der erhobenen rechten Hand. Er war weder besonders schnell, noch stellte er sich allzu geschickt an. Fred versetzte ihm mit der rechten Hand einen kräftigen Stoß gegen den Brustkorb und schlug dann schwungvoll oben auf die Faust, die das Messer umklammerte. Einen Sekundenbruchteil später hatte sich der Hagere die Klinge in den eigenen Oberschenkel gerammt und ging stöhnend zu Boden.

Von dem Hageren ging einstweilen keine Gefahr mehr aus, aber der erste Angreifer rappelte sich langsam wieder auf, wischte sich das Blut vom Gesicht und machte sich für die nächste Attacke bereit. Es war ein dicklicher Typ

Mitte zwanzig, der an der rechten Hand einen Schlagring trug und in der linken ein provisorisch aussehendes Gerät, das vage an einen Elektroschocker erinnerte.

Fred sah sich um: Direkt hinter ihm befand sich Tom Vaks. Rücken an Rücken mit seinem Mitstreiter stand er da, die Beine schulterbreit, das linke Bein leicht vorgeschoben und mit leicht vorgebeugten Schultern – offenbar wusste auch der smarte Anwalt zu kämpfen. Ihm gegenüber hatte sich ein Bursche aufgebaut, auf dessen Gesicht ein dümmliches Grinsen lag. Dass der Kerl den Körper eines Bodybuilders hatte, war trotz seiner bequemen Trainingsklamotten nicht zu übersehen. Mit der Rechten ließ er eine Art Peitsche klappernd durch die Luft kreisen, die offenbar aus Fahrradketten gebastelt war. Den Weg zurück zur Eingangstür blockierte eine junge, schlanke Frau, die einen Baseballschläger in der linken Hand hielt, den sie in gemächlichem Rhythmus auf ihre Rechte klatschen ließ.

Vaks tat, als würde er vor dem Bodybuilder zurückweichen, aber kaum war der ihm gefolgt, tauchte der Anwalt auch schon seitlich ab, wirbelte herum, holte aus und traf den Muskelprotz mit der Faust an Jochbein und Schläfe. Der Getroffene schrie auf und sah sich irritiert nach seinem Gegner um, der sich nun schon halb hinter ihm befand und das eine Ende der Kettenpeitsche gepackt hatte. Der Bodybuilder fuhr herum und wollte Vaks die Kette wieder aus der Hand reißen, doch das gelang ihm nicht, und der Anwalt bekam nun auch die linke Hand und mit ihr das andere Ende der Kette zu fassen. Er zog den Muskelprotz ruckartig nach hinten, der nun das Gleichgewicht verlor und seinem Gegner durch sein Körpergewicht sogar noch half, ihn mit der Kettenpeitsche zu würgen. Der Bodybuilder schnappte nach Luft, rang mit Vaks, konnte sich aber nicht losreißen. Irgendwann verdrehte er die Augen und verlor das Bewusstsein. Der Anwalt ließ ihn langsam vollends zu Boden gleiten.

Unterdessen hatte Fred ruhig abgewartet, bis der Dicke mit dem Elektroschocker dem Mädchen an der Tür ein Zeichen gab. Die beiden bewegten sich langsam auf ihn zu. Während der Kerl seinen Elektroschocker auf Fred richtete und sich nur vorsichtig näherte, holte die junge Frau mit einer schnellen Bewegung aus, aber noch bevor sie den Baseballschläger in Freds Richtung lenken konnte, hatte der ihr die Handkante so wuchtig in die Achsel geschlagen, dass sie den Schläger um ein Haar fallen gelassen hätte. Sie drehte sich von Fred weg und fasste schon im Ausweichen den Griff des Baseballschlägers zusätzlich mit der anderen Hand.

Die kurze Ablenkung hatte der Dicke genutzt, um den Elektroschocker im Nacken seines Widersachers anzusetzen – doch bis er die Bewegung vollendet hatte, war sein Gegner längst weg. Fred hatte sich geduckt und hinter den Dicken gestellt, dem er nun die rechte Faust in die Nierengegend rammte. Als dieser ins Taumeln geriet, kickte Fred ihm so heftig gegen das linke Knie, dass sein Gegner mit einem kurzen Schrei stürzte. Der Elektroschocker fiel scheppernd auf den Betonboden der alten Halle und rutschte bis vor die Füße der jungen Frau, die inzwischen wieder festen Stand hatte. Sie schob das Gerät mit dem Schuh beiseite und ging langsam auf Fred zu. Da spürte sie den Druck von Metall an ihrem Hinterkopf und verharrte mitten im Schritt.

»Wir beenden das jetzt«, sagte Tom Vaks direkt neben ihrem Ohr. »Sie lassen den Schläger fallen, sofort. Und keine Tricks!«

Der Druck gegen ihren Hinterkopf wurde stärker, und während sie noch zögerte, den Baseballschläger loszulassen, hatte Fred ihn ihr schon aus der Hand gerissen. Die Frau sah ihren Kumpan mit dem Messer im Oberschenkel wimmernd am Boden liegen, sie sah den Dicken, der sich vor Schmerzen krümmte, und den Bodybuilder, der mit eingeknickten Knien auf dem Rücken lag und langsam wieder zur Besinnung kam. Ihre Schultern senkten sich ein wenig, aber ihre Augen funkelten so aggressiv wie zuvor.

»Und jetzt knallen Sie mich ab, oder was?«, schnauzte sie ihre beiden Bezwinger an.

»Wohl kaum«, sagte Vaks grinsend und trat neben sie. Er hielt eine E-Zigarette in der Hand, deren rundes Ende er der Frau gegen den Kopf gedrückt hatte, als wäre es der Lauf einer Pistole. Fred packte die Frau an den Schultern, wirbelte sie herum und drückte ihr die Arme auf den Rücken. Vaks sah sich um und entdeckte einige Seile, die an der Wand hingen. Er nahm eines und fesselte die Handgelenke der Frau. Dann bugsierte Fred sie hinaus auf den freien Platz vor der alten Halle, und Tom Vaks blieb in der Tür stehen, um sich einen Überblick zu verschaffen, wie die Lage draußen war, ohne dabei die drei Verletzten in der Halle aus den Augen zu lassen.

Der Anblick, der sich ihm bot, zeigte, dass auch der

vermeintliche Mitarbeiter des Jacht-Centers, der bei Lisa Langer geblieben war, nicht tatenlos gewesen war.

Immer weiter näherte sich der Glatzkopf dem Boot, hinter dem Lisa stand. Sie tat so, als inspiziere sie die Bordwand, und ging ein Stück weiter, um den Abstand zwischen sich und dem boshaft dreinblickenden Kahlköpfigen zu wahren. Dennoch kam ihr der Mann immer näher. Aus der Halle drangen gedämpfte Geräusche, und als Lisa den Glatzkopf daraufhin misstrauisch musterte, grinste der sie breit an. In seiner Hand blitzte etwas auf: die Klinge eines Messers, das er in der rechten Hand hielt und zwischen seinen Fingern hin und her laufen ließ.

Die Tür zur Halle blieb verschlossen, und auch ansonsten war ihre unmittelbare Umgebung menschenleer. Hilfe hatte sie hier nicht zu erwarten.

Der Glatzkopf trat nun ganz dicht an Lisa heran. Er fuhr ihr mit den Fingerspitzen über Wange und Kinn und ließ die andere Hand mit dem Messer lässig baumeln. Hinter sich hörte Lisa den Motor eines Bootes näher kommen, und auch der Glatzkopf ließ sich davon einen Moment lang ablenken und schaute an ihr vorbei zu dem Kanal, der bis zum Gelände des Jacht-Centers reichte. Lisa versuchte, mit einer schnellen Bewegung dem Mann das Messer aus der Hand zu schlagen, doch er war trotz der Ablenkung wachsam genug gewesen, um ihrem Schlag gerade noch auszuweichen. Wütend packte er sie an den Haaren, stellte sich hinter sie, drückte seinen Körper eng an sie und hielt ihr das Messer an die Kehle.

»So, Schätzchen, das reicht mir jetzt«, raunte er ihr ins

Ohr. Sein Atem stank nach Knoblauch und Zwiebeln. »Wir gehen jetzt rüber zur Halle. Dort sollten deine beiden Begleiter inzwischen verschnürt und geknebelt sein, und ich kann mich ein bisschen um dich kümmern.«

Sein kehliges Lachen machte deutlich, was er mit ihr vorhatte. Er drückte sich noch ein bisschen enger an sie.

»Los, Kleine!«, kommandierte er. »Wir gehen jetzt!«

Weiter kam er nicht. Lisa war ihm mit dem Absatz ihres Schuhs, so fest sie konnte, auf die Zehen getreten. Er stöhnte auf und machte zwei unsichere Schritte nach hinten. Lisa fuhr herum und holte mit dem Bein aus. Hinter dem Glatzkopf sah sie ein kleines Boot mit Außenbordmotor an der Kaimauer liegen, ein älterer Mann und eine Frau, die sie kannte, rannten auf sie zu, er keuchend und langsamer, sie unangestrengt und schnell, aber da traf auch schon ihr Fuß den Unterleib des Glatzkopfs, der japsend vor ihr in die Knie ging.

Im nächsten Augenblick hatte Mette Bødtger ihn erreicht und drehte ihm den rechten Arm auf den Rücken, bis er das Messer fallen ließ. Dann drehte sie weiter, bis er bäuchlings vor ihr auf dem Boden lag. Der ältere Mann war nun auch bei ihnen angekommen. Schwer atmend stand er da und sah Lisa besorgt an.

»Alles in Ordnung mit Ihnen?«, fragte er und suchte ihren Hals und ihr Gesicht nach Verletzungen ab.

»Ja, alles gut, danke.«

Mette bog auch den zweiten Arm des Glatzkopfs nach hinten, und kurz darauf waren seine Handgelenke mit Kabelbinder gefesselt. Sie wiederholte die Prozedur an den Fußgelenken, dann stand sie auf.

»Bjarne hat mich zu Hilfe gerufen«, erklärte sie Lisa und deutete auf den älteren Herrn. »Er hat mitbekommen, dass Sie hierherwollten – und dass Kjeld jemandem übers Handy Bescheid gegeben hat. Bjarne hat gleich vermutet, dass er Benny angerufen hat und dass der hier auf Refshaleøen nichts Gutes mit Ihnen im Sinn hat.«

Der ältere Herr winkte ab.

»Ich habe nur geraten«, sagte er. »Immerhin richtig geraten, zum Glück. Wo Benny und Kjeld auftauchen, ist Ärger nie weit.«

»Waren Sie mal Polizist? Ich meine, weil Sie die beiden so gut kennen?«

»Nein, auch wenn ich im Lauf der Jahre viel mit der Polizei zu tun hatte.«

Er lachte, und Lisa fragte sich ein wenig besorgt, ob er wohl selbst Teil der Kopenhagener Unterwelt war.

»Keine Sorge, Frau Langer«, fuhr er fort. »Ich habe mich immer an die Gesetze gehalten. Na ja, fast immer, aber etwas Schlimmeres als zu schnelles Fahren oder Falschparken habe ich mir nie zuschulden kommen lassen. Ich bin Krimiautor, oder genauer: Ich war es bis vor ein paar Jahren. Inzwischen habe ich mich zur Ruhe gesetzt und helfe ab und zu jüngeren Kollegen, wenn sie mich um Rat fragen. Aber so schnelllebig ist die Ganovenszene hier in der Stadt nicht, meine Kontakte sind noch immer ganz ordentlich – und dieser … nun ja … Bandenkrieg, der seit einiger Zeit in Kopenhagen wütet, hat mich dazu gebracht, wieder ein wenig zu recherchieren und mich umzuhören. Ein neuer Krimi wird nicht draus werden, aber mit den Jahren lernt man auf beiden Seiten des Gesetzes eben eine Menge Leute kennen – und wenn jemand, den man kennt, plötzlich ermordet wird, lässt einen das nicht kalt.«

Plötzlich unterbrach er sich und hielt Lisa die Hand hin.

»Entschuldigen Sie bitte meine Unhöflichkeit. Mette hat mich ja nur als Bjarne vorgestellt! Mein voller Name ist Bjarne Toft, ich wohne drüben in einem der malerischen Häuschen am Nyhavn, und als Sie und Herr Vaks sich die Stelle angesehen haben, an der der tote Halsman gefunden wurde, lag ich gerade in meinem Boot, das dort vertäut war.«

Toft legte ein verschmitztes Grinsen auf.

»Eigentlich wollte ich ein kleines Nickerchen machen, aber dann habe ich Vaks gesehen, und mal wieder hat die Neugier gesiegt. Alte Berufskrankheit, fürchte ich.«

»Und woher kennen Sie meinen Namen?«

»Ich hatte Mette zu Hilfe gerufen, weil ich selbst ein bisschen zu tattrig bin, um einen Typen wie Benny zu überwältigen. Sie war so nett, mir auf der Fahrt Ihren Namen zu nennen und zu erklären, warum Ihr Auftraggeber Vaks Sie zu den Tatorten oder Fundorten einiger Morde der jüngeren Vergangenheit geführt hat.«

Lisa schaute zu der alten Halle hinüber. Fred und der Anwalt waren nun schon eine ganze Weile da drin.

»Ob wir lieber mal nach meinen Begleitern sehen sollten?«, schlug sie vor. »Wenn mich dieser Typ hier überwältigen wollte, wurde den beiden doch sicher in dieser Halle eine Falle gestellt …«

In diesem Moment schwang die Tür der Halle auf, und

Fred stieß eine junge Frau vor sich her ins Freie. Direkt hinter ihm tauchte Tom Vaks in der Tür auf.

Mette hatte Benny unsanft hochgezerrt, ihn hinter sich her durch die Besucherpforte des umzäunten Areals geschleift und auf eine der Holzbänke gesetzt, die zwischen Kanal und Straße aufgestellt waren. Dann war sie zu Tom Vaks gegangen, der in der Tür der alten Halle stand und die verletzten Gauner im Inneren des Gebäudes im Auge behielt.

Währenddessen hatte Fred die gefesselte Frau ein Stück von Benny entfernt auf den Boden gelegt. Gerade brachten er und Lisa sich auf den aktuellen Stand, da deutete Bjarne Toft auf eine Limousine, die vorfuhr und mitten auf der Straße stehen blieb. Die getönte Scheibe auf der Fahrerseite wurde heruntergelassen, und ein Mann starrte verärgert zu ihnen herüber.

»Was machen Sie auf meinem Grundstück?«, herrschte er sie an.

»Ich kümmere mich um ihn«, sagte Bjarne Toft leise zu Lisa und wandte sich anschließend an Fred: »Ob Sie wohl Benny und die junge Frau unterdessen auf mein Boot schaffen könnten?«

Dann ging er auf die Limousine zu. Erst blieb der Gesichtsausdruck des Fahrers misstrauisch und abweisend, doch Bjarne Toft redete auf ihn ein und reichte ihm durch das offene Fenster die Hand. Schließlich veränderte sich die Miene des Mannes vollkommen. Fast ehrerbietig sah er den Alten nun an, nickte mehrmals und winkte sogar freundlich zu Lisa und Fred hinüber. Nachdem er seinen

Wagen auf einem markierten Parkplatz vor dem Gebäude des Jacht-Centers abgestellt hatte, stieg er aus und schaute kurz durch die Tür der alten Halle.

Bjarne Toft zückte unterdessen das Handy und wählte eine Nummer. Ohne sich lange mit Small Talk aufzuhalten, murmelte er ein paar Kommandos ins Telefon und drückte das Gespräch wieder weg. Kurz darauf trat der Mann aus der Limousine zu ihm.

»Sie wissen schon«, sagte er und strahlte, »dass ich all Ihre Bücher verschlungen habe? Und seit Jahren warte ich nun schon darauf, dass ein neuer Krimi von Ihnen erscheint.«

»Da muss ich Sie leider enttäuschen, ich habe mich zur Ruhe gesetzt. Aber es gibt so viele gute junge Kolleginnen und Kollegen.«

Er nannte ihm einige Namen, und der Mann notierte sich alles gewissenhaft in seinem Handy.

»Danke für die Tipps«, sagte er schließlich. »Trotzdem wüsste ich gern, was Sie und Ihre Begleiter auf meinem Grundstück gemacht haben. Und warum dieser Glatzkopf und die junge Frau gefesselt in Ihrem Boot liegen.«

»Ich nehme an, der Glatzkopf arbeitet nicht für Ihre Firma.«

»Um Himmels willen, nein! Solche Leute kommen mir nicht auf die Gehaltsliste! Und nur falls Sie das als Nächstes fragen wollen: Auch die junge Frau ist keine Angestellte von mir.«

Bjarne Toft nickte Lisa zu, und sie erklärte, dass der Glatzkopf sich als Mitarbeiter des Jacht-Centers ausgegeben und behauptet habe, dass sich das Büro seines Chefs in der alten Halle befinde.

»Das ist ja die Höhe!«, brauste der Firmenchef auf. »Wissen Sie, Herr Toft, seitdem dieser tote Ganove auf meinem Grundstück gefunden wurde, habe ich keine ruhige Minute mehr. Journalisten haben meine Firma geradezu belagert, sie haben meine Kunden belästigt, haben sich sehr aufdringlich benommen und einige Interessenten geradeheraus gefragt, ob sie hier seien, um das Boot zu kaufen, in dem der Tote gelegen hat.«

Er schüttelte den Kopf, sein Gesicht hatte etwas Farbe angenommen.

»Einige potenzielle Käufer sind abgesprungen, und andere konnte ich nur mit viel Mühe bei der Stange halten. Eine Sauerei ist das! Ich wünschte, man könnte den Schmierfinken von der Sensationspresse Hausverbot erteilen!«

»Das tut mir leid für Sie«, entgegnete Bjarne Toft aufrichtig.

»Sie haben mich ständig abgepasst, wenn ich aus dem Büro nach Hause wollte«, fuhr der andere fort. »Ob ich den Toten gefunden habe, ob ich ihn gekannt habe, all solches Zeug!«

»Und, haben Sie ihn gekannt?«

Der Firmenchef blinzelte irritiert, aber Bjarne Tofts freundliches Gesicht räumte schnell jedes Misstrauen aus.

»Nein, wo denken Sie hin? Woher sollte ich diesen Typen kennen? Und gefunden habe ich ihn zum Glück auch nicht. Mein Mitarbeiter, der für die Frühschicht eingeteilt war, hat die Leiche entdeckt und mich sofort angerufen. Ich habe die Polizei verständigt und bin hergefahren. Mein Haus liegt etwa vier Kilometer südlich von hier, und ich traf fast gleichzeitig mit den ersten Polizisten ein. Viel hat mir die Polizei später nicht erzählt, das hatte wohl ermittlungstaktische Gründe, aber ich habe erfahren, dass dieser Ganove nicht auf meinem Gelände und nicht in meinem Boot erschossen wurde. Das war den Pressefritzen natürlich schnurz!«

Er hatte sich in Rage geredet. Nun atmete er ein paarmal tief ein und aus.

»Ein paar Tage nach dem Fund der Leiche wurde es mir zu blöd. Ich habe meinen Mitarbeitern Urlaub gegeben und mich darauf beschränkt, die wichtigsten Kunden zu besuchen und einige Anfragen persönlich zu beantworten. Ich hatte schon eine ganze Weile vor, mal für ein, zwei Monate kürzerzutreten.« Er deutete sich auf die Brust. »Das Herz, Sie verstehen? Ich muss ein bisschen aufpassen, zu viel Stress in den vergangenen Jahren. Wenn die Pumpe schlappmacht, hilft mir mein ganzes Geld nichts mehr. Und dann der ganze Rummel um den Toten – das hat das Fass zum Überlaufen gebracht!«

Er schaute jetzt ganz betrübt drein.

»Heute wollte ich mal die Unterlagen sichten, und ab Montag wollte ich meine Mannschaft wieder in den Betrieb rufen. Ich dachte, dass jetzt genug Gras über die Geschichte gewachsen sein müsste … und dann das!«

»Entschuldigen Sie bitte«, gab sich Bjarne Toft zerknirscht. »Herr Vaks wollte Frau Langer und Herrn Hamann nur den Fundort der Leiche zeigen. Alle drei arbeiten für … nun ja … für einen Auftraggeber, der befürchtet, dass seine aktuellen Probleme mit dem Mord an Speedy Olsen zu tun haben könnten.«

»Speedy ...« Der Mann schüttelte den Kopf. »Wer denkt sich bei diesen Gaunern eigentlich diese albernen Spitznamen aus?«

»Die drei wollten sich das Boot nur mal ansehen, um sich besser vorstellen zu können, was vorgefallen ist. Auch wenn natürlich längst keine Spuren mehr vorhanden sind, die jemanden weiterbringen könnten.«

Vaks und Mette hatten in der alten Halle offenbar einen Rollwagen gefunden, der groß genug war, um die drei Ganoven zum Ufer zu schieben. Die jungen Männer waren ziemlich straff verschnürt und lagen nebeneinander wie Teppichrollen. Der Firmenchef machte große Augen, als er den Wagen entdeckte.

»Da kommen noch mehr? Was sind das denn für Leute?«

»Das müssen wir noch herausfinden. Der Mann, der schon in meinem Boot verstaut ist, hat sich, wie gesagt, als Ihr Mitarbeiter ausgegeben und Herrn Vaks und Herrn Hamann in die alte Halle geschickt. Dort haben ihnen die Frau in meinem Boot und die drei Männer aufgelauert, die jetzt auf dem Rollwagen liegen. Das ist ihnen nicht gut bekommen, wie Sie sehen.«

»Sie kennen ja seltsame Leute, Herr Toft, das muss ich schon sagen.«

Bjarne Toft zuckte mit den Schultern und sah Mette und Tom Vaks grinsend entgegen.

»Was machen wir denn mit diesen drei Helden?«, fragte der Anwalt nach einem Blick auf Tofts Boot. »Sie haben vermutlich keinen Platz für weitere Passagiere.«

»Kein Problem«, versetzte Bjarne Toft gelassen und deutete auf einen alten Kutter, der auf sie zuhielt und dann neben Bjarnes Boot am Ufer anlegte.

Der Kapitän sah aus wie ein Seebär aus dem Bilderbuch. Sein rundliches Gesicht war umrahmt von einem buschigen, grau melierten Vollbart, aus dem eine Meerschaumpfeife ragte. Er trug einen Blaumann und abgewetzte Stiefel, und auf dem lichten Haupthaar saß eine Schiffermütze. Zusammen mit Fred bugsierte er die beiden Gefesselten auf sein Schiff. Mette schob den Rollwagen ans Ufer, und auch die drei restlichen Gauner wurden an Bord geschafft.

»Ich glaube, ich will gar nicht wissen, was Sie mit denen jetzt vorhaben«, sagte der Firmenchef. Seine Stimme klang etwas unsicher, aber er zwinkerte Bjarne Toft verschwörerisch zu.

»Das ist sicher besser. Wissen Sie eigentlich, was für eine Firma in der alten Halle untergebracht ist?«

»Nein, das kann ich Ihnen gar nicht sagen. Mir wurde die Bruchbude vor einigen Monaten angeboten, und ich ärgere mich heute, dass ich sie nicht gekauft habe. Der Preis war viel zu hoch – aber so hätte ich wenigstens verhindern können, dass direkt neben meinem Jacht-Center irgendwelche zwielichtigen Geschäfte gemacht werden. Denn ich vermute, dass dies der Fall ist. Da bekommen Sie tagsüber normalerweise niemanden zu Gesicht, das scheint alles nachts zu laufen – und was dort gemacht wird, weiß ich nicht. Ich hoffe nur, dass das dem Ruf meines Unternehmens nicht schadet. Aber wenn ich jetzt erfahre, dass sich einer von diesen Halunken als mein Mitarbeiter ausgegeben und womöglich versucht hat, Ihnen ein Boot anzudrehen, das ihm gar nicht gehört ... da platzt mir der Kragen!«

Der Seebär rief nach Bjarne Toft und winkte ihm zu.

»Ah, ich sehe, wir sollten los«, meinte dieser. Er zückte eine Visitenkarte und reichte sie dem Firmenchef. »Kommen Sie mich ruhig mal besuchen. Seit ich im Ruhestand bin, halte ich gern mal einen Plausch. Vielleicht finde ich für Sie sogar noch ein Exemplar eines meiner frühen Krimis, die inzwischen vergriffen sind. Den schenke ich Ihnen gern – schon wegen der Umstände, die wir Ihnen heute gemacht haben.«

»Schon gut, Herr Toft. Und vielen Dank für die Einladung, ich melde mich gern mal bei Ihnen.«

Sie verabschiedeten sich. Fred und Mette waren schon auf den Kutter des Seebären geklettert, wo sie an der Reling lehnten, während der Kapitän von Bjarne Toft in Erfahrung brachte, wohin es gehen sollte.

»Einfach mir nach«, kommandierte der und ließ den Außenbordmotor seines Bootes an. Lisa und der Anwalt suchten sich einen Sitzplatz, dann ging es volle Fahrt voraus Richtung Süden.

Die junge Frau und ihre vier Komplizen waren auf dem Kutter unter Deck verstaut worden, was sich nun als Vorteil erwies. Die »Hafenbus« genannten Fähren waren gut gebucht, und die Touristen unter den Passagieren fotografierten und filmten in alle Richtungen – nicht auszudenken, wenn einer der Fremden fünf gefesselte Menschen vor die Linse bekommen hätte! So aber pflügten

Tofts kleines Boot und der Kutter des Seebären unbehelligt durchs Wasser. Lisa sah in der Ferne die Besucherscharen, die sich um die Kleine Meerjungfrau drängten. Die beiden Boote legten nahe dem Opernhaus an, und Tom Vaks ging an Land, um seinen Wagen aus dem Parkhaus zu holen, damit sie später ein Fahrzeug zur Verfügung hatten. Die Adresse, wo sie sich treffen würden, hatte Bjarne Toft ihm bereits verraten.

Danach fuhren Tofts Boot und der Kutter unter der Brücke hindurch, die Christianshavn mit Nyhavn verbindet, und sie bestaunten die vielen jungen Menschen, die direkt dahinter ins Hafenbecken sprangen oder sich auf der Ufermauer sonnten. Hinter der nächsten Brücke wurden die Gebäude am linken Ufer moderner und wuchtiger, während das rechte Ufer von Geschäftsgebäuden dominiert war. Es folgten ein Wohngebiet, an das sich ein Areal mit Garten- und Wochenendhäuschen anschloss. Vor ihnen bog ein Hafenbus nach rechts ab, um seine Endhaltestelle Teglholmen anzulaufen, und kurz darauf hielt Tofts Boot auf eine Hafenanlage am linken Ufer zu.

Vor einem altertümlichen Gebäude mit Türmchen und oranger Fassade waren einige Schiffe vertäut, und der Ausleger eines Ladekrans ragte in den Himmel. Bjarne Toft steuerte sein Boot ein wenig zur Seite und ließ den Kutter vorbei, damit er am einzigen noch freien Platz anlegen konnte. Vor einem alten Lastwagen mit zurückgeschlagener Plane und heruntergelassener Ladewand stand ein Mann, der eine Zigarette rauchte und auf sie zu warten schien.

Der Kapitän bat Fred und Mette, ihm zu helfen, und zu

dritt schafften sie die gefesselten Ganoven auf die Ladefläche des Lastwagens. Der Fahrer packte nicht mit an, aber sobald die anderen fertig waren, schnippte er seine Kippe ins Wasser und kletterte ins Führerhaus. Der Seebär setzte sich auf die Ladefläche und bedeutete Mette und Fred, vorn einzusteigen. Sie öffneten die Beifahrertür und setzten sich. Dann wurde der alte Diesel gestartet, der Auspuff stieß eine Qualmwolke aus, und wenig später war der Lastwagen verschwunden.

»Und was machen wir jetzt?«, wollte Lisa wissen.

»Wir können das kurze Stück zu Fuß gehen«, erklärte Bjarne Toft. Nach kaum zehnminütigem Fußmarsch sahen sie den alten Lkw wieder vor sich. Er parkte nun zwischen dem Wagen des Anwalts, der offenbar inzwischen eingetroffen war, und einem eingeschossigen Gebäude, das zusammen mit einigen weiteren einen kleinen Platz umgab. Der Lastwagen stand verlassen da, aber als sie näher kamen, trat der Fahrer aus dem Gebäude.

»Die Pappnasen haben wir weggeräumt«, knurrte er und winkte den Neuankömmlingen einladend zu. »Die sind fürs Erste versorgt, und ihr könnt gern einen Kaffee mittrinken.«

Kaffeetrinken stellte sich als recht weit gefasster Begriff heraus. Der Seebär saß bereits vor einer dampfenden Tasse, die mehr nach Rum als nach Tee roch. Auch der Fahrer hatte sich lieber ein Bier aufgemacht, nur Fred, Mette und Tom Vaks tranken wirklich Kaffee. Lisa schloss sich ihnen an, Bjarne Toft hielt sich dagegen eher an Rum mit Spuren von starkem Schwarztee.

Der Gastgeber musterte Lisa, Mette, Fred und den Anwalt, die anderen schien er schon zu kennen, er machte aber keine Anstalten, sich vorzustellen oder sonst etwas zu sagen. Dafür ergriff Bjarne das Wort.

»So, Leute, erst einmal vielen Dank, dass ihr alle auf die eine oder andere Art mit angepackt habt.«

»Na ja«, brummte der Seebär. »Nicht ganz freiwillig, wie Sie wissen.«

»Das macht ja nichts«, versetzte Bjarne breit grinsend. »Außerdem sind Sie selbst schuld. Ich habe Ihnen schon so oft gesagt, Sie sollen keine Hehlerware auf Ihrem Kutter transportieren. Nun sind wir für diesmal quitt, ich habe auch schon komplett vergessen, was da auf Ihrem Schiff geladen war. Und künftig lassen Sie das einfach bleiben, ja?«

Der Seebär zuckte mit den Schultern, und Bjarne Toft plauderte munter weiter.

»Dann mache ich mal eine kleine Vorstellungsrunde und fange gleich mit unserem Käpt'n an: Raimund Larsen, ursprünglich aus Deutschland, aber der Liebe wegen nach Kopenhagen gekommen, wo er dann mit der Heirat den Namen seiner Liebsten angenommen hat. Wie geht's Stine eigentlich?«

»Viel zu gut, wenn Sie mich fragen! Das Luder hat mich reingelegt und lebt jetzt schick drüben in Teglholmen. Wie ich hause, wissen Sie ja.«

»Auf dem Kutter, ich weiß«, fuhr Bjarne Toft ungerührt fort und deutete auf den Gastgeber. »Und das hier ist Ryker Hansen, eine echte Größe in der dänischen Motocross-Historie, einer der besten Fahrer, die unser Land je hatte.«

»Mach mal halblang, Bjarne«, knurrte der Angesprochene und nahm einen Schluck aus seiner Bierflasche. »So bedeutend ist die dänische Motocross-Historie ja nun auch nicht.«

»Wie auch immer: Ryker war einige Jahre lang Profifahrer …«

»Semiprofi! Nebenbei saß ich auf dem Bock und habe mit meinem Truck alles Mögliche im Land herumgekarrt.«

»Jetzt stell doch nicht immer dein Licht unter den Scheffel! Du warst gut, du hast einige Rennen gewonnen, und heute betreibst du diese Motocross-Anlage. Das ist doch was!«

»Ja, ja, das ist was – nur leider herrscht Flaute, seit mir diese Trottel die Leiche in die Zufahrt gelegt haben!«

»Vielleicht erfahren wir ja von den Typen, die wir hergeschafft haben, etwas darüber, wer hinter dieser Schweinerei steckt.«

»Das hoffe ich. Deshalb war ich auch gleich dabei, als mir Raimund ausgerichtet hat, ich soll ein paar Ganoven mit dem Laster vom Hafen hierherbringen. Wenn ich rausfinde, wer das war, werd ich mich mit meinen Biker-Kumpels ein bisschen um die Typen kümmern.«

»Immer langsam, Raimund.«

»Ich könnte mir durchaus vorstellen, auch mal etwas schöner zu wohnen als hier.«

Er machte eine Geste, die den Raum umfasste, in dem sie saßen. Er war groß, aber spärlich eingerichtet, auch nicht sehr sauber, und drei Türen, die nach hinten hinausgingen, führten vermutlich zu den weiteren Zimmern seiner Bleibe.

»Ist wirklich nicht sehr gemütlich, das stimmt.«

»Du kannst froh sein, dass du dein Häuschen in Nyhavn hast, eine bezahlbare Mietwohnung ist in Kopenhagen kaum zu finden. Und ans Kaufen kann ich gleich gar nicht denken: Seit Jahren bin ich mit meiner Motocross-Anlage nur so eben über die Runden gekommen. Und als sie gerade anfing, etwas mehr abzuwerfen, kam so ein Schutzgeld-Fuzzi und wollte mich abkassieren.«

»Wer denn?«

»Der hat nur seinen Vornamen genannt: Finn. Aber ich hab ihn davongejagt, das war Ende März, und seitdem hat er sich auch nicht mehr hergetraut. Vielleicht steckt der hinter der Leiche in meiner Zufahrt. Womöglich sollte das eine Warnung sein. Jedenfalls mach ich seither praktisch keinen Umsatz mehr.«

»Finn, sagten Sie?«, hakte Tom Vaks nach. »Ein Typ um die vierzig, schwarze Haare, Seitenscheitel, krumme Nase?«

»Ja, wieso?«

»Von dem haben Sie nichts mehr zu befürchten: Finn Thonning wurde Anfang Mai am helllichten Tag von einem Van überfahren.«

»Gut«, brummte Hansen. »Und noch besser, dass es ein Van und kein Laster war – dann steh ich jedenfalls nicht unter Verdacht.«

Er lachte freudlos und setzte erneut die Bierflasche an.

Bjarne Toft stellte die anderen vor, dann gingen sie durch einen schmalen Flur zu einer Holztür, hinter der sich ein Schuppen befand. Darin roch es nach Diesel, Öl und Schmierfett. Hansen drückte den Lichtschalter, und wenig später erhellten flackernde Neonröhren den fensterlosen Raum. Drei der Gefangenen lagen auf einer Plastikplane, die auf dem nackten Betonboden ausgebreitet worden war. Hansen deutete auf eine Stahltür, die von dem Schuppen abging.

»Dort drin liegen die anderen beiden«, erklärte er. »Sie können nicht hören, was hier gesprochen wird.«

Eigentlich hatte Kjeld Pedersen in aller Ruhe drüben zwischen Essensständen in der Strandgade auf Bennys Anruf warten wollen. Hier, am Nordende von Christianshavn, gab es weniger Angebote als im Food Market auf Refshaleøen, aber dafür war es hier auch nicht so überfüllt wie dort. Er hatte sich ein Bier und einen Teller Pasta schmecken lassen, doch irgendwann wurde ihm die Zeit zu lang. Benny rief nicht an, und als er seine Nummer wählte, sprang nur die Voicebox seines Handys an. Sie hatten verabredet, dass weder Benny noch die Jungs ihre Smartphones bei sich tragen sollten, wenn sie sich den Anwalt und seine Begleiter vorknöpften. Es war zwar mehr als unwahrscheinlich, dass damit irgendetwas schiefgehen konnte, aber für den Fall der Fälle sollten ihre Widersacher keine der Nummern herausfinden können, die sie anriefen oder von denen aus sie angerufen wurden.

»Keine Spuren«, hatte ihnen Nicklas eingeschärft, als er sie losschickte, um die Jungs zu engagieren. Und so hatten alle ihre Handys in dem Schuppen versteckt, in dem sie ihren drei Zielpersonen auflauern sollten. Nur sollte Benny mit den dreien inzwischen längst fertiggeworden sein, und dann hätte er natürlich als Erstes sein

Smartphone wieder an sich genommen und ihn, Kjeld, angerufen.

Schließlich stand Kjeld vor der Entscheidung, selbst nach Refshaleøen zu fahren oder Nicklas anzurufen. Der Hafenbus war freitagnachmittags vor allem auf dem letzten Stück nach Refshaleøen hinüber rappelvoll, und was würde er vor Ort schon zu sehen bekommen, das ihm weiterhalf? Also atmete er ein paarmal tief durch und meldete Nicklas, dass er entgegen dem Plan bisher nichts von Benny gehört habe.

Der Mann am anderen Ende sagte erst nichts, und dann, nach einer längeren Pause, gab er ihm die Anweisung, nach Hause zu gehen, sich bereitzuhalten und sofort Bescheid zu geben, falls sich Benny doch noch melden sollte. Dann war das Gespräch auch schon beendet. Nicklas hatte geklungen, als müsse er seinen Zorn mühsam beherrschen, deshalb verkniff sich Kjeld jeden Widerspruch und machte sich auf den Heimweg.

Ryker Hansen baute sich in dem Schuppen seiner Motocross-Anlage breitbeinig neben den drei Gefesselten auf, die auf dem Betonboden lagen. Bjarne Toft, Lisa und Tom Vaks gesellten sich zu ihm. Fred und Seebär Larsen lehnten an der Wand und blickten die drei Ganoven finster an.

Außer dem Ältesten der fünf, Benny, der mit der jungen Frau zusammen im Nebenraum untergebracht war, kannten sie keinen ihrer Gefangenen. Niemand von ihnen hatte Papiere oder auch nur eine Notiz bei sich. Nicht einmal ein Handy hatten sie gefunden, als sie die Taschen der Gefesselten durchsuchten.

Die Männer wirkten in ihrer hilflosen Lage noch jünger als vorhin im Kampf. Sie mochten Mitte zwanzig sein, und zwei von ihnen schienen sich für richtige Gangster zu halten und sahen die Männer, die bei ihnen standen, mit einem bemüht abschätzigen Grinsen an. Der dritte hingegen jammerte unablässig, sein verletzter Oberschenkel war notdürftig mit einem Lappen verbunden, durch den Blut sickerte. Ihn stieß Hansen mit dem Fuß an, und obwohl er dabei das linke Bein getroffen hatte, stöhnte der Liegende auf, als hätte er seine Wunde erwischt.

»Du bist mir ja ein Waschlappen!«, knurrte Hansen. »Dann red lieber gleich, bevor ich dir wirklich noch auf dein kaputtes Bein trete.«

Das Jammern wurde etwas leiser, und der dickliche Bursche, der neben ihm lag, zischte ihm leise eine Warnung zu.

»Fangen wir mal mit was Leichtem an«, ergriff Bjarne Toft das Wort.

»Ich … sag … nix«, presste der Verletzte hervor, aber seine Stimme klang ziemlich verzagt dabei.

»Wir werden sehen. Also, wie heißt du?«

Der junge Mann presste seine Lippen zusammen. Hansen trat noch etwas näher und hob den rechten Fuß, bis er sich direkt über der Wunde des Jammerlappens befand.

»Mensch, Junge«, redete Toft ihm gut zu, »deinen Namen kannst du mir doch verraten – das ist doch die Schmerzen nicht wert, die er dir sonst zufügt.«

»Ich … sag … nix.«

Langsam ließ Hansen seinen Fuß sinken, bis er nur noch wenige Zentimeter über dem blutenden Oberschenkel schwebte. Die Augen des Verletzten traten beinahe aus den Höhlen. Dann hob Hansen das Bein, als hole er aus und trat mit dem Fuß schnell nach unten. Der Junge stöhnte, schloss die Augen, und noch bevor Hansen seinen Schuh eine Handbreit über dem Oberschenkel verharren ließ, schrie er: »Uffe! Ich heiße Uffe!«

Bjarne sah Lisa fragend an. Sie nickte, um ihm zu signalisieren, dass sie mit dem Vornamen einstweilen zufrieden war. Unter dem Verletzten breitete sich auf der Plastikplane eine kleine Pfütze aus.

»Siehst du, geht doch«, sagte Toft versöhnlich.

Uffe blinzelte und sah ängstlich zu dem Schuh hin, der noch immer über seiner Wunde schwebte.

»Kann er seinen Fuß wegnehmen?«, erkundigte sich Toft. »Wirst du meine Fragen jetzt beantworten? Weißt du, für ihn ist es ein bisschen unbequem – und für dich gefährlich, wenn er womöglich die Balance verliert und ganz aus Versehen auf dein Bein tritt …«

Uffe nickte schon nach den ersten Worten eifrig, dazu stand ihm Angstschweiß auf der Stirn.

»Außerdem muss deine Wunde dringend versorgt werden«, fuhr Lisa fort und deutete auf den blutgetränkten Behelfsverband.

»Nicht, dass du eine Blutvergiftung bekommst«, fügte Toft hinzu. »Das ist Mist mit nur einem Bein, gerade in deinem Alter.«

Ganz langsam nahm Hansen den Fuß aus der Schwebe und stellte sich wieder breitbeinig hin.

»Du heißt also Uffe«, übernahm Lisa die Befragung.

Eifriges Nicken.

»Und wie heißt dein Auftraggeber?«

Uffe riss vor Schreck die Augen auf und sah Hansen flehend an.

»Das … das weiß ich nicht«, stammelte der Junge. »Das müssen Sie mir glauben! Bitte!«

Hansen hob wieder den Fuß und machte Anstalten zuzutreten. Uffe wurde blass und begann am ganzen Körper zu zittern. Mit dünner Stimme wiederholte er: »Ich weiß nicht, wer uns die Aufträge erteilt, wirklich nicht, ich bin nur ein ganz kleines Licht, und das geht mich auch alles gar nichts an. Malte sagt immer, es wäre ohnehin besser, wenn jeder von uns nur das Nötigste weiß. Dann kann er auch nicht zu viel verraten, wenn uns mal besonders fiese Typen in die Mangel nehmen. Aber ich weiß wirklich nicht – o Gott, das mit den fiesen Typen hab ich nicht so gemeint, bitte glauben Sie mir! Ich will Sie ganz sicher nicht beleidigen! Ganz sicher nicht! Bitte, glauben Sie mir, bitte, ich …«

»Jetzt hör endlich auf mit dem Flennen«, unterbrach ihn Vaks. »Habe ich das richtig verstanden? Malte hat dir gesagt, es ist besser, du weißt gar nichts und fragst auch nicht nach irgendwelchen Details, richtig?«

»Ja, ja, richtig.«

Der dickliche Typ neben Uffe seufzte vernehmlich und rollte mit den Augen.

»Dann ist Malte wohl der große Boss eurer famosen Gang?«

Uffe nickte und warf nun dem Dicklichen einen ängstlichen Blick zu.

»Und du bist Malte, stimmt's?«, wandte sich Toft an ihn.

»Klar bin ich Malte, na und? Glaubst du alter Sack, dass ich dir erzähle, von wem wir unsere Jobs kriegen? Pah!«

Hansen packte ihn an den Schuhen und zog ihn unsanft von der Plastikplane. Nun lag der Dicke gefesselt und immer noch seitlich auf dem nackten Betonboden und verzog das Gesicht vor Schmerzen, weil der harte und raue Untergrund seinen Prellungen nicht gut bekommen war. Aber er schien ein härterer Brocken zu sein als Uffe.

»Ich empfehle dir, etwas höflicher zu sein, mein Junge«, bemerkte Toft.

»Leck mich doch, du alter Knacker!« Malte wandte sich an Hansen: »Und du grober Klotz fass mich bloß nicht mehr an!«

Der junge Mann spuckte ihn an, und Hansen starrte wütend auf die Mischung aus Blut und Speichel, die ihm nun über die Hose lief. Einen Moment lang verharrte er reglos, dann knallte sein Schuh so heftig gegen Maltes Schläfe, dass dieser herumwirbelte und auf dem Gesicht landete. Hansen bückte sich und drehte ihn in die vorige Position zurück. Die Augen des jungen Mannes waren geschlossen, und er ließ sich hin- und herbewegen wie ein nasser Sack.

»Das hättest du besser bleiben lassen sollen«, tadelte Bjarne den einstigen Motocrossfahrer. »Der Junge ist bewusstlos. Bis der uns etwas sagen kann, dürfte eine Weile vergehen.«

»Sorry, aber der hat mich nicht so blöd anzumachen – und schon gar nicht zu bespucken!«

Der dritte junge Mann, der vor ihnen lag, robbte ein

Stück zur Seite, erstarrte aber mitten in der Bewegung, als Hansens Blick ihn traf.

»Ich ... ich weiß auch nichts!«, stammelte er. »Wusste ich noch nie, wollte ich auch nie wissen! Ganz ehrlich!«

Lisa machte einen Schritt auf ihn zu.

»Du willst mir also auch weismachen, dass immer nur Malte wusste, wer euer jeweiliger Auftraggeber war?«

»Ja, genau, so war's!«

»Okay. Aber deinen Namen wirst du wissen, oder?«

Der Junge nickte, schwieg aber.

»Pass mal auf, Junge«, schaltete sich Tom Vaks wieder ein: »Die Frage war schon so gemeint, dass du uns deinen Namen dann auch sagst. Das hier ist Uffe, euer Boss heißt Malte, und du bist ...?«

»Rasmus.«

»So. Und dein Nachname?«

»Muss das sein? Ich meine, wenn meine Eltern ... das gibt sicher Ärger.«

»Du hast also Angst vor deinen Eltern? Wohnst du etwa noch zu Hause?«

»Klar, ich verdien ja nichts. Höchstens ab und zu ein paar Kronen, wenn Malte wieder einen Job rangeschafft hat. Aber das geht auch immer gleich drauf. Sprit fürs Moped, Bier in der Kneipe, mal ein Burger – so was halt.«

»Trinkst du dein Bier immer in derselben Kneipe?«

»Meistens, ist dort am billigsten.«

»Und was ist das für ein Laden?«

»Ganz gut, gemütlich, nette Leute und so.«

»Mann!«, brüllte Hansen, und aus Rasmus' Gesicht

wich alle Farbe. »Wir wollen wissen, wie dieser blöde Laden heißt und wo er liegt!«

»Ja, sicher, tut mir leid, ich meine ... äh ...«

Vaks seufzte und wartete, bis der Junge zu Ende gestammelt hatte.

»Wird's bald?«

»Die Kneipe heißt *Min hule* und liegt im Bjørnbaksvej, drüben in Tårnby, im Untergeschoss einer alten Fabrik.«

»Meine Höhle?«, versetzte Lisa. »Na, das wird ja ein netter Schuppen sein!«

»Ja, ist wirklich ...«

Rasmus verstummte, noch bevor sie ihn mit erhobenen Augenbrauen anschaute.

»Ist dein Kumpel Uffe auch oft dort?«

»Ja, der hat's auch nicht so dicke. Und wir wohnen –«

»Ja?«

»Nichts, ich ... äh ...«

»Du bist nicht das Gehirn der Gang, stimmt's?«

»Ich bin der Stärkste.«

»Tja, das muss manchmal reichen. Das Denken übernimmt Malte für euch, oder?«

»Meistens.«

»Und der ist öfter mal in der Kneipe, in der du zusammen mit Uffe abhängst?«

»Ja, da kriegt er schließlich immer ...«

Rasmus biss sich auf die Lippe und senkte den Blick.

»Kannst den Satz ruhig zu Ende sagen. Ich habe auch so schon verstanden, dass Malte dort immer die Aufträge bekommt, für die er euch einspannt.«

Rasmus zuckte mit den Schultern, so gut das gefesselt

und im Liegen eben ging. Tom Vaks stellte die nächste Frage.

»Und das Mädchen, das sich zusammen mit euch in der alten Halle auf uns gestürzt hat – ist das deine Freundin?«

Ein zartes Rosa legte sich auf die Wangen des Jungen.

»Hat sie das gesagt?«, fragte er leise.

»Hättest du das gern?«

»Na, hören Sie mal! Lærke ist echt der Hammer, finden Sie nicht auch?«

»Na ja, für meinen Geschmack ist sie etwas zu gewalttätig.«

Rasmus schluckte.

»Sie heißt also Lærke, wie die Lerche – kann sie denn auch singen?«

»Und wie! Sie ist Sängerin, und was für eine! Zurzeit macht sie in ein paar kleineren Bands mit, aber wenn die nur wollte und einen richtigen Manager finden würde – die würde mit ihrer Wahnsinnsstimme glatt durch die Decke gehen!«

»Einen Fan hat sie ja schon.«

Rasmus räusperte sich und schaute verlegen zur Seite.

»Gut, ihr trinkt also gern ein Bier in *Min hule*, und Malte gabelt dort Jobs für euch auf. So weit alles richtig?«

»Ja, schon, aber …« Er nickte zu dem immer noch bewusstlosen Malte hin. »Er muss nicht wissen, dass Sie das von mir haben.«

»Genau genommen hast du es mir ja auch gar nicht gesagt.«

»Nicht? Stimmt, ich … danke.«

Lisa wandte sich an Uffe, der die ganze Zeit über leise vor sich hin gejammert und deshalb möglicherweise gar nicht viel von dem Gespräch mitbekommen hatte.

»Hast du irgendetwas gehört von dem, was dein Freund Rasmus mir erzählt hat?«

Das Gejammer verstummte, und Uffe starrte erst sie und dann Hansen ängstlich an.

»Ich, äh … ich hab nix gehört. Ich höre grundsätzlich nie was.«

»Gute Antwort, mein Junge!«, knurrte Hansen.

Der alte Mann war im Rollstuhl eingeschlafen, wie es ihm tagsüber inzwischen gelegentlich passierte. Doch schon mit dem ersten Klingeln seines Handys öffnete er die Augen und griff nach dem Telefon.

»Alles in Ordnung, Nicklas?«, fragte er, ohne sich lange mit einer Begrüßung aufzuhalten.

»Vermutlich nicht, Chef. Kjeld hat mich angerufen, sein Kumpel Benny hat sich bisher noch nicht bei ihm gemeldet. Ich bin gerade auf dem Weg nach Refshaleøen, um mich dort mal umzusehen.«

»Glaubst du, dass was schiefgegangen ist? Dass die jungen Leute mit dem Auftrag überfordert waren?«

Nicklas schwieg, der Alte lächelte dünn.

»Du musst dazu nichts sagen. Ich weiß, dass du mir von diesen Kindern abgeraten hast.«

»Das spielt keine Rolle mehr, Chef. Wir müssen herausfinden, was Sache ist – und dann müssen wir uns drauf einrichten und das Beste draus machen.«

»So wie immer, Nicklas. Dann viel Glück auf Refshaleøen, und gib mir Bescheid, sobald du was weißt. Ich verlass mich auf dich.«

»Ich weiß, Chef.«

Wenig später erreichte Nicklas die Insel. Kurz bevor er das Jacht-Center erreichte, kam ihm der Firmenbesitzer in seiner Limousine entgegen. Nicklas wandte sich ab, bis der Wagen vorüber war, dann schaute er sich auf dem Außengelände des Jacht-Centers und in dem Schuppen daneben um. Er traf niemanden an, aber Blut auf dem Boden des Schuppens deutete darauf hin, dass hier ein Kampf stattgefunden hatte. Nicklas konnte nur hoffen, dass Kjeld und die Jungs wenigstens ihre Handys versteckt hatten, bevor sie sich hatten übertölpeln lassen.

Im Schuppen der Motocross-Anlage ging das Verhör weiter. Malte war noch immer bewusstlos, und Uffe jammerte leise vor sich hin, also wandte Lisa sich an Rasmus.

»Hast du schon mal beobachtet, wie Malte an einen eurer Aufträge gekommen ist?«

»Nicht wirklich, höchstens mal nebenbei.«

»Okay, und wie sah der Typ aus, der Malte den Job übermittelt hat?«

»Oje ... ich ...«

Rasmus spähte zu Malte, der aber noch immer reglos dalag.

»Eier nicht rum«, fuhr Vaks ihn an, »sondern sag uns, was du beobachtet hast.«

»Es war nicht immer derselbe Typ, der mit Malte gesprochen hat. Ein paarmal war es der Mann, der uns gesagt hat, dass wir uns heute in der alten Halle auf die Lauer legen sollen.«

»Benny?«

Rasmus zuckte mit den Schultern. »Ich habe seinen Namen nie gehört, tut mir leid. Aber es war der Typ, der Sie und diesen Schrank dahinten« – er deutete mit dem Kopf auf Fred – »zu uns in die Halle geschickt hat.«

»Wer hat in dieser Kneipe noch mit Malte gesprochen?«

»Der Wirt und ...«

»Ich meine, wer hatte noch Aufträge für euch?«

»Ach so ... Zweimal kam so ein Rotschopf mit langen Haaren.«

»Ist dir an dem etwas Besonderes aufgefallen außer der Haarfarbe und der Frisur?«

»Der hat nicht viele Worte gemacht. Wenn Malte ihn was gefragt hat, dann hat er manchmal nur die linke oder die rechte Hand gehoben – er hat sich auf die Handrücken ›nej‹ und ›ja‹ tätowieren lassen. Echt schräg.«

»Gab es auch noch andere Auftraggeber?«, fasste Lisa nach.

»Da war so ein Typ, den ich zweimal in der Kneipe gesehen habe, als wir gerade da waren. Er war ziemlich breitschultrig, hatte die schwarzen Haare zu einem Seitenscheitel gegelt und muss sich mal die Nase gebrochen haben, jedenfalls sah das so aus. Der Wirt schien ihn zu kennen und nicht besonders zu mögen.«

»Noch jemand?«

»Da war mal so ein kleiner Typ, der ziemlich abgerissen daherkam. In der kurzen Zeit, als er mit Malte beisammensaß, hat er drei, wenn nicht vier Schnäpse gekippt.

Irgend so ein Kräuterzeugs. Und die Haare … der hatte an den Schläfen … wie soll ich sagen?«

»Geheimratsecken?«, tippte Toft aufs Geratewohl.

»Genau, Geheimratsecken, danke. Der hat die Schnäpse aber weggesteckt, als wäre es Wasser«, fuhr Rasmus fort. »Gezahlt hat er sie übrigens nicht, und der Wirt hat das auch auf sich beruhen lassen. Immerhin musste er nicht selbst fahren. Vor der Kneipe hat eine ziemlich dicke Karre auf ihn gewartet, und als der Typ rausging und hinten in den Wagen stieg, hatte ich das Gefühl, als hätte auf der Rückbank noch einer gesessen, einer im Anzug – aber da bin ich mir nicht mehr ganz sicher.«

»Gut, Rasmus. Hast du noch einen Typen beobachtet, der Malte irgendwelche Aufträge vermittelt hat?«

»Na ja, das war aber kein Typ, sondern eine Frau. Und zwar was für eine! Eine Blondine, echt der Hammer! Mit solchen … wie soll ich sagen? Ich würd's Ihnen ja zeigen, aber mit gefesselten Händen …«

»Gut gebaut war sie, meinst du? Und sonst?«

»Die war echt heiß, die Braut. Hatte ein enges kurzes Röckchen an und eine so tief ausgeschnittene Bluse, dass dem Wirt fast die Augen übergegangen sind.«

»Da hast du doch sicher genauer hingeschaut als bei den männlichen Auftraggebern, oder?«

»Aber hallo! Ganz genau!«

»Und genau hingehört hast du auch?«

»Meine Güte, diese Stimme! Total sexy, da hab ich Malte schon darum beneidet, dass sie mit ihm geredet hat und nicht mit mir.«

»Was war das für ein Job?«, fragte Lisa.

»Nichts Besonderes. Wir sollten einem Typen auflauern und ihn ein bisschen vermöbeln. Malte meinte, das solle eine Warnung sein.«

»Habt ihr den Auftrag ausgeführt?«

»Ja. Wir haben dem Mann aufgelauert und ihm eine kleine Abreibung verpasst. Nur zwei-, dreimal mit der Faust in den Magen, den Baseballschläger auf den Rücken, und als er am Boden lag, gab's noch ein paar Fußtritte in die Hüfte. Das hat gereicht.«

»Wo habt ihr das gemacht?«

»Vor einem schicken Bistro in Teglholmen. Der Typ kam raus, etwas wütend und etwas angetrunken, obwohl es noch nicht mal acht Uhr abends war – wir hatten leichtes Spiel.«

»Hat das niemand mitbekommen?«

»Nein, ich glaube nicht. Wir haben ihn erst mal ein Stück von dem Bistro weggehen lassen, in Richtung Østkaj, wahrscheinlich wollte er den Hafenbus nehmen. Ganz in der Nähe gibt es eine Stelle, die durch ein paar Büsche sichtgeschützt ist, dort haben wir ihn uns vorgenommen. Außerdem war es ein Donnerstag Mitte Februar, da war's schon dunkel um diese Zeit.«

»Hast du den Mann gekannt?«

»Nein. Ich konnte ihn trotz der Dunkelheit sehen, weil er erst noch einen Moment im Schein der Bistrobeleuchtung stand. Aber mir ist nichts Besonderes an ihm aufgefallen: mittelgroß, mittelschlank, eher kurze Haare, ein Anzugträger, wirkte ziemlich großspurig. Zumindest, bis wir uns um ihn gekümmert haben.«

»Wie hat die Frau, die Malte den Auftrag übermittelt

hat, von diesem Anzugträger gesprochen? Sollten eure Prügel ein Denkzettel sein? War er vielleicht ein aufdringlicher Verehrer der Dame? Oder war sie nur die Überbringerin des Auftrags und hat vielleicht erwähnt, wer euch für diesen Job bezahlen sollte? Du hast ja genau hingehört, hast du gerade gesagt, also hast du in diesem einen Fall vermutlich jedes Wort verstanden.«

»Na ja, über den eigentlichen Auftrag hat sie kein Wort verloren. Sie machte ein paar Andeutungen, mit denen ich nichts anfangen konnte, und hat Malte klargemacht, dass er keinem gegenüber – außer uns als seinen Helfern, versteht sich – auch nur ein Sterbenswörtchen von diesem Job erzählen darf.«

»Sie hat eurem Boss also gar nichts zu dem Job gesagt?«

»Als Malte gefragt hat, was denn diesmal zu tun sei, hat sie sich vorn in den Ausschnitt gegriffen und hat einen Zettel herausgezogen, der dort klein zusammengefaltet genau zwischen ihren … ihren …«

Rasmus rang nach Atem, die Erinnerung wühlte ihn hörbar auf.

»Lass gut sein, ich kann mir vorstellen, wo sie den Zettel vorher hatte. Und dann?«

»Dann hat sie den Zettel Malte zu lesen gegeben. Der war ganz baff, ich auch, das geb ich zu. Er hat also die Information auf dem Papier gelesen und die Frau dann angeschaut. Sie hat Malte gefragt, ob er alles verstanden habe – und der hat genickt und irgendwas gemurmelt, was ich nicht gehört hab. Sie hat gegrinst und gemeint: ›Übernimm dich nicht, Jungchen. Erledige erst mal diesen Job, dann sehen wir weiter.‹ Danach hat sie den Zettel zusammengefaltet und ihn sich wieder … Sie wissen schon. Ich hatte den Eindruck, sie genoss es, Malte so anzuheizen. Dann ist sie aufgestanden und aus der Kneipe gestöckelt.«

»Malte hatte also keine Ahnung, wer euch da eigentlich für seine Zwecke einspannte?«

»Nein, aber das ist meistens so.«

»Und wie kommt ihr hinterher an euer Geld?«

»Manchmal besuchen uns die Typen, die uns den Auftrag übermittelt haben, in der Kneipe und stecken uns die Scheine zu.«

»Mitten im Lokal?«

»Das geht schnell und diskret über die Bühne, manchmal auch draußen vor der Kneipe oder auf der Toilette.«

»Ist die Frau denn noch einmal in die Kneipe gekommen?«

»Nein, leider nicht.«

»Und was war mit eurem Geld?«

»Das war eine seltsame Sache. In dem Umschlag steckten nämlich weniger Scheine als vereinbart – aber der Umschlag war vor dem Haus hinterlegt, in dem Malte mit seinen … in dem Malte wohnt. Der Umschlag war zugeklebt und so hinter das Bremspedal von Maltes Moped geklemmt, dass er ihm erst auffiel, als er schon aufgestiegen war. Er hat uns den verschlossenen Umschlag gebracht und ihn erst in unserer Anwesenheit aufgerissen. Das macht er immer so, damit wir sehen, dass er wirklich alles mit uns teilt. Malte ist nämlich ein guter Boss.«

»Ja, ganz toll, meinetwegen. Und weiter?«

»Wir haben nachgezählt. Es war nur etwas mehr als die

Hälfte von dem drin, was vereinbart war. Aber wir haben die Sache natürlich auf sich beruhen lassen.«

»Warum? Wart ihr nicht sauer?«

»Klar waren wir sauer, aber schauen Sie, wenn der Auftraggeber nicht nur weiß, in welcher Kneipe wir uns treffen, sondern auch, wo Malte wohnt, und obendrein auch noch, welches Moped er fährt ... Das ist doch eine ziemlich klare Botschaft, finden Sie nicht auch?«

»Ihr hattet also Angst, dass es euch an den Kragen gehen könnte, wenn ihr euch beschweren würdet?«

»Na klar! Außerdem kannten wir die Blondine ja nicht, leider. Bis heute wissen wir weder ihren Namen noch ihre Adresse.«

– SEKS –

Nach den Befragungen wurden Malte und seine beiden Helfershelfer noch etwas gründlicher verschnürt und so an zwei Stahlträgern festgebunden, dass sie ohne fremde Hilfe auf keinen Fall entkommen konnten.

»Hat der Raum, in dem die beiden anderen liegen, ein Fenster?«, fragte Bjarne Toft.

»Nein, da drin ist es stockdunkel«, antwortete Hansen.

»Gut, dann lassen wir sie noch ein wenig schmoren.«

Er ging zurück in den Raum, in dem sie vorhin zusammengesessen hatten, und die anderen folgten ihm.

»Von diesen Idioten haben wir bisher nur die Vornamen«, fuhr Bjarne Toft fort. »Aber das macht nichts, das sind eher kleine Nummern in der hiesigen Unterwelt. Mehr als eine Abreibung für einen Konkurrenten scheint denen niemand zuzutrauen.«

»Der Wirt von dieser Kaschemme in Tårnby würde mich im Moment am meisten interessieren«, wandte Lisa ein. »Wenn dort Jobs verteilt und bezahlt werden, kann es ja kaum angehen, dass er davon nichts mitkriegt.«

»Stimmt«, pflichtete Bjarne Toft ihr bei, »vielleicht kennt der den einen oder anderen Auftraggeber unserer jungen Deppen.«

»Da scheinen ja einige alte Bekannte ein und aus zu

gehen«, sagte Hansen. »Der Typ mit dem gegelten Seitenscheitel und der gebrochenen Nase dürfte dieser Finn Thonning gewesen sein, der versucht hat, mir Geld abzupressen.«

»Ja«, sagte Bjarne. »Auch Kjeld mit seinen langen roten Haaren und seinen Tätowierungen habe ich in Rasmus' Beschreibung erkannt.«

»Aber die Schilderungen des dritten Typen und der Blondine haben mir nichts gesagt«, gab Hansen zu.

»Die Frau kenne ich auch nicht«, meinte Bjarne Toft, »aber der dritte Mann, von dem die Rede war, müsste Anders Jensen gewesen sein.«

»Der Mann, der Ende April vor einer Bar in der Fußgängerzone erstochen wurde?«

»Ja. Geheimratsecken, eher klein und schäbige Klamotten: Das passt. Außerdem erinnere ich mich, dass ich mich kurz danach mit einem Rechtsmediziner auf ein Bier getroffen habe – der hat mir anvertraut, dass seine jüngste Leiche extrem nach Kräuterschnaps gestunken habe und dass sich der Mörder den Stich hätte sparen können, denn ein paar Monate später hätte Jensens Leber ohnehin schlappgemacht.«

»Sie haben einen Rechtsmediziner getroffen, um wegen dieser Morde zu recherchieren?«, wunderte sich Lisa. »Warum haben Sie sich denn diese Mühe gemacht?«

»Ach, mit dem Rechtsmediziner bin ich seit Jahren befreundet, den habe ich immer gefragt, wenn ich etwas zum Zustand einer Romanleiche wissen wollte.« Er zwinkerte Lisa zu. »Aber ich gebe zu: Seit in Kopenhagen dieser … nun ja: Bandenkrieg läuft, frage ich schon ein wenig herum. Ich hatte Ihnen ja bereits erzählt, dass es mich nicht kaltlässt, wenn Leute ermordet werden, die ich kenne – sei es persönlich oder durch meine Recherchen vom Hörensagen. Diese Neugier, die mir als Krimiautor recht nützlich war, habe ich wohl als schlechte Angewohnheit in meinen Ruhestand übernommen …«

»Wenn wir mit diesem Kneipenwirt reden, können wir Ihre Neugier gut brauchen«, versetzte Lisa grinsend.

»Stimmt. Zum Beispiel wissen wir noch nicht, wer Benny und Kjeld den Auftrag gegeben hat, Sie zu beschatten und Sie in eine Falle zu locken. Vielleicht können wir dem Höhlenbesitzer ein bisschen die Zunge lockern.« Bjarne Toft zog einige Scheine aus der Tasche und steckte sie wieder weg. »Oder wir haben Glück, und er verplappert sich, wenn wir ihn nur geschickt genug ausfragen.«

»Ich muss mich leider ausklinken«, meldete sich Mette zu Wort.

»Ach, ein anderer Auftraggeber, der wichtiger ist als ich?«, sagte Vaks mit gespielter Empörung.

»Nein, keine Sorge, es ist was Privates: Vorgestern habe ich auf meiner Joggingrunde im Botanischen Garten jemanden kennengelernt, und wir sind gegen sechs in einem Bistro in der Nähe verabredet.«

»Das geht natürlich vor«, versetzte der Anwalt lachend. »Sollen wir Sie irgendwohin mitnehmen?«

»Nein, der Bus fährt in einer Viertelstunde, und mit der Fähre komme ich zu der Stelle, wo ich mein Fahrrad angeschlossen habe.«

»Frau Langer, Herr Hamann, Herr Vaks – sind Sie mit dabei?«, fragte Toft, und alle drei nickten.

»Gut. Ich habe auch schon eine Idee, wie wir vorgehen könnten.«

»Und was ist mit diesen gefesselten Pappnasen?«, wollte Hansen wissen.

»Da wäre es mir am liebsten, wenn du mit Larsen hierbleiben könntest. Schaut bitte immer wieder mal nach den Herrschaften, nicht, dass sich noch einer dünne macht und seine Auftraggeber warnen kann, weil der heutige Job schiefgegangen ist.«

»Geht klar.«

Bjarne Toft sah Hansen an, als wolle er noch etwas sagen, aber dann klopfte er ihm nur auf die Schulter und wandte sich zum Gehen.

Bjarne Toft hatte sich etwas ausgedacht, was Fred und Lisa ein bisschen zu verdächtig erschien, aber da auf die Schnelle niemand eine bessere Idee hatte, erklärten sich alle mit seinem Plan einverstanden. Fred sollte die Kneipe als Erster betreten und sich auf ein Getränk an einen Ecktisch setzen. Zwanzig, fünfundzwanzig Minuten später sollten Lisa und Tom Vaks in *Min hule* eintreffen, sich möglichst weit weg von Fred hinsetzen und dem Wirt gegenüber den Anschein erwecken, sie seien befreundete Kollegen, die sich auf ein Feierabendbier in die Kaschemme verirrt hatten. Und schließlich wollte Bjarne als Letzter zu ihnen stoßen und dabei so tun, als kenne er die anderen nicht. Den Wirt würde diese unwahrscheinliche Häufung von Neukunden möglicherweise misstrauisch stimmen, doch Fred machte sich keine großen Sorgen. Im schlimmsten Fall würde er mit ihm schon zurechtkommmen.

Also stieg er die Stufen zu dem Lokal hinunter. Es lag eher im Tiefparterre als im Keller des Fabrikgebäudes im Bjørnbaksvej, und wenn die Mitarbeiter der umliegenden Firmen ein für dänische Verhältnisse günstiges Bier und einfache Speisen wie Røde Pølser zu schätzen wussten, die auf einer Schiefertafel neben der Eingangstür als »Hotdog à la Hule« angepriesen wurden, konnte der Laden vor allem werktags durchaus lukrativ sein.

Momentan war aber kein Gast anwesend. Fred schlug die muffige Luft eines Lokals entgegen, in dem weder gut gekocht noch ordentlich gewischt wurde. Auch der Wirt, der hinter seinem Tresen Zeitung las und den Neuankömmling nur mit mäßigem Interesse registrierte, sah nicht sehr gepflegt aus.

»Ein Bier?«, rief er ihm zu, als Fred sich auf einem Stuhl in der Ecke niedergelassen hatte, von dem aus er den Wirt, den Eingangsbereich und die Tür zu den Toiletten im Blick behalten konnte.

»Ja«, sagte Fred knapp und schnäuzte sich geräuschvoll. Dann zückte er das Handy und startete seine Solitär-App. So wirkte er beschäftigt, wurde aber nicht von der Beobachtung seiner Umgebung abgehalten. Im nächsten Augenblick stand auch schon ein frisch gezapftes Bier vor ihm auf dem Tisch. Der Wirt verzog sich sofort wieder hinter den Tresen, nur ein leichter Geruch nach saurem Schweiß blieb am Tisch zurück. Der Mann hätte dringend eine Rasur und eine Dusche vertragen, aber davon abgesehen sah er völlig anders aus, als sich Fred den Betreiber einer solchen Kaschemme vorgestellt hätte. Er wirkte eher gemütlich und entspannt – ganz wie einer, mit dem man gern auf ein Bier oder einen Kaffee zusammensitzt.

Die Tür schwang auf. Tom Vaks steckte den Kopf herein und schien das Lokal auf seine Tauglichkeit zu überprüfen, dann ließ er die Tür offen stehen, machte ein paar Schritte nach draußen und führte schließlich Lisa in den Gastraum.

»Wollen wir uns dorthin setzen?«, schlug er vor und deutete auf einen Tisch in der Ecke. Fred, der am anderen Ende der Kneipe saß, würdigte er keines Blickes. Kaum hatten sie Platz genommen, stand auch schon der Wirt neben ihnen – weibliche Gäste schienen es ihm eher wert, seine Zeitung schon für die Bestellung zu verlassen.

»Was möchten Sie?«, fragte Vaks seine Begleiterin.

»Haben Sie Weißwein?«, wandte sie sich an den Wirt. »Einen trockenen Italiener vielleicht?«

Der Wirt hob nur kurz eine Augenbraue und brummte: »Haben wir nicht. Ein Bier vielleicht?«

Vaks lächelte jovial und nickte. »Genau, bringen Sie uns bitte zwei Bier, das passt auch besser in Ihre urige Kneipe, nicht wahr?«

Der Wirt verzog das Gesicht und ging zur Zapfanlage. Vaks begann unterdessen ein Gespräch über Autos, Ersatzteile und ungeduldige Kunden. Er hatte die Stimme leicht erhoben, lachte aufgesetzt über wenig amüsante Anekdoten – offenbar hatten Lisa und er beschlossen, sich als Mitarbeiter einer der Autowerkstätten auszugeben, die es entlang des Bjørnbaksvej in großer Zahl gab. Der Wirt hörte halb hin und schien den beiden ihre Rollen abzunehmen. Mit der Zeit sprach Vaks etwas leiser, und zur vereinbarten Zeit betrat auch Bjarne Toft die Kneipe.

Er drückte umständlich die Tür hinter sich zu und sah sich um, bevor seine Wahl auf einen kleinen Tisch neben dem Eingang fiel. Als der Wirt ihm über den Tresen hinweg zurief, ob er ein Bier wolle, stutzte er, und ihm fiel fast die Kinnlade herunter.

»Poul?« Bjarne Toft stand auf und ging auf den Tresen zu. »Was machst du denn hier?«

»Das ist mein Lokal«, antwortete der Wirt. »Schon seit ein paar Jahren.«

»Das ist ja ein Ding!« Bjarne strahlte über das ganze Gesicht und klatschte mit der Hand auf den Tresen. »Dich hätte ich hier ganz sicher nicht erwartet!«

»Erwartet?«

»Na ja …« Er grinste. »Ich bin nicht ganz zufällig hier, weißt du?«

»Klar weiß ich das. Erst schickst du mir deinen Gorilla, der so tut, als spiele er auf dem Handy. Dann kommt ein Pärchen, das so tut, als hätten sich zwei Kollegen nach einem harten Arbeitstag in meine Höhle verirrt. Und kurz darauf stehst du vor mir. Solche Zufälle sind in einem Lokal wie meinem eher selten. Und sie haben meistens nichts Gutes zu bedeuten.«

»Von mir hast du nichts zu befürchten.«

»Das will ich doch hoffen, Bjarne. Außerdem weiß ich mir zu helfen, wenn es mal eng wird.«

Er griff unter den Tresen und zeigte Toft kurz eine Pistole, die er sofort wieder an ihrem Platz verschwinden ließ.

»Ganz wie früher«, versetzte Bjarne und lachte. Dann winkte er die anderen zum Tresen, um sie vorzustellen. Poul gab allen die Hand und grinste.

»Das Solitärspiel auf Ihrem Handy kenn ich«, wandte er sich an Fred. »Sie sollten aber den Ton abschalten, sonst hört man es, wenn Sie gegen die Regeln verstoßen. Und so oft, wie Sie das versucht haben, können Sie das Spiel noch nicht häufig ausprobiert haben.«

»Und wodurch haben wir uns verraten?«, fragte Vaks.

»Sie hätten nicht so sehr über die defekte Ölabscheideanlage schimpfen sollen. Werkstätten spritzen ihre Räume heute nicht mehr aus, sondern reinigen trocken oder nehmen spezielle Reinigungsmaschinen – eben damit sie keinen Ölabscheider brauchen.«

»Wieder was gelernt«, bemerkte der Anwalt und prostete dem Wirt grinsend zu.

»Dann stelle ich euch meinen alten Freund Poul Gaard vor«, sagte Bjarne. »Er stammt aus Norwegen, musste dort aber verschwinden, weil er ... ach, das müsst ihr nicht wissen. Jedenfalls schlug er sich nach seiner Ankunft in Kopenhagen eine Zeit lang mit diversen Jobs durch, unter anderem reparierte er ältere Autos und manchmal auch Schiffsmotoren in einer kleinen Werkstatt drüben in Brøndby. Als ich einen neuen Außenborder für mein Boot brauchte, bin ich durch eine Anzeige auf die Werkstatt gestoßen. Ich fuhr hin und interessierte mich für den Motor aus der Annonce, da nahm mich einer der Mitarbeiter zur Seite und riet mir, das Ding lieber nicht zu kaufen und stattdessen einen anderen Motor zu nehmen. Da habe ich Poul zum ersten Mal getroffen. Mit meinem Kauf war ich sehr zufrieden, zumal der Motor sogar noch deutlich günstiger war als der andere. Ein paar Monate später brachte mir die Post einen Karton mit Büchern, die ich bestellt hatte. Als es an der Tür klingelte, stellte sich heraus, dass Poul inzwischen als Paketbote arbeitete. Diesen schönen Zufall haben wir ordentlich begossen, und dann trafen wir uns alle paar Wochen oder Monate in meinem Haus in Nyhavn oder sonst irgendwo in der Stadt. Bis Poul vor sechs, sieben Jahren spurlos von der Bildfläche verschwand und nichts mehr von sich hören ließ.«

Bjarne Toft sah den Wirt fragend an, doch der zuckte nur mit den Schultern.

»Ich hatte Mist gebaut, fast dieselbe Geschichte wie damals in Norwegen. Die Bullen haben mich erwischt, und ich bin für ein paar Monate eingefahren.«

»Du hättest dich melden sollen, ich hätte dir einen guten Anwalt besorgt.«

»Die Sache war mir peinlich. Du kennst meine Vorgeschichte, und du hast mir immer gut zugeredet, dass ich mein Geld mit ehrlicher Arbeit verdienen soll. Und dann bau ich wieder Mist … Nein, ich wollte nicht, dass du das erfährst.«

»Und nach deiner Entlassung aus dem Knast hast du diese Kneipe übernommen?«

»Ja, es lief anfangs etwas schleppend, aber seit ich Mittagessen anbiete, kommen viele Arbeiter und Angestellte aus den umliegenden Firmen. Einige sind Stammgäste geworden und schauen tatsächlich auch ein-, zweimal die Woche auf ein Feierabendbier vorbei.«

Er zwinkerte Vaks und Lisa zu.

»Und du bist inzwischen wieder sauber?«, fragte Bjarne.

»So ziemlich, ja.«

»Was heißt das?«

»Zwei Typen, die ich im Knast kennengelernt hatte, haben spitzgekriegt, dass ich das Lokal übernommen habe. Sie haben mich besucht und mir vorgeschlagen, dass ich mit ihnen ein Ding durchziehe, todsicher und lohnend, wie sie meinten.«

»Das klingt nicht gut.«

»Ich habe natürlich abgelehnt. Zum einen mochte ich diese Typen nicht, und zum anderen sind es immer die todsicheren Dinger, die ganz sicher schiefgehen.«

»Gut gemacht.«

»Das schon, aber die beiden kamen immer wieder. Sie haben zwar irgendwann kapiert, dass ich kein Interesse mehr an Betrügereien, Raub und Diebstahl habe. Nur leider hat ihnen meine Kneipe gut gefallen, und nach einer Weile haben sie sich hier mit anderen Halunken oder Auftraggebern getroffen, um ihre nächsten Coups auszubaldowern. Ich habe immer so getan, als würde ich weghören, und es gab auch nie Ärger mit diesen Typen. Manchmal hatte ich den Eindruck, dass unter den neuen Gästen ein Kripomensch war, der jemanden belauschen wollte, aber mich selbst haben alle in Ruhe gelassen.«

»Weißt du, für wen deine beiden Knastbekannten gearbeitet haben?«

»Nein, das hat mich auch nicht interessiert, und inzwischen sitzen alle beide wieder ein. Vermutlich ist eines ihrer todsicheren Dinger in die Hose gegangen.«

»Ich geh noch mal rüber«, sagte Ryker Hansen und erhob sich.

»Schon wieder?« Raimund Larsen fläzte auf einem Stuhl herum und hatte einen zweiten herangezogen, auf den er seine Füße legte. So schlürfte er bereits seine zweite Tasse Rum mit Tee und wirkte inzwischen recht entspannt.

Die anderen waren seit gut einer Stunde weg, und in dieser Zeit hatte Hansen bereits viermal nach den Gefangenen geschaut und dabei dem Mädchen und dem Bandenchef mit einer Taschenlampe direkt ins Gesicht geleuchtet. Es machte ihm offenbar diebische Freude, die beiden Kleinganoven zu triezen, und Larsen kannte ihn gut genug, um zu wissen, dass es keinen Sinn hatte, ihn davon abbringen zu wollen. Auch jetzt verließ Hansen den Raum mit einem breiten Grinsen, und er griff im Hinausgehen nach der kräftigen Taschenlampe, die er neben der Tür auf einem Schränkchen abgelegt hatte.

Die drei jungen Männer lagen unverändert auf dem Boden, sie waren nach wie vor an den Stahlträgern angebunden, die neben ihnen aus dem Betonboden ragten. Malte schaute Hansen mit zornigem Blick entgegen, Rasmus starrte teilnahmslos an die Decke, und Uffe hatte die Augen geschlossen und murmelte leise vor sich hin. Hansen beugte sich zu seinem Oberschenkel hinunter. Die Blutung schien weitgehend zum Stillstand gekommen zu sein, aber Uffes Gesicht war bleich, und er schluckte unablässig und murmelte Unverständliches. Hansen beschloss, gleich nachher Bjarne Toft anzurufen und ihn zu fragen, ob Uffe nicht besser zu einem Arzt gebracht werden sollte. Doch zunächst musste er Benny und das Mädchen im Nebenraum noch ein bisschen ärgern.

Er schloss die Stahltür auf, hinter der die beiden lagen. Es war mucksmäuschenstill in dem kleinen Raum, und noch bevor er die Stablampe einschaltete, machte ihn stutzig, dass er im dürftigen Schein, der von nebenan in die Kammer fiel, nicht die Beine des Mädchens sehen konnte, die bisher nur zwei Schritte von der Tür entfernt gelegen hatte. Plötzlich flammte ein grelles Licht auf und blendete ihn. Er schloss die Augen im Reflex, sah aber hinter den Lidern nur Sterne, die wie verrückt vor ihm tanzten. Dann krachte ein Schuh seitlich in sein rechtes Knie, ein Faustschlag traf ihn einen Sekundenbruchteil später an der linken Schläfe, und während er nach rechts kippte, spürte er, wie etwas in die Haut seines rechten Arms schnitt. Er landete hart auf dem Boden, spürte noch kurz etwas Warmes über seinen Arm rinnen, dann raubte ihm ein fester Tritt gegen die Schläfe das Bewusstsein.

In Poul Gaards Kneipe befanden sich noch immer keine Gäste außer Bjarne Toft, Tom Vaks, Fred und Lisa.

»Sag mal, Poul, du bekommst doch sicher etwas von den Deals mit, die in deinem Lokal ausgehandelt werden.«, erkundigte sich Bjarne Toft. »Und vielleicht schnappst du ab und zu auch auf, wer die Auftraggeber sind, oder?«

»Offiziell nicht«, entgegnete Poul Gaard grinsend.

»Und inoffiziell?«

»Um dir dazu etwas zu sagen, müsstest du mir bitte deine Begleiter vorstellen, Bjarne. Inoffizielle Infos gibt's nur für Freunde wie dich, das verstehst du sicher.«

Also stellte Bjarne ihm Lisa, Tom Vaks und Fred vor und erklärte in groben Zügen, warum sie sich für die jüngste Mordserie interessierten. Bjarne Toft wusste mehr, aber darüber ließ er Gaard im Unklaren. Vaks hatte Mette natürlich längst eingeweiht, und die wiederum hatte dem alten Bjarne Toft alles erzählt, weil sie ihn mochte und ihm vertraute. Zu Recht, wie sich nun herausstellte.

»Okay, das genügt mir«, sagte der Wirt schließlich und sah jeden der Anwesenden noch einmal eindringlich an: »Es versteht sich von selbst, dass ich nie auch nur ein Wort gesagt habe und dass ihr nie mit mir gesprochen habt.«

Alle nickten, und Gaard wandte sich wieder an seinen alten Bekannten Bjarne.

»Ich werde dir das erzählen, was du am nötigsten wissen musst, um in dieser Erbschaftsgeschichte voranzukommen. Falls ich überhaupt etwas darüber aufgeschnappt habe. Also, von welchem meiner Gäste möchtest du die Auftraggeber wissen?«

»Um ehrlich zu sein: Es sind mehrere.«

»Schieß los.«

»Einer heißt offenbar Finn Thonning.«

»Ach, dieses Arschloch! Der hat mich eine ganze Weile abgezockt und mir damit gedroht, mein Lokal anzuzünden, wenn ich ihm kein Schutzgeld mehr zahle. Das lief echt ab wie in einem schlechten Mafiafilm. Im Übrigen war er auch angezogen und frisiert wie die Schurken in diesen Patenfilmen. Aber der wird mich nicht mehr belästigen, er wurde ja Anfang Mai überfahren. Der Drecksack hat mich eine ganze Stange Geld gekostet.«

»Und für wen hat er das Schutzgeld erpresst?«, fragte Bjarne Toft.

»Keine Ahnung. Es gab verschiedene Gerüchte, aber ich halte es auch für möglich, dass er die selbst gestreut und auf eigene Rechnung gearbeitet hat. Mal soll er für Halsman kassiert haben, dann wieder für eine bulgarische Gang, die seit einigen Jahren versucht, den Drogenhandel von hier bis rauf nach Helsingør unter Kontrolle zu bekommen. Und ab und zu war auch von einem ominösen Unbekannten die Rede – der soll übrigens aus Lolland stammen oder dort in zahlreiche Geschäfte verwickelt sein.«

»Ach? Könnte das Ægir Hoven gewesen sein?«

»Ein Name ist nie gefallen, aber wenn euer Toter fleißiger Geldwäscher war, dürfte er sich sonst von allem Illegalen ferngehalten haben.«

»Damit er der Polizei erst gar nicht auffällt? Stimmt, dafür spricht einiges. Übrigens soll sich hier dieser Finn mit einem dicklichen Typen Anfang zwanzig getroffen haben, um ihm einen Auftrag zu erteilen.«

»Ach, die Kids?« Gaard lachte. »Warum man die für Jobs einspannt, leuchtet mir nicht ein. Das sind nicht gerade die Hellsten, und von ihrem Chef Malte und diesem Mädchen mal abgesehen, muss man vor denen auch nicht gerade Angst haben. Die werden höchstens mal für eine Prügelei eingesetzt. Es könnte also sein, dass jemand euch die auf den Hals hetzt, wenn ihr denen irgendwo in die Quere kommt.«

»Schon passiert«, warf Fred ein, und Lisa sprang ihm bei: »Die hatten uns eine Falle gestellt, neben einem Bootsverleih auf Refshaleøen. Jetzt liegen sie gut verschnürt an einem ruhigen Ort.«

Gaard grinste und nickte Fred respektvoll zu. Der winkte nur ab und deutete auf Tom Vaks.

»Ja, ein bisschen habe ich mitgeholfen«, meldete sich der Anwalt zu Wort. »Und Frau Langer hat einen Mann außer Gefecht gesetzt, als er mit ihr allein war.«

»Alle Achtung!«, meinte der Wirt anerkennend.

»Der Mann, den sie überwältigt hat, war ein gewisser Benny.«

»Den kenn ich. Dann haben also Benny und die Kids gemeinsame Sache gemacht?«

»Für wen arbeitet Benny denn normalerweise?«, fragte Bjarne Toft.

»Für jeden, der ihn bezahlt. Und Kjeld ist immer mit von der Partie. Der hat übrigens auch mal einen Job an die Kids vermittelt. Aber ich glaube, Malte und seine Jugendgang haben keinen Schimmer, dass Benny und Kjeld miteinander zu tun haben.«

»Hast du eigentlich mitbekommen, wer Benny und Kjeld zu Malte geschickt hat?«

»Nein, aber einmal kam ein Neuer ins Lokal, um Malte den verabredeten Lohn für einen erledigten Job zu überbringen. Normalerweise hat das immer derjenige gemacht, der den Auftrag auch übermittelt hat, in dem einen Fall wäre das Kjeld gewesen. Die kommen dann rein, schauen geheimnisvoll und gehen kurz nacheinander zur Toilette oder raus vors Lokal, um den Umschlag zu übergeben.«

»Kannst du diesen Neuen denn irgendeiner Seite zuordnen?«

»Den hatte ich vorher noch nie gesehen, und mit Namen stellen sich die Typen mir natürlich nicht vor. Aber warte mal …« Er zückte sein Handy, wischte durch seine Fotogalerie und zeigte Bjarne schließlich das Bild eines Mannes in den Vierzigern, durchschnittlich groß, schlank, elegant gekleidet. Die Haare trug er zurückgegelt, und unter dem Ärmel seines Jacketts blitzte eine teure Uhr hervor. Das Foto war von seitlich oben gemacht worden, und Bjarnes Blick ging hinauf zu dem Regal über dem Tresen. Dort standen verstaubte Flaschen, ein bisschen Dekokram und eine Glasschale mit Kronkorken. Bjarne kniff die Augen zusammen: Zwischen der Dekoration konnte er mit etwas Mühe eine kleine runde Glasfläche ausmachen – dort steckte also die Kamera, mit der das Bild gemacht worden war. Poul Gaard war Bjarnes Blick gefolgt, grinste und zeigte unter den Tresen, etwas seitlich der Stelle, an der er die Pistole verborgen hatte.

»Und dort ist der Schalter, mit dem ich die Kamera auslösen kann. Ich sichere mich gern ab. Kennst du den Typen?«

»Nein, nie gesehen.« Bjarne Toft ließ sich das Bild aufs Handy schicken. »Aber jetzt haben wir vielleicht doch eine Spur, danke. Als wir die Kids vorhin ein wenig befragten, haben sie uns von Benny und Kjeld erzählt, aber sie wissen offenbar wirklich nicht, dass die beiden zusammengehören. Auch Benny haben sie als Auftraggeber genannt, und dann soll es da noch eine Frau gegeben haben …«

Pouls Augen blitzten auf. »O ja«, sagte er, und seine Stimme nahm sofort einen schwärmerischen Unterton an. »Die war der Hammer! Superkurzer enger Rock, eine Figur zum Niederknien und …«

»Fang du nicht auch noch an«, stoppte ihn Bjarne. »Wir mussten uns das alles schon von einem von Maltes Jungs anhören. Weißt du, in wessen Auftrag diese Frau Malte instruiert hat?«

»Nein, leider nicht. Die hat kein Wort über den Job selbst verloren.«

»Sind Sie sicher?«, hakte Lisa nach. »Sie hatten vorhin doch gesagt, dass Sie meistens weghören.«

»Nein, ich habe gesagt, dass ich immer so tue, als würde ich weghören. Ich will schon wissen, was in meiner Kneipe vor sich geht«, antwortete er grinsend und wandte sich wieder an Toft: »Die Dame saß ja direkt vor mir, und Malte hockte daneben. Übrigens: Weißt du, wo sie die Infos zu dem Auftrag hatte?«

»Auf einem Zettel, ich weiß, und der steckte hier drin.« Bjarne deutete auf die Knopfleiste seines Hemds.

»Mann, ich dachte echt, mir fallen gleich die Augen aus dem Kopf.«

Bjarne sah kurz zur versteckten Kamera hoch und dann wieder zu Poul. Der wand sich und hob entschuldigend die Hände. »Mensch, Bjarne, ich leb seit Jahren allein, und in meine Höhle verirren sich nicht viele Frauen. Da bin ich abends manchmal ganz froh, wenn ich mit ein paar solcher Fotos meiner Erinnerung ein wenig auf die Sprünge helfen kann. Wenn du verstehst ...«

»Das will ich gar nicht wissen«, unterbrach ihn Bjarne. »Hast du denn ein Foto gemacht, auf dem man ihr Gesicht sehen kann?«

»Das war nicht so hübsch, muss ich zugeben ...«

»Poul! Also bitte!«

»Ich schau kurz nach, eins müsste ich haben.«

Er suchte eine Weile, dann hielt er Bjarne das Display seines Smartphones hin.

»Geht das hier?«

Zu sehen war eine Blondine, an der das Gesicht wirklich nicht das Außergewöhnlichste war.

»Ja, das geht«, sagte Bjarne. »Schick mir das bitte auch. Aber nur dieses eine, bitte!«

Unter dem heiseren Gelächter des Wirts tranken sie ihre Gläser aus, und kurz darauf kehrten sie zum Wagen zurück.

Zehn Minuten nachdem Hansen den Raum verlassen hatte, schaute Larsen auf die Uhr. Bisher war Hansen nie länger als fünf Minuten bei den Gefangenen geblieben. Vielleicht war er nach seinem Kontrollgang durch die Hintertür hinausgegangen und rauchte dort noch eine Zigarette? Larsen sah sich um – und entdeckte Hansens angebrochene Zigarettenschachtel direkt neben seiner Bierflasche. Ob etwas passiert war?

Er schwang die Beine vom Stuhl, stellte seine Tasse ab und erhob sich. Gerade wollte er den schmalen Flur betreten, als sein Blick auf die Waffen fiel, die sie den Gaunern abgenommen hatten. Er griff nach dem Baseballschläger und schlich zur Tür, die in den großen Lagerraum führte, in dem drei der Gefangenen lagen. Er horchte. Drinnen war alles still, während er vorhin immerhin ganz leise das Gejammere von Uffe gehört hatte. Er packte den Schläger fester und zog mit der anderen Hand ganz langsam die Tür auf.

Die Plastikplane, auf der die drei jungen Männer gelegen hatten, war leer. Die Kabelbinder, mit denen sie an die Stahlträger gefesselt gewesen waren, lagen auf dem Boden verstreut. Die Stahltür zum Nebenraum stand einen Spaltbreit offen – die Gefangenen waren abgehauen. Larsen rannte zur Hintertür und ins Freie hinaus. Erst draußen fiel ihm ein, dass dort ja jemand auf der Lauer liegen konnte, doch es war niemand zu sehen, und niemand griff ihn hinterrücks an. Auch als er ums Haus herumging, von wo er die Einfahrt auf das Gelände der Motocross-Anlage überblickte, konnte er niemanden entdecken.

Ein Stück entfernt wurde ein Motor gestartet, und direkt danach bog ein Wagen mit quietschenden Reifen auf eine Straße ein. Das Motorengeräusch entfernte sich schnell in nördliche Richtung. Es sah so aus, als hätten die entflohenen Kleinganoven auf dem Parkplatz jenseits der Straße ein Auto geknackt und kurzgeschlossen – und sich nun auf dem schnurgeraden Artillerivej davongemacht. Einen Moment lang erwog er, sie zu verfolgen, aber dann machte er sich klar, dass es zu spät war. Noch ehe er auch nur die Straße erreicht hätte, wären die anderen längst irgendwo im Straßengewirr der östlichen Kopenhagener Stadtteile untergetaucht, oder sie würden einen Haken schlagen und spurlos in einem der südlichen Vororte untertauchen.

Plötzlich fiel ihm ein, dass er ja eigentlich nach Hansen schauen wollte. Er eilte zurück in den Lagerraum. Auf dem Boden waren Blutspuren zu sehen, die vermutlich von Uffes Verletzung stammten, doch wo steckte Hansen? Larsen näherte sich der Stahltür, und als er vorsichtig durch die schmale Öffnung lugte, sah er drinnen den Mann liegen, den er suchte. Hansen lag auf dem Bauch, den Kopf nach links gedreht, auf der linken Schläfe eine Platzwunde. Larsen betrat den Raum. Die Stablampe lag an der hinteren Wand, wo ihre Umrisse in dem schwachen Licht kaum zu erkennen waren, das aus dem Nebenraum hereindrang.

Schnell sah sich Larsen um – doch außer ihm und Hansen war niemand hier. Er kniete sich hin und suchte mit den Fingerspitzen nach Hansens Halsschlagader. Noch bevor er sie ertastet hatte, schloss er die Augen und hoffte inständig, dass Hansen nicht tot war.

– SYV –

Eigentlich wollte Malte den Einzigen, der nicht zu seiner Bande gehörte, auf Refshaleøen zurücklassen, wo sie gleich nach ihrer Flucht die Handys aus dem Versteck im Schuppen holten. Doch Benny bestand darauf, bei den anderen zu bleiben – und stellte in Aussicht, dass er Uffe einen Arzt verschaffen konnte, der ihn versorgen würde, ohne dass die Polizei davon etwas mitbekam.

Also fuhren sie nach einem Bogen durch den Osten Kopenhagens zurück nach Süden und erreichten das Versteck, das am Ende eines schmalen Wegs lag, der in Richtung Flughafen abging. Der Besitzer der Autowerkstatt, an der sie vorbeimussten, ging freitags normalerweise schon mittags nach Hause. Und auch an diesem frühen Freitagabend lag das Gelände der etwas schäbig wirkenden Firma verlassen. Malte stellte den geklauten Wagen in einer Lücke zwischen den Autos auf dem Parkplatz der Werkstatt ab – die Karre würden sie nachher noch brauchen, um Uffe zu Bennys Arzt zu bringen.

Wenige Meter von der Landebahn des Kopenhagener Flughafens entfernt, duckte sich eine Hütte aus Holz und Blech: der Unterschlupf von Maltes kleiner Bande. Rasmus trug Uffe in die windschiefe Hütte und bettete ihn auf das speckige Sofa, das sie für ihren Unterschlupf vom

Sperrmüll geholt hatten. Uffe hatte die Augen geschlossen, brabbelte unablässig leise vor sich hin, schien aber nicht wirklich bei Besinnung zu sein.

»So, hier habt ihr also eure kleine Räuberhöhle?«

Benny machte erst gar nicht den Versuch, seinen Spott zu überspielen, aber Malte wollte Uffe die versprochene ärztliche Hilfe nicht verwehren, also schluckte er seinen Ärger hinunter. In der Ecke stand eine große Plastikbox. Sie war zwei Handbreit hoch mit Wasser gefüllt, um einige Flaschen mit billigem Bier kühl zu halten. Benny bediente sich, ohne jemanden um Erlaubnis zu fragen, öffnete die Flasche mit seinem Einwegfeuerzeug und setzte die Flasche an. Er leerte sie in einem Zug zur Hälfte, dann ließ er sich auf einen Stuhl sinken, der neben dem Sofa stand, auf dem Uffe nun ruhiger wurde und kurz darauf einschlief.

»Was ist jetzt mit dem Arzt?«, drängte Malte, aber Benny winkte nur ab.

»Jetzt besprechen wir erst mal, was wir unternehmen, um diese Typen auszuschalten, die uns ausgetrickst haben.«

»Na ja, ausgetrickst«, merkte Lærke an. »Die haben uns regelrecht zerlegt. Dieser Hüne, dem wir in der alten Halle aufgelauert haben, ist offenbar nicht so ohne Weiteres zu besiegen, und den smarten Typ im Anzug haben wir wohl ein bisschen unterschätzt.«

»Pfff«, machte Benny und sah sie und die Jungs abschätzig an. »Ihr seid zu viert, greift aus dem Hinterhalt an und lasst euch von zwei Männern verdreschen und fesseln – ich frage mich, ob man euch überhaupt noch Jobs anvertrauen kann.«

»Ach?« Lærke stellte sich direkt vor ihn und blitzte ihn wütend an. »Und das sagt der Typ, der sich von einer Frau ausschalten lässt, die nicht mal besonders kampferprobt und durchtrainiert aussieht? Das will dein Chef sicher auch nicht hören!«

Benny sprang so schnell auf, dass sein Stuhl nach hinten flog. Er war einen Kopf größer als das Mädchen, allerdings weniger gut trainiert, und dass Lærke kämpfen konnte, wusste er. Nur ihr war es zu verdanken, dass sie aus ihrem dunklen Verlies entkommen waren.

Lærke war durch die enge Kammer gerobbt und hatte den Boden und die Wände abgetastet. Immer hatte sie es rechtzeitig wieder zurück in ihre ursprüngliche Position geschafft, bevor der Typ mit der Stablampe in den Raum trat. Auf ihrer Suche war sie auf eine Glasscheibe gestoßen, die sie zerbrochen hatte, um damit ihre Fesseln und die von Benny zu lösen. Eine größere Scherbe hatte sie als improvisierte Waffe bei sich behalten.

Offenbar hatte Lærke alles richtig berechnet – jedenfalls standen Benny und sie links und rechts hinter der Tür, als ihr Bewacher nächstes Mal die Kammer betreten wollte. Ein gezielter Tritt von Lærke gegen sein rechtes Knie, ein fester Faustschlag von Malte gegen die linke Schläfe – und schon ging der Kerl zu Boden. Mit der Scherbe hatte Lærke dem Fallenden noch eine Wunde am rechten Arm zufügen wollen, aber sie war nicht sicher, ob sie nicht nur den Hemdsärmel des Mannes aufgeschlitzt hatte, und ein Tritt von ihr gegen seine rechte Schläfe knipste ihm vollends die Lichter aus.

Und so stand Benny zwar wutschnaubend ein, zwei

Minuten vor Lærke, aber letztlich trat er doch den Rückzug an, setzte sich ohne ein weiteres Wort wieder hin und trank seine Flasche aus. Malte gab Lærke zu verstehen, dass auch sie Ruhe geben sollte, dann wandte er sich an Benny.

»Sag mal, was hättet ihr mit denen denn angestellt, wenn wir sie für euch eingetütet hätten?«

»Das musst du nicht wissen.«

»Vielleicht doch, schließlich hast du gerade selbst gesagt, dass wir überlegen müssen, wie wir mit den Leuten jetzt weiter verfahren. Da wäre es doch hilfreich zu wissen, was mit ihnen am Ende passieren sollte.«

Benny musterte ihn, und man konnte ihm deutlich ansehen, dass er nachdachte – und dass eben das nicht seine größte Stärke war. Es dauerte eine Weile, dann erhob er sich und steuerte auf die Tür der Hütte zu.

»Ich muss mal telefonieren.«

»Mit deinem Auftraggeber?«

»Muss dich nicht interessieren.«

»Tut es aber!«

»Glaub mir: Je weniger du weißt, desto besser für dich – und für uns alle, wenn euch diese Typen von der Motocross-Anlage wieder in die Finger bekommen. Außerdem muss ich den Arzt für euren verletzten Kumpel klarmachen.«

Benny verließ die Hütte und wählte einen Platz, an dem ihn niemand belauschen und er trotz des Fluglärms seinen Gesprächspartner verstehen konnte. Dann rief er seine Kontakte auf und wählte die Nummer eines gewissen Nicklas.

Bjarne Toft hatte das Gespräch entgegengenommen und dem Anrufer still zugehört, nun ließ er sein Handy sinken. Auf seiner Miene spiegelte sich eine Mischung aus Ärger und Sorge.

»Was ist denn?«, fragte Lisa.

»Larsen war dran. Unsere Gefangenen sind abgehauen. Lærke und Benny haben sich in der dunklen Kammer irgendwie von ihren Fesseln befreien können. Sie haben Hansen niedergeschlagen, die anderen befreit und sind verschwunden. Larsen meinte, dass sie vermutlich auf der anderen Straßenseite ein Auto geknackt haben und damit davongefahren sind.«

»Und wie geht's Hansen?«

»Er dürfte einen ziemlichen Brummschädel haben, den er sich im Übrigen auch redlich verdient hat. Hansen hat wohl mehrmals seit unserer Abfahrt die beiden im Kämmerlein mit einer starken Taschenlampe geblendet, vielleicht um sie für eine Befragung weichzukochen, was weiß ich. Das ist jedenfalls gründlich schiefgegangen.«

»Hat dieser Rasmus nicht erzählt, dass Malte und er und vielleicht auch die anderen in Tårnby wohnen – könnten wir sie dort aufspüren?«

»Ich wüsste nicht, wo wir anfangen sollten zu suchen. Aber ich habe eine andere Idee.«

Auf der Fahrt zurück zur Motocross-Anlage schilderte Bjarne Toft den anderen seinen Plan: Uffes Verletzung musste versorgt werden, also konnten sie den Entflohenen vielleicht auf die Spur kommen, wenn sie herausfanden, ob der junge Mann inzwischen irgendwo in Behandlung war.

Hansen begrüßte sie kleinlaut. Er stand rauchend vor der Eingangstür des Gebäudes, in dem sie vorher beisammengesessen hatten, und vermied es, sein rechtes Bein zu belasten. Das rechte Knie sei geschwollen, berichtete er. Am rechten Arm hatte ihm einer der jungen Leute offenbar einen langen, aber nicht tiefen Schnitt mit einer Glasscherbe zugefügt. Durch einen Riss in Hansens Hemdärmel war das Pflaster zu sehen, mit dem Larsen die Wunde versorgt hatte. Die rechte Schläfe, ein Teil der Stirn und der Wange waren blutunterlaufen und geschwollen.

Larsen erzählte den anderen noch einmal, was sich zugetragen hatte – soweit er es selbst erlebt und aus Hansens Schilderungen hatte rekonstruieren können.

»Gute Idee«, sagte er, nachdem Bjarne ihm seinen Plan skizziert hatte. »Uffes Verletzung sah wirklich schlimm aus. Wenn der nicht bald einen Arzt findet, der sich um ihn kümmert, kann das böse enden.«

Sie stellten eine Liste der Krankenhäuser und Arztpraxen der Umgebung zusammen und legten sich zurecht, was sie am Telefon als Begründung nennen würden, warum sie sich nach Uffe erkundigten – die Rolle der besorgten Eltern entfiel als Möglichkeit, denn sie kannten den Nachnamen des jungen Mannes ja nicht. Bjarne und Vaks wollten sich als Polizisten ausgeben, die in einer Messerstecherei ermittelten. Der Täter, ein Mann mit Uffes Aussehen, sei anschließend geflohen. Larsen würde behaupten, ein Mann habe etwas von seinem Kutter gestohlen und sich während der Flucht den Oberschenkel an einem herausstehenden Metallteil des Schiffes aufgerissen. Lisa und Fred schließlich würden sich als Touristen ausgeben, die auf dem Weg zu Schloss Rosenborg von zwei mit Messern bewaffneten Jugendlichen überfallen worden seien. Ein junger Mann sei ihnen zur Hilfe geeilt und habe die anderen in die Flucht geschlagen, sei zuvor aber am Oberschenkel verletzt worden – und nun wollten sie sich bei ihrem Helfer bedanken und sorgten sich um seinen Gesundheitszustand.

»Und was soll ich erzählen?«, fragte Hansen, als die Aufgaben verteilt waren und alle drinnen am Tisch beisammensaßen.

Bjarne sah ihn unleidig an. »Du hast schon genug angestellt, glaube ich. Setz uns noch Kaffee auf und schon dich, das wird im Moment das Beste sein.«

Nummer um Nummer arbeiteten sie auf der Liste ab, mal hatten sie redselige Gesprächspartner am anderen Ende der Leitung, mal wortkarge, die sich jedes Wort aus der Nase ziehen ließen oder geradezu ruppig auf die Fragen reagierten. Aber als sie alle Telefonnummern abgearbeitet hatten, waren sie ziemlich sicher, dass Uffe in keiner der angerufenen Praxen oder Kliniken aufgenommen worden war.

»Und jetzt?«, fragte Lisa.

Bjarne dachte eine Weile nach, dann schimmerte ein wehmütiges Lächeln durch.

»Na ja, einer würde mir noch einfallen. Aber zu dem kann ich euch nicht mitnehmen. Ich weiß noch nicht mal, ob er mit mir redet – aber wenn, dann wirklich nur mit mir allein.«

Malte hatte sich erst gewehrt, als Benny vorschlug, dass der Arzt, dessen Nummer ihm Nicklas am Telefon genannt hatte, hierherkommen sollte. Er wollte nicht, dass noch mehr Leute von ihrem Versteck wussten, aber Benny ließ keinen Einwand gelten.

»Der Doc hat keine Praxis, der arbeitet auch nur noch inoffiziell. Aber willst du mit Uffe in ein Krankenhaus gehen, wo sie die Personalien aufnehmen? Da kannst du gleich dortbleiben und auf die Bullen warten – denn die Typen, mit denen wir es beim Bootsverleih zu tun hatten, haben inzwischen sicher die Polizei gerufen.«

»Aber wenn dieser Doktor herkommt, posaunt er dann nicht gleich heraus, wo sich unser Unterschlupf befindet? Und dann nimmt uns die Polizei irgendwann doch hier hoch!«

Benny grinste schief.

»Der Doc hat ganz sicher kein Interesse, der Polizei irgendetwas zu erzählen, glaub mir. Und der weiß über viele Leute in Kopenhagen genug, um sie ans Messer zu liefern, und hält doch seit Jahren die Klappe. Da musst du dir um euer schäbiges Loch wirklich keine Sorgen machen.«

Ohnehin hatte Benny den Doc längst angerufen und ihm die Koordinaten der Hütte aufs Handy geschickt. Der Mann, der bald darauf zur Tür hereinkam, sah aus wie weit über siebzig, war aber vermutlich eher ein verlebter Mittsechziger. Er war durchschnittlich groß und recht dünn bis auf ein kleines Bäuchlein. Sein nachlässig rasiertes Gesicht war fahl, die Augen lagen tief in ihren Höhlen, und die ungewaschenen dunklen Haare hatte er nach hinten gestreift, doch einzelne Strähnen rutschten ihm immer wieder ins Gesicht, bevor er sie mit den Fingern fahrig wieder an seinen Platz schob.

»Was ist mit dem Jungen passiert?«, fragte er, ohne einen der Anwesenden zu begrüßen. Seine Stimme klang rau und brüchig, und es trat ihm ein so starker Alkoholgeruch aus dem Mund, dass Malte kurz den Atem anhielt. Dann zeigte er dem Arzt die Wunde und erklärte, dass sie von einem Messerstich herrührte.

»Hm«, machte der Arzt einige Male, während er sich über die Wunde beugte und die Haut mit den Fingern spreizte. Uffe quittierte das mit Ächzen und Stöhnen. Der Doktor hatte eine altmodische Tasche bei sich, deren dunkles Leder an vielen Stellen abgewetzt und rissig war. Nun öffnete er sie und nahm allerlei Gerätschaften heraus, die er auf dem Tisch neben Uffe bereitlegte. Er schien den Verletzten operieren zu wollen.

»Habt ihr saubere Tücher hier? Und vielleicht einen Schnaps, möglichst einen Klaren, Grappa oder Wodka oder so was?«

Malte nahm zwei Geschirrtücher aus einem Regal, die dringend mal wieder gewaschen werden mussten.

»Gehen die?«, fragte er.

»Muss wohl reichen. Und der Schnaps?«

Malte holte eine angebrochene Flasche mit billigem Wodka aus einer Ecke und reichte sie dem Arzt. Der schraubte sie auf, nahm einen kräftigen Schluck und schüttete sich etwas von der Flüssigkeit in die linke Hand. Dann verrieb er den Schnaps zwischen seinen Händen.

»Setz dich mal dahin«, forderte er Malte auf und deutete auf eine Stelle neben dem Sofa. Malte gehorchte, und dann beschrieb der Arzt mit dem Zeigefinger einen Kreis um Uffes Wunde. »Da tröpfelst du jetzt ein bisschen Wodka drauf.«

Als alles vorbereitet war, nahm der Doktor ein Skalpell zur Hand, wischte sich mit dem Ärmel über die Nase und räusperte sich. Malte schluckte.

»Müssen Sie viel wegschneiden?«, wollte er wissen, und seine Stimme zitterte vor Angst.

»Ach, das andere Bein werde ich wohl retten können«, versetzte der Arzt gleichmütig. Als er Maltes entsetztes Gesicht sah, lachte er laut. »Na, jetzt mach dir mal nicht in die Hose, Jüngelchen. Ich schnipsle ein bisschen was raus, nähe das Nötigste und sehe zu, dass dein Kumpel keine Blutvergiftung kriegt. Der ist ohnehin ziemlich weggetreten, und falls er doch zu schreien anfängt, flößt du ihm ein bisschen von diesem scheußlichen Zeug ein, das ihr euch im Supermarkt als Wodka habt andrehen lassen.«

Die zwei, drei schnellen Schnitte schien Uffe nicht wirklich mitzubekommen, aber während der Arzt nähte, schlug der junge Mann die Augen auf, sah sich panisch um und schrie. Der Doktor kümmerte sich nicht weiter darum, sondern arbeitete ruhig und konzentriert weiter. Malte hielt Uffe die Wodkaflasche hin, nickte ihm aufmunternd zu, und dann trank Uffe in großen Schlucken.

Schließlich legte der Arzt sein Operationsbesteck beiseite, ließ sich die Wodkaflasche reichen, nahm einen kräftigen Zug und legte dann dem Verletzten einen Verband an.

»Jetzt müsst ihr nur noch die Geschirrtücher entsorgen«, sagte er und nickte zu dem blutverschmierten Stoffknäuel hin, mit dem er zwischendurch die Wunde abgetupft hatte. Er packte seine Sachen und wandte sich zum Gehen.

»Was sind wir Ihnen schuldig?«, fragte Malte.

»Darum braucht ihr euch nicht zu kümmern, das bezahlt jemand, dessen Namen ihr nicht wissen müsst.«

Er brummte eine Verabschiedung in die Runde und verließ die Hütte. Auf dem halben Weg zu seinem Wagen klingelte sein Handy.

Der Anruf wurde schon nach dem dritten Klingeln angenommen. Am anderen Ende meldete sich eine raue Stimme mit einem mürrischen: »Ja?« Im Hintergrund war Wind zu hören und das Geräusch eines startenden Flugzeugs.

»Hallo, hier ist Bjarne.«

»Da schau her, der Schriftsteller. Wie geht's? Müssen Sie wieder etwas für den nächsten Krimi wissen? Was war's noch beim letzten Mal? Diese Leiche, die unter die Baggerschaufel geraten war, richtig?«

»Genau, danke nochmals. Dass Sie sich daran noch erinnern können! Es ist doch schon eine ganze Weile her, dass wir uns unterhalten haben!«

»So viele Krimiautoren kenne ich nicht, die mich um medizinischen Rat fragen. Ich bin ja, wie Sie wissen, eher selbst Teil von Kriminalgeschichten.«

»Immer noch? Tut mir leid, das zu hören.«

»Was haben Sie erwartet? Mich lässt doch keiner mehr praktizieren, da bin ich eigentlich ganz froh um meine zwielichtigen Patienten. Wobei ... derzeit leiden doch überraschend viele hier in der Gegend an ... nun ja ... Krankheiten, gegen die ich nichts mehr ausrichten kann.«

»Stimmt, im Moment ist einiges los in der Stadt. Mein Anruf hat auch genau damit zu tun, zumindest deutet einiges darauf hin, dass es eine Verbindung zwischen meinem ... Thema und den jüngsten Morden gibt.«

»Oje, Herr Toft, falls Sie daran denken, darüber einen Krimi zu schreiben, lassen Sie lieber die Finger davon. Die Herrschaften fanden es bisher ganz witzig, Ihnen hier und da Infos zukommen und Sie ein bisschen hinter die Kulissen blicken zu lassen – aber im Moment liegen die Nerven blank, da sollten Sie mit einer Ihrer Geschichten nicht noch zusätzlich Öl ins Feuer gießen.«

Bjarne hörte, wie eine Autotür geöffnet und wieder zugeschlagen wurde.

»Ich schreibe keine Krimis mehr«, erklärte er, »ich habe mich zur Ruhe gesetzt.«

»Ach? Und wozu brauchen Sie dann Informationen von mir?«

»Es sieht so aus, als sei ich diesmal persönlich von dem Bandenkrieg betroffen, der gerade tobt.«

»Um Himmels willen! Was ist denn passiert?«

»Das möchte ich Ihnen ungern am Telefon erzählen.«

»Okay, dann treffen wir uns doch. Es ist eilig, nehme ich an.«

»Ja.«

»Hm ... Wo sind Sie denn gerade?«

»An der Motocross-Anlage, in deren Zufahrt Steen Egeberg am Montag tot aufgefunden wurde.«

»Oh ...«

»Und Sie scheinen gerade in der Nähe des Flughafens zu sein.«

»Fragen Sie lieber nicht genauer nach, dazu darf ich Ihnen nichts sagen, wie Sie sich denken können. Soll ich zu Ihnen kommen?«

»Nein, ich bin nicht allein hier, und Sie werden sicher am liebsten unter vier Augen mit mir sprechen.«

»Stimmt. Sollen wir uns am See treffen? Da kann ich in knapp zwanzig Minuten sein, und Sie dürften nicht mehr als zehn Minuten Fußweg haben.«

Welchen See der Arzt meinte, musste er nicht erklären, die beiden hatten sich dort schon mehrmals getroffen. Wenn Bjarne das Motocross-Gelände verließ, erreichte er jenseits der Straße den Parkplatz, wo Malte und seine Gang vorhin ein Auto geknackt hatten. Von dort aus führten Fußwege durch einen weitläufigen Park mit öffentlichen Sportplätzen und einem kleinen Hügel, der einen hübschen Rundumblick auf die flache Umgebung bot. Zu Füßen des Hügels, etwa dreihundert Meter nördlich des Parkplatzes, lag der See, an dessen Ufer sie sich verabredet hatten.

Malte und Rasmus hatten Benny gegenüber behauptet, eine Zigarette rauchen zu wollen, und waren dem Doc aus der Hütte gefolgt. Verborgen hinter einer Ecke des kleinen Gebäudes hatten sie das Klingeln von dessen Handy gehört, nun strengten sie sich an, möglichst viel von dem

Telefonat aufzuschnappen. Aus Satzfetzen wie »darüber einen Krimi zu schreiben«, »liegen die Nerven blank« und »zusätzlich Öl ins Feuer gießen« wurden sie zwar nicht schlau, aber sie beschlossen, den Doc zu verfolgen. Offenbar war er zu einem Treffen unterwegs, das womöglich auch sie betraf.

»Was ist das für ein Arzt?«, fragte Lisa, als Bjarne Toft wieder zu den anderen gestoßen war.

Bjarne schenkte sich Kaffee nach.

»Ein ganz guter«, erklärte er. »Aber er hat Pech gehabt im Leben, und das hat ihn vollends aus der Bahn geworfen. Bis vor etwa zwanzig Jahren hatte Henrik Jacobson, so heißt er, eine gut gehende Praxis mitten in Kopenhagen, ich war einer seiner Patienten und immer zufrieden mit ihm. Irgendwann ist mir aufgefallen, dass er ziemlich fertig wirkte, und einmal hatte er eine Alkoholfahne. Da ich ihn schon damals ab und zu nach medizinischen Details gefragt habe, die ich für meine Krimis brauchte, kannten wir uns etwas näher. Ich habe ihn für einen der nächsten Abende zum Essen zu mir eingeladen, und nach Dessert und Kaffee schüttete er mir sein Herz aus. Er sah damals ziemlich gut aus, das hat er wohl auch ausgenutzt und hatte Affären mit Patientinnen und Arzthelferinnen. Seiner Frau wurde es eines Tages zu viel, sie trennte sich von ihm und nahm den kleinen Sohn mit. Erst da merkte er, dass ihm die beiden viel wichtiger waren als jede noch so prickelnde Affäre. Aber da war's halt zu spät, und er hat mit dem Trinken angefangen. Eines Tages – das muss zwei, drei Monate nach unserem gemeinsamen Essen gewesen sein – kam er angetrunken in die Praxis, untersuchte einen kleinen Jungen und verschrieb ihm ein falsches Medikament. Die Mutter hatte den Zustand des Arztes bemerkt und war zum Glück misstrauisch geworden. Sie ging mit ihrem Sohn zu einem zweiten Mediziner und erfuhr dort, dass das verschriebene Medikament in der verordneten hohen Dosis den Jungen womöglich umgebracht hätte. Sie zeigte Jacobson an, und bald darauf verlor der seine Approbation. Einer seiner treuesten Patienten war Henrik Halsman, einer der ›Paten‹ von Kopenhagen, der es obendrein witzig fand, dass sie denselben Vornamen hatten. Jedenfalls sorgte Halsman dafür, dass Jacobson so etwas wie der Leibarzt der hiesigen Unterweltgrößen wurde.«

Bjarne Toft sah auf die Uhr.

»Ich muss jetzt los.«

»Sollen wir mitkommen?«, bot Lisa an. »Oder wir verstecken uns in der Nähe des Sees, um für alle Fälle vor Ort zu sein, falls das Treffen für Sie gefährlich werden sollte?«

»Ach, da müssen Sie nichts befürchten – Jacobson ist ein friedlicher Zeitgenosse, der tut keinem was zuleide. Und ich habe ja mein Handy dabei. Sollte etwas schieflaufen, melde ich mich, okay?«

Bjarne Toft erhob sich und winkte den anderen zum Abschied. Den kurzen Blick, den Fred mit Tom Vaks wechselte, bemerkte er nicht, während Lisa daraus schloss, dass die beiden wohl nicht vorhatten, hierzubleiben und untätig auf Tofts Nachricht zu warten.

Als Bjarne die Stelle erreichte, an der er sich früher immer mit dem Doc getroffen hatte, war dort niemand zu sehen. Er betrat die hölzerne Brücke, die ein schmales Stück des Sees überspannte, und blickte sich um. Er schien allein zu sein, obwohl mehr als zwanzig Minuten seit dem Telefonat vergangen waren. Plötzlich hörte er ein Knacken hinter sich. Henrik Jacobson tauchte aus dem Gestrüpp auf und winkte Bjarne zu sich heran, dann verzog er sich tiefer ins Unterholz. Bjarne folgte ihm, und sie gingen ein Stück nebeneinanderher, bis sie unter einer dichten Baumkrone stehen blieben, von wo aus man den See gut überblicken konnte.

»Was wollen Sie denn wissen?«, beendete Jacobson schließlich das Schweigen.

»Zuerst will ich Ihnen etwas erzählen«, antwortete Bjarne Toft und erzählte in groben Zügen von dem Zwischenfall auf Refshaleøen und von den Recherchen der beiden Deutschen und des Kopenhagener Anwalts.

»Fast so spannend wie Ihre Krimis, was?«, versetzte Jacobson grinsend. »Bekommen Sie da nicht wieder Lust, das in einer Geschichte zu verarbeiten?«

»Nein, mir reicht es vollauf, das selbst live mitzuerleben«, entgegnete er. »Wobei ... wer weiß, vielleicht wird doch noch ein Buch draus? Die Angreifer vom Bootsverleih haben wir jedenfalls gefesselt und rübergeschafft zur Motocross-Anlage. Dort sind sie dann abgehauen, und wir würden gern wissen, wo wir die jungen Leute wiederfinden können.«

»Und wozu? Was haben Sie mit Ihnen vor?«

»Eigentlich nichts, wir wüssten nur gern, wer sie auf

uns angesetzt hat – oder genauer gesagt: wer sie dem Anwalt und den beiden Deutschen auf den Hals gehetzt hat.«

»Und was wird, wenn Sie das wissen?«

»Der Anwalt vermutet einen Zusammenhang zwischen den jüngsten Morden in Kopenhagen und dieser Erbschaftsgeschichte auf Lolland.«

»Sie auch?«

»Ich halte das mindestens für wahrscheinlich, ja.«

»Viel kann ich Ihnen nicht sagen, weil ich selbst immer nur das Allernötigste erfahre, aber ich vermute mal, einer der jungen Männer, die den Überfall auf Refshaleøen ausgeführt haben, wurde dabei am Oberschenkel verletzt.«

»Ja, richtig. Und Sie haben ihn verarztet?«

»Ja, gerade eben. Das Versteck der jungen Leute werde ich Ihnen aber nicht verraten.«

»Kann ich mir nicht zusammenreimen, wo es sich befindet? Ihren alten Volvo haben Sie noch?«

Der Arzt nickte.

»Und im Moment steht er dort hinten auf dem Parkplatz, richtig?«

Bjarne deutete nach links, wo in einer Kurve des Artillerivej ein Parkplatz angelegt war.

Jacobson nickte erneut.

»Als wir telefoniert haben, waren laute Flugzeuggeräusche zu hören, und so viele geeignete Verstecke wird es in der Nähe des Flughafens auch nicht geben, als dass wir diese Bande nicht aufstöbern könnten.«

»Wenn Sie meinen«, versetzte der Arzt und lachte. »In fünfzehn Minuten erreiche ich den Parkplatz von der ganzen Umgebung des Flughafens aus, also könnte das Versteck westlich, nördlich oder östlich davon liegen. Viel Spaß dabei, dort alle Keller, Hütten und leeren Betriebsräume zu durchsuchen. Außerdem: Was wollen Sie mit den jungen Leuten? Das sind ganz kleine Lichter, haben keine Ahnung von irgendwas, und nachdem sie den Überfall auf Refshaleøen in den Sand gesetzt haben, kann ich mir ohnehin gut vorstellen, dass sie keine Aufträge mehr bekommen.«

»Von den jungen Leuten will ich nur erfahren, wer sie mit dieser missglückten Aktion beauftragt hat.«

»Jede Wette, dass die das selbst nicht wissen! Da könnten Sie von Benny und Kjeld mehr erfahren, denn soweit ich weiß, haben die beiden zwar die Jobs an Malte übermittelt, aber geschickt hat sie jemand anders. Aber auch wenn die beiden nicht die Hellsten sind: Klug genug werden sie sein, Ihnen nichts über ihre Auftraggeber zu erzählen. Ein falsches Wort, und es kann für sie enden wie für Speedy. Im Moment sind alle in der Stadt ziemlich nervös wegen der Morde, da will niemand ins Visier von wem auch immer geraten.«

»Täuscht mich der Eindruck, oder stammen die jüngsten Opfer aus allen Lagern, die Kopenhagens Unterwelt zu bieten hat?«

»Ja, alle haben Verluste zu beklagen – alle außer den Bulgaren und einer arabischen Gang, die aber zuletzt durch eine Polizeirazzia schwer getroffen wurde.«

»Glauben Sie, dass eine dieser beiden Gruppen hinter den Morden steckt?«

»Nein. Die Bulgaren bleiben unter sich, die Araber

auch, und beide sind bisher noch nicht dadurch aufgefallen, dass sie Rivalen ermorden würden.«

»Also bringen sich die Ganoven aus den anderen Lagern gegenseitig um.«

»So sieht's aus, aber ich habe keine Ahnung, warum das so ist.«

Bjarne sah ihn zweifelnd an.

»Wirklich nicht«, bekräftigte Jacobson. »Mir ist das ganze Durcheinander gar nicht recht. Ich würde viel lieber ruhig meiner Arbeit nachgehen, wie in den vergangenen Jahren. Außerdem hat mich dieser Mist schon mehrere treue Patienten gekostet, allen voran Henrik Halsman.«

»Wenn wir herausfinden, ob es einen Zusammenhang zwischen dem Bandenkrieg hier in Kopenhagen und der erwähnten Erbschaftssache gibt, kommen wir vielleicht dem Grund für das Morden auf die Spur – und vielleicht können wir dann auch dazu beitragen, dass es keine weiteren Opfer gibt und die Gangs wieder Frieden miteinander halten.«

Der Arzt wurde nachdenklich, und Bjarne unternahm noch einen weiteren Versuch.

»Können Sie mir vielleicht einen Hintermann nennen, der mich in diesen Recherchen weiterbringen würde?«

Jacobsons Lippen wurden zu einem schmalen Strich.

»Wer hat Sie denn heute zu den jungen Leuten geschickt – und wer bezahlt Sie für die Behandlung?«

Der Arzt wandte sich Bjarne Toft zu und sah ihn lange an, bevor er antwortete.

»Wer mich bezahlt, werde ich Ihnen nicht sagen, aber

wer mich geschickt hat, vertraue ich Ihnen an – aber nur Ihnen und nur, weil ich weiß, dass Sie hinterher Stein und Bein schwören werden, dass Sie die Information nicht von mir haben.«

»Versteht sich.«

»Sagt Ihnen der Name Nicklas Balling etwas?«

Nach kurzem Nachdenken schüttelte Bjarne den Kopf.

»Immer schick angezogen, immer wie aus dem Ei gepellt, teure Uhr, schlank, mittelgroß.«

Bjarne fiel etwas ein. Er zückte sein Handy und suchte in der Fotogalerie nach dem Mann mit dem zurückgegelten Haar und der teuren Uhr, von dem Poul Gaard erzählt hatte.

»Ja, das ist Nicklas«, sagte Jacobson, als Bjarne ihm das Foto hinhielt. »Er arbeitet für eine Firma namens Provenus ApS. Mehr darf ich wirklich nicht sagen – und eigentlich habe ich damit schon zu viel über ihn verraten.«

»Ach, und wissen Sie zufällig irgendwas über diese Frau?«, fragte Bjarne und zeigte dem Arzt ein Foto von der drallen Blondine aus Poul Gaards Kneipe.

»Moment, die habe ich schon mal irgendwo gesehen.«

»Ach so?«

Jacobson musterte die Frau eine Weile.

»Hm … woher kenne ich dieses Gesicht nur?«, murmelte er. »Mir ist es, als hätte ich sie schon mal in Begleitung des Mannes gesehen, für den Nicklas …«

Er räusperte sich und ließ den Satz unvollendet. Bjarne war sicher, dass er sich gerade fast verplappert hätte. War sie also liiert mit dem Auftraggeber, der hinter Nicklas

Balling steckte? Oder für den Balling arbeitete? Und bedeutete das, dass die Provenus ApS, in der Balling angestellt war, eine Firma war, die ganz oder teilweise als Deckmantel für illegale Geschäfte genutzt wurde?

Bjarne spürte, dass Jacobson ihm durch den kleinen Versprecher eine bessere Spur geliefert hatte als mit Ballings Namen. Und dann legte er ihm überraschenderweise noch eine weitere Fährte.

»Jetzt weiß ich's! Vergessen Sie den männlichen Begleiter, den ich gerade erwähnt habe – diese Frau betreibt ein Bistro in Teglholmen, ziemlich schick und ziemlich teuer. Weder Ihre Preisklasse noch meine.«

Ein Bistro in Teglholmen? Hatte die Blondine nicht Malte damit beauftragt, eben vor einem solchen Lokal einen Mann zusammenzuschlagen? Bjarne hing noch seinen Gedanken nach, als ihn der Arzt anstieß und auf die Holzbrücke deutete, auf der Bjarne vorhin gestanden hatte. Gerade kamen Malte und Rasmus dort entlanggeschlendert und suchten die Umgebung des Sees mit den Blicken ab. Als sie Bjarne Toft und Henrik Jacobson unter dem mächtigen Laubbaum entdeckten, kamen sie eilig auf sie zu.

»Was wird das denn?«, stellte Malte den Arzt in ziemlich unverschämtem Ton zur Rede. »Haben Sie dem Alten unser Versteck verraten, oder was?«

»Ach, Junge«, gab Jacobson verächtlich zurück, »nimm dich doch nicht so wichtig. Du bist ein Laufbursche, und du kannst froh sein, wenn du nach dem heutigen Reinfall wenigstens noch den Hund von wichtigen Leuten Gassi führen darfst.«

Malte baute sich direkt vor Jacobson auf und sah ihn wutschäumend an. Rasmus packte ihn an der Schulter und zog ihn zwei Schritte zurück.

»Mensch, Malte, bedroh doch den Doc nicht! Der hat Uffe den Arsch gerettet, schon vergessen? Und was ist, wenn es der große Unbekannte, der die Behandlung zahlt, nicht mag, wie du mit seinem Arzt umspringst?«

»Meinetwegen, lassen wir den Doc halt in Ruhe. Aber der Alte muss mit! Los, schnapp ihn dir!«

Rasmus machte Anstalten, Bjarnes rechtes Handgelenk zu umfassen.

»Das würde ich an deiner Stelle lassen, Junge!«, donnerte Jacobson mit überraschend kräftiger Stimme. »Denn dass es meinem Auftraggeber nicht gefällt, wenn ihr Pappnasen meinem Freund Bjarne etwas antut, davon dürft ihr ausgehen.«

Rasmus sah verunsichert zwischen dem Arzt und Malte hin und her.

»Der Mann steht unter meinem Schutz!«, wiederholte Jacobson und funkelte die beiden Burschen zornig an. »Ich kann durchaus verstehen, dass er wissen will, warum ihr ihn auf Refshaleøen überfallen habt!«

»Haben wir doch gar nicht«, widersprach Malte. »Von Ihrem Bjarne wollten wir gar nichts, wir waren auf diesen Anwalt angesetzt und auf die beiden Deutschen, die er in der Stadt herumgeführt hat. Wussten Sie, Doc, dass die zu lauter Orten gefahren sind, wo kürzlich jemand ermordet wurde oder zumindest Mordopfer gefunden worden sind?«

»Ja, das weiß ich. Und?«

»Warum machen die das? Bestimmt haben die unsere

Auftraggeber im Visier! Das bringt doch nur weitere Unruhe in die Stadt, Doc, das kann doch auch Ihnen nicht recht sein!«

»Jetzt denk doch mal nach, mein Junge, auch wenn das nicht dein größtes Hobby zu sein scheint. Du bist so ungefähr auf dem Laufenden, wer in den vergangenen Wochen alles ums Leben kam?«

»Schon, ja, wieso?«

»Würdest du alle Toten zum selben Lager rechnen?«

»Nein, einige von denen waren sich kurz vor ihrem Tod noch spinnefeind.«

»Also müssten die Leute, denen ihr aufgelauert habt, nicht auf der einen oder anderen Seite stehen, sondern sie müssten etwas im Schilde führen gegen alle Lager gleichzeitig. Wer sollte sie denn mit einem solchen Himmelfahrtskommando betrauen?«

Hinter Maltes Stirn arbeitete es. Rasmus hatte sich inzwischen einige Schritte von Bjarne entfernt und wusste offensichtlich nicht, was er von der ganzen Situation halten sollte.

»Bjarne wollte tatsächlich wissen, wo sich euer Unterschlupf befindet, aber ich habe es ihm nicht verraten«, fuhr der Doc fort. »Und warum wollte er es wissen? Er wollte von euch erfahren, wer euch für den Hinterhalt auf Refshaleøen engagiert hat – und ich habe ihm gesagt, dass ihr das vermutlich nicht wisst. Und dass ihr, falls ihr es doch wissen solltet, es ihm ganz sicher nicht erzählen würdet.«

»Natürlich nicht!«, bekräftigte Malte sichtlich geschmeichelt, weil ihn der Doc als so loyal beschrieb.

»Eben, und ich habe ihm außerdem gesagt, dass ich ebenfalls nichts weiß und ihm deshalb ebenfalls nichts sagen kann. Und weil er mich seit Jahren kennt, glaubt er mir das und wollte gerade wieder gehen.«

Malte sah Bjarne prüfend an, und der zuckte daraufhin mit den Schultern.

»Und ihr werdet ihn jetzt gehen lassen«, fügte der Doc hinzu. »Ihr werdet ihm nicht folgen und ihn auch sonst nicht weiter behelligen, ist das klar?«

Unschlüssig senkte Malte den Blick.

»Ist das klar?«, donnerte Jacobson wieder so laut, dass der junge Mann kurz zusammenzuckte, den Kopf hob und nach kurzem Zögern nickte.

»Gut«, sagte der Arzt ruhiger. »Und jetzt macht ihr euch vom Acker und kehrt dahin zurück, wo ihr eure Karre abgestellt habt. Bjarne bleibt noch kurz bei mir und geht dann seiner Wege. Und noch einmal zum Mitschreiben: Ihr folgt ihm nicht, und ihr lasst ihn in Ruhe!«

»Ja, ist klar«, brummte Malte und trottete durchs Dickicht zurück zur Holzbrücke, gefolgt von Rasmus. Als die beiden aus ihrem Blickfeld verschwunden waren, tätschelte Bjarne dem Arzt die Schulter.

»Danke«, sagte er nur und wandte sich ebenfalls zum Gehen.

»Essen wir mal wieder zusammen?«, rief ihm Jacobson hinterher.

»Gern, sobald diese Geschichte ausgestanden ist.«

– OTTE –

Fast wäre Fred aus dem Gebüsch gesprungen, in dem er, Lisa und Tom Vaks sich versteckt hatten, um Bjarne Toft vor den beiden Jungs zu beschützen, aber dann war er doch froh, dass er sich zurückgehalten hatte. Dieser Arzt musste einigen Einfluss in der Kopenhagener Unterwelt haben, wenn er allein mit Worten dafür sorgen konnte, dass diese Hitzköpfe Bjarne Toft unbehelligt gehen ließen.

Im Gegensatz zum Krimiautor hatte Fred kein großes Vertrauen in den Arzt gehabt. Deshalb hatten er und Tom Vaks beschlossen, Bjarne Toft zu beschatten und notfalls einzugreifen, und Lisa hatte darauf bestanden, sie zu begleiten. Sie hatten auf einem weiter östlich gelegenen Weg den See deutlich vor Bjarne erreicht. Aus sicherer Entfernung hatten sie Henrik Jacobson beobachtet, der sich am Ufer im Unterholz verbarg. Dann hatten sie die nähere Umgebung erkundet und dabei auf dem Parkplatz Malte und Rasmus entdeckt, die gerade aus einem Auto stiegen. Lisa, Fred und Tom Vaks versteckten sich und ließen die beiden jungen Männer vorbeigehen. Dann huschte Fred zu deren Wagen und brachte den Peilsender an, den er eigentlich für das Auto des Arztes vorgesehen hatte. Schließlich hatten Vaks und er sich eine Stelle gesucht, von der aus sie mitverfolgen konnten, wie Bjarne Toft und

Henrik Jacobson sich unterhielten. Sie hatten beobachtet, wie Rasmus und Malte dazustießen, und hatten zum Glück nicht eingreifen müssen.

Um den Unterschlupf der beiden Burschen ausfindig zu machen, konnten Lisa, Fred und Tom Vaks nun in aller Ruhe zur Motocross-Anlage zurückkehren und dann mit dem Wagen zu dem Standort fahren, den die App auf Freds Handy ihnen anhand des Peilsenders anzeigte. Malte und sein Kumpan würden ihr Auto ja höchstwahrscheinlich neben dem Unterschlupf der kleinen Bande parken.

Die drei machten sich auf den Weg. Nach einer Viertelstunde zeigte die App auf Freds Handy an, dass sich der Peilsender in unmittelbarer Nähe befinden musste. Linker Hand zweigte ein schmaler Weg ab, der auf das Gelände einer Autowerkstatt führte. Dort standen einige Fahrzeuge, darunter auch der Wagen, mit dem Malte und Rasmus unterwegs gewesen waren. Vaks fuhr noch ein kleines Stück, passierte eine Limousine und drei Motorräder und stellte sein Auto zwanzig Meter weiter auf einem freien Parkplatz am Straßenrand ab.

An das Gelände der Autowerkstatt schloss sich ein Pferdehof an. Fred, Lisa und Tom Vaks gingen an den Koppeln des Hofs entlang und blieben dann stehen. Von hier aus sahen sie in einiger Entfernung eine windschiefe Hütte, die am hinteren Ende des Werkstattareals stand.

Gerade wollte Tom Vaks auf die Hütte zugehen, als Fred und Lisa ihn zurückhielten, denn sie hatten auf halbem Weg zwischen ihnen und ihrem Ziel eine Bewegung bemerkt. Die drei duckten sich hinter einen Busch und beobachteten einen Mann im Anzug, der aus dem Schatten einer Baumreihe trat. Auf ein Zeichen hin folgten ihm drei Männer in Rockerkluft. Sie standen eine Weile zusammen, und der Anzugträger schien ihnen irgendwelche Anweisungen zu geben. Er blieb stehen, während die drei Rocker auf die Hütte zugingen und sie auf ein Zeichen von ihm stürmten.

Die drei Beobachter saßen in ihrem Versteck, bis der Mann an ihnen vorbeigegangen war. Dann folgten sie ihm in sicherem Abstand und sahen, wie der Anzugträger in die Limousine stieg, neben der die drei Motorräder standen. Der Mann fuhr recht sportlich los und bog nach rechts in die nächstgrößere Straße ein. Lisa, Fred und Tom Vaks eilten zu ihrem Wagen und nahmen die Verfolgung auf.

Dass der Mann, der gerade drei Rocker in die Hütte von Malte und seinen Leuten geschickt hatte, in die Kopenhagener Innenstadt wollte, war relativ schnell klar gewesen. Als die Limousine, zu der sie immer ausreichend Abstand hielten, aber in die Egilsgade einbog, staunte Tom Vaks nicht schlecht.

»Will der zu mir?«, dachte er laut, und auf Lisas fragenden Blick hin zeigte er auf ein Gebäude, das auf der rechten Straßenseite lag. »Dort habe ich meine Kanzlei und meine Wohnung.«

Doch die Limousine hielt am linken Straßenrand in zweiter Reihe, die Warnblinkanlage wurde eingeschaltet, und dann verließ der Mann im Anzug sein Fahrzeug ohne ersichtliche Eile. Tom Vaks fuhr langsam heran und passierte das Auto, während Fred und Lisa durch das Seitenfenster und schließlich im Rückspiegel sahen, wie der Mann an der Haustür des nächstgelegenen Gebäudes stand und nach kurzem Warten eingelassen wurde. Der Anwalt rangierte den Wagen auf einen freien Parkplatz.

»Und jetzt?«, fragte Lisa.

»Jetzt gehen wir hoch in meine Kanzlei und schauen mal, ob wir von dort aus herausfinden können, in welche Wohnung der Typ mit dem schicken Anzug gegangen ist.«

Die Kanzlei lag im ersten Stock, und Vaks führte seine Begleiter in einen großen hellen Raum mit ausladendem Schreibtisch und gemütlicher Besprechungsecke.

»Warten Sie«, sagte er und lief ins Nebenzimmer, »ich müsste irgendwo ein Fernglas haben.«

Fred und Lisa stellten sich an eins der Fenster. Unter ihnen verlief die Egilsgade, und schräg vis-à-vis stand das Gebäude, in dem der andere verschwunden war. Sie suchten ein Fenster nach dem anderen ab, bis sie in einem Raum im zweiten Stock eine Silhouette entdeckten, die zu dem Gesuchten passen konnte. Es war keine zweite Person zu sehen, aber der stehende Mann schien mit jemandem zu sprechen.

»Hier, ich hab's gefunden!«, rief Tom Vaks und hielt Lisa ein handliches Fernglas hin. Sie setzte es an. Der Mann gegenüber hatte kein Telefon in der Hand, also musste sich sein Gesprächspartner mit ihm im Raum befinden. Stand der Mann vor einem Sessel oder einer Couch und das Gegenüber saß?

»Wir können auch in meine Wohnung rauf«, schlug Tom Vaks vor, nachdem Lisa ihm das Fernglas gereicht und ihn auf das betreffende Fenster aufmerksam gemacht hatte. »Die ist ebenfalls im zweiten Stock, von dort aus sehen wir vielleicht auch seinen Gesprächspartner.«

Kurz darauf standen sie in einem modern und großzügig eingerichteten Wohnzimmer, und wirklich war von hier aus nicht nur der Anzugträger zu sehen, den sie verfolgt hatten, sondern auch ein Mann, der ihm gegenüber in einem Rollstuhl saß. Er hatte schütteres Haar und trug eine altmodische Brille und hörte dem Bericht seines Besuchers zu, ohne selbst etwas zu sagen. Nach einer Weile nickte der Rollstuhlfahrer bedächtig und reichte dem anderen die Hand. Damit war der Besucher offenbar verabschiedet. Er verließ den Raum und fuhr wenig später mit der Limousine weg. Der Mann im Rollstuhl wendete sein Gefährt und bewegte es direkt ans Fenster. Kurz zuckten Fred, Lisa und Tom Vaks zurück, aber der andere sah nicht zu ihnen her. Stattdessen hob er langsam den Kopf, ließ seinen Blick an dem Haus emporgleiten, das ihm direkt gegenüberstand, und schaute schließlich in den Himmel hinauf.

»Leider kommt mir der Mann überhaupt nicht bekannt vor, aber wir werden schon noch herausfinden, wie er heißt«, sagte Tom Vaks. »Ich habe jetzt jedenfalls Hunger. Was halten Sie davon, wenn ich Sie noch zu meinem Lieblingsitaliener einlade? Sie können danach gern bei mir übernachten, ich habe zwei Gästezimmer, dann müssen Sie nicht mehr mitten in der Nacht nach Nysted fahren.«

Fred und Lisa waren einverstanden. Tom Vaks rief die anderen an und lud sie ebenfalls zum Essen ein, doch

Hansen und Larsen hatten keine Lust auf italienisches Essen, sondern wollten sich lieber auf Larsens Kutter Räucherfisch und Aquavit schmecken lassen. Als Bjarne Toft das hörte, hatte der Italiener auch bei ihm keine Chance mehr.

Erst zeigte Tom Vaks seinen beiden Gästen zwei schöne Zimmer, die auf einen großen Innenhof hinausgingen, legte ihnen Bettzeug bereit und erklärte, wo sie sich im Gästebad mit Handtüchern und Zahnbürsten eindecken konnten. Danach führte er sie zur Uferpromenade und schlenderte mit ihnen am Wasser entlang, während er ihnen einige der Gebäude am jenseitigen Ufer erklärte, das gedrungene Kongens Bryghus, die Königliche Bibliothek.

»Dort drüben in der alten Zuckerfabrik«, sagte Vaks und deutete auf einen großen Backsteinbau vor ihnen, »gibt es ein Bistro mit sehr leckerem Kaffee. Und ein Stück weiter hinten liegt die Freistadt Christiana.«

Wenig später gelangten sie in einen kleinen Park, durch den sich Spazierwege schlängelten. Vaks deutete auf die gewundene Uferlinie.

»Das war früher mal Teil der Befestigungsanlage von Christianshavn«, sagte er und lachte. »Dass das heute ein Park sein kann, ist ein gutes Zeichen, finden Sie nicht auch?«

Über einen schmalen Steg ging es schließlich wieder übers Wasser und dann eine Zeit lang auf einem Uferweg entlang, bis sie durch ein steinernes Portal traten, durch das sie einen kleinen Platz erreichten. Hier stand ein Haus, dessen Erdgeschoss stimmungsvoll beleuchtet war. Kaum hatten sie es betreten, war der Trubel einer abendlichen Großstadt verdrängt von der Atmosphäre eines gehobenen italienischen Ristorantes.

»Sie können gern die Speisekarte studieren«, erklärte Vaks. »Aber ich würde Ihnen sehr zu dem Menü raten – fünf Gänge, und einer leckerer als der andere.«

So wurde es gemacht, und als alle drei pappsatt einen Grappa und einen Espresso orderten, war die Aufregung des Tages längst von ihnen abgefallen. Gelöst und etwas angeschickert traten sie den Heimweg an. Als sie das Haus auf der anderen Straßenseite erreichten, in dem sie vorhin den Mann im Rollstuhl beobachtet hatten, bemerkte Vaks:

»Ich hoffe, dass ich bald mehr über diesen Mann im Rollstuhl weiß. Bevor wir losgegangen sind, habe ich Herrn Toft die Fotos aufs Handy geschickt, die wir draußen in Tårnby von dem Mann im Anzug gemacht haben. Vielleicht weiß er etwas über ihn – aber wenn ich das mit dem Aquavit vorhin richtig verstanden habe, wird sich Toft dazu wohl nicht vor morgen zurückmelden.«

Lachend verabschiedete er sich und zog sich in sein Schlafzimmer zurück, und auch Fred ging ins Bett, während Lisa noch lange am Fenster stand und über diesen seltsamen Fall nachdachte, in den sie diesmal geraten waren.

In den umliegenden Häusern gingen nach und nach die Lichter aus. Der Alte im Rollstuhl saß reglos im Zimmer und starrte zum Fenster hinaus. Aus seiner Position konnte er von den Nachbargebäuden nur die oberen Stockwerke sehen, aber meistens schaute er ohnehin über die Dächer hinweg und versuchte, ein Stück vom Himmel zu erspähen. Das Alter brachte mit sich, dass er nur noch wenig Schlaf brauchte. Das kam ihm entgegen, auch wenn er mittlerweile an den Rollstuhl gefesselt war.

Wenn es früher jemand gewagt hatte, sich gegen eine Vereinbarung aufzulehnen, war er in den Mantel geschlüpft und hatte den anderen besucht. Erst wurde argumentiert, dann gedroht, und wenn es anders nicht ging, kam die Pistole zum Einsatz, die er noch immer stets bei sich trug. Mit den knochigen Fingern tastete er nach der rechten Hosentasche, wo die Waffe steckte und gegen seinen dürr gewordenen Oberschenkel drückte – was er seit dem verdammten Unfall vor einigen Jahren allerdings nicht mehr spüren konnte.

Vorhin war Nicklas da gewesen und hatte ihm berichtet, dass die Behandlung des verletzten Jungen geglückt sei. Die Wunde am Oberschenkel würde vollständig ausheilen – auch diesmal hatte der Doc ganze Arbeit geleistet. Die Bande des großmäuligen Malte hatte sich erst überrumpeln lassen, konnte dann aber wenigstens wieder entkommen – und Nicklas' kleiner Schlägertrupp hatte ihnen inzwischen eingebläut, dass sie besser kein zweites Mal so gründlich versagten.

Ob er über Benny und Kjeld, diese beiden Knallchargen, lachen oder sich über sie ärgern sollte, hatte er noch nicht entschieden. Kjeld war zwar geistesgegenwärtig gewesen, Fotos von den beiden Männern und der Frau zu machen und sie an seinen Kumpel Benny weiterzuleiten, damit der sie auf Refshaleøen überhaupt erkannte – aber auf die Idee, die Bilder auch an Nicklas zu schicken, der sie sofort an ihn weitergeleitet hätte, war keiner der beiden gekommen. Dabei wäre das eine wichtige Information gewesen. So war er später als nötig an diese Fotos gelangt: Auf nicht sehr sanften Druck der Rocker hatte Benny die Bilder an Nicklas übermittelt, und der hatte die Dateien sofort an ihn weitergeschickt.

Er hatte damit gerechnet, dass der Anwalt die beiden Deutschen, die Jens Hoven in einem seiner Ferienhäuser in Nysted einquartiert hatte, nach Kopenhagen holen würde – allerdings hatte er sich darauf verlassen, dass ihm Albert rechtzeitig Bescheid geben würde. Schließlich hatte er ihn beauftragt, Vaks und die Deutschen zu beschatten. Offenbar hatte sein Sohn Besseres zu tun gehabt. Aber warum führte Tom Vaks sie zu den Orten, an denen zuletzt einige größere und kleinere hiesige Gauner ermordet oder tot aufgefunden worden waren? Das untermauerte die Vermutung, dass Vaks einen Zusammenhang zwischen den Morden und Ægir Hovens Erbschaft sah. Das würde wiederum bedeuten, dass sie mehr wüssten als er – und das hatte er noch nie leiden können.

Informationen, Kombinationsgabe und eine geladene Waffe – aus diesen drei Bausteinen hatte er sein kleines Imperium errichtet, und damit wollte er es nun auch erhalten.

Der Alte wählte zum wiederholten Mal die Handynummer seines Sohnes. Albert brauchte mehr Schlaf als sein Vater, und er verbrachte seine Wachzeit obendrein nicht immer mit dem, was den Geschäften zugutekam. Auch er hatte nichts gegen Alkohol und attraktive Frauen einzuwenden gehabt, als er jünger war – aber wenn es das Geschäft erforderte, war es selbstverständlich, dass man die schönen Dinge auf später verschob. Sein Sohn setzte leider andere Prioritäten.

»Ja?«

Die Stimme seines Sohnes klang rau und schleppend, im Hintergrund waren Gläserklirren und das Kichern zweier Frauen zu hören.

»Schick die Bande nach Hause«, schnarrte der Alte. »Oder geh wenigstens kurz vor die Tür, während du auf den Weg bringst, was ich dir gleich sagen werde.«

Ein Ächzen erklang, sein Sohn schien sich mühsam zu erheben. Eine Tür wurde geöffnet und wieder geschlossen, nun war im Hintergrund nur noch ein leichtes Rauschen zu hören, vielleicht vom Meer.

»Was ist?«

»Schick deinen Schleicher los. Die beiden Deutschen sind hier in Kopenhagen. Das hättest eigentlich du mir mitteilen sollen, nicht ich dir. Es wäre schön, wenn du mich irgendwann einmal damit überraschen könntest, dass etwas geklappt hat, was du für mich tun solltest. Wie auch immer: Dein Schleicher kann sich jetzt in aller Ruhe im Ferienhaus umsehen, und falls du noch halbwegs auf deinen Beinen stehen kannst, begleitest du ihn. Verstanden?«

Der Alte konnte sich gut vorstellen, wie sein Sohn die Lippen zu einem schmalen Strich zusammenpresste, aber er wagte nicht zu widersprechen.

»Verstanden?«, wiederholte der Alte deshalb, und ein leichtes Grinsen umspielte seinen faltigen Mund.

»Ja, Vater.«

Das Gespräch wurde weggedrückt, und wieder einmal verwünschte der Alte das Schicksal, das ihm seinen Erstgeborenen durch denselben Autounfall genommen hatte, der ihn selbst in den Rollstuhl brachte. Danach war ihm nur noch sein jüngerer Sohn Albert geblieben, der sich zwar gern »Al« nennen ließ, von einem Al Capone aber herzlich wenig hatte.

Der Alte seufzte und sah hinüber zum Gebäude, in dem Tom Vaks seine Kanzlei und seine Wohnung hatte. Auch dort brannte inzwischen kein Licht mehr, und ob die Deutschen mit Vaks ins Haus gegangen waren, hatte er nicht mitbekommen. Aber letztlich war es gleichgültig, ob die beiden in den Gästezimmern des Anwalts untergekommen waren oder ob sie sich ein Zimmer in einem Hotel genommen hatten. Diese Nacht würden sie höchstwahrscheinlich hier in der Stadt verbringen, und Al und sein Handlanger konnten das Ferienhaus nach Unterlagen durchsuchen.

Harald Schenstrøm hatte schlecht geträumt. Irgendwann in der Nacht schreckte der alte Fischer hoch, rang um Atem und spürte, dass er dringend austreten musste. Er rollte aus dem Bett, rieb sich Augen und Schläfen und horchte.

Knuds lautes Schnarchen verriet ihm, dass er nicht wie sonst allein war in seiner Bleibe. Die Nebel in seinem Kopf lichteten sich ein wenig, und ihm fiel ein, dass sie gestern gezecht hatten und schon am frühen Nachmittag am Tisch eingeschlafen waren, direkt zwischen Gläsern und Flaschen, Brot und Käse. Als Harald wegen der ungemütlichen Position nach einer Weile wieder aufwachte, rüttelte er auch seinen Zechkumpan wach. Für Knud richtete er ein Lager aus Decken, das ihm in seinem Zustand genügen sollte, und er selbst kroch ins Bett.

Nun war es mitten in der Nacht, und als er sich am Ufer erleichtert hatte, war er so wach, dass er innerhalb der nächsten ein, zwei Stunden sicher nicht wieder einschlafen würde. Auch Knud warf sich inzwischen auf den Decken hin und her und blinzelte schließlich ins Licht der Deckenlampe, die Harald eingeschaltet hatte.

»Na, Knud, soll ich dich nach Hause bringen?«

Der andere dachte einen Moment lang nach, dann zuckte er mit den Schultern, schlug die auf ihm liegende Wolldecke zurück und zog seine Jacke über. Wortlos tappten sie durch die Dunkelheit zum Boot des Fischers, kletterten hinein und nahmen Kurs auf die andere Seite der schmalen Zufahrt zum Hafen von Nysted. Schließlich waren sie am Steg angekommen, der am Ende des Campingplatzes ins Wasser ragte. Knud hatte einige Mühe, vom schaukelnden Boot auf den Steg zu klettern, aber Harald half ihm. Gemeinsam wankten sie zu Knud Aalstrups Wellblechhalle. Weil Schenstrøm die Sauferei besser vertrug, hatte er sich längst angewöhnt, seinen Kumpel in solchen Nächten nach Hause zu begleiten – denn sonst konnte es passieren, dass Knud unterwegs auf die Idee kam, mitten in der Nacht seine wütenden Schreie auszustoßen. Und auch wenn die Polizei und die meisten Nachbarn die Augen zudrückten und dem armen Knud das Herumbrüllen am Abend nicht verbieten wollten, so war es mitten in der Nacht doch etwas anderes. Ab und zu hatte sich Knud dadurch einen ernsten Verweis von Søren Christensen oder einem seiner Kollegen eingehandelt. Der alte Fischer wusste aber: Wenn Knud einmal daheim im Bett lag, gab er für den Rest der Nacht verlässlich Ruhe.

Aus alter Gewohnheit nahmen sie nicht die kürzeste Route, sondern folgten zunächst dem Rand der Ferienhaussiedlung. Harald ließ seinen Blick über die Häuschen schweifen. Überall war es dunkel, nur in dem Ferienhaus, in dem die beiden Deutschen untergebracht waren, die ihn besucht hatten, brannte Licht. Doch noch bevor Knud und er nah genug herangekommen waren, um erkennen zu können, wer da noch wach war, wurde das Licht auch schon gelöscht. Harald dachte sich nichts dabei. Es war spät und höchste Zeit, ins Bett zu gehen – vielleicht hatte ja einer der Bewohner mitten in der Nacht ins Bad gemusst.

Schließlich standen sie vor der rostigen Wellblechhalle, die eigentlich zum benachbarten Bauernhof gehörte, heute aber nur noch zum Unterstellen von Geräten genutzt wurde, die niemand mehr brauchte. Der vordere Bereich war vor Jahren von Knud und einigen Helfern freigeräumt worden – darunter auch Honoratioren des Ortes, die Knuds Schicksal kannten, sowie Søren Christensen und natürlich Harald Schenstrøm. Den beiseitegeschafften Krempel hatten sie einfach auf die ausrangierten Hänger und Fahrzeuge geworfen, die im hinteren Teil der Halle standen. Und so hatte sich Knud vorne auf etwa zehn mal zehn Meter einigermaßen gemütlich eingerichtet, mit gespendeten Möbeln, Decken und Hausrat, während sich direkt hinter seinem Wohnbereich der Krimskrams bis unter die Decke der Halle türmte.

Knud kroch sofort ins Bett, Harald zog die Stahltür hinter sich zu und machte sich auf den Heimweg. Mehr als eine halbe Stunde hatten sie für den Weg gebraucht, vor allem, weil Knud doch recht wacklig auf den Beinen gewesen war. Der alte Fischer war noch nicht müde. Er betrat den Friedhof, der nur wenige Meter von Knuds Behausung entfernt lag und den der andere mindestens einmal am Tag aufsuchte. Das sorgsam gepflegte Grab von Knuds Eltern lag unter einem mächtigen Baum. Die beiden hatten hart gearbeitet, um ihrem Sohn einen florierenden Hof zu hinterlassen, und es zerriss Knud ganz sicher jedes Mal, wenn er vor dem Grab der Eltern stand und wieder und wieder daran dachte, wie er alles verloren hatte.

Eine kühle Brise fuhr Harald unter die Jacke. Er verließ den Friedhof und spazierte über Wiesen und Felder zur Küste. Als er schließlich auf dem Uferweg stand und auf die Ostsee hinausschaute, wo die Gegend um Rostock und die Insel Fehmarn mit einzelnen Lichtern sein nächtliches Blickfeld begrenzten, konnte er Knud verstehen. Angesichts des Meeres konnte einen schon das Elend packen, konnte man sich schon klein und allein fühlen, vor allem wenn man wie Knud keine Zukunft mehr für sich sah – und das Wasser nur als endlose Weite und kalte Tiefe.

Zum Glück war der alte Fischer vor solchen Gedanken gefeit. Noch immer empfand er das Gewässer vor Lolland als seinen Arbeitsplatz, seine berufliche Heimat, obwohl er schon lange nur noch für den Hausgebrauch fischte. Wenn er hungrig aufs Wasser hinausblickte, dachte er an leckeren Dorsch mit Senfsoße, an Brathering und Smørrebrød mit geräucherten Sprotten, Gurken und Radieschen. Wenn er keinen Hunger hatte, gingen ihm eher wehmütige Gedanken durch den Kopf: an seine Zeit als junger Mann, der seine Netze auswarf und vom Fang einigermaßen leben konnte, damals, als es noch Dorsch und Hering in großer Zahl gab und nicht überall nur Sprotten schwammen.

Harald Schenstrøm streckte die Glieder und machte sich langsam auf den Heimweg. Mal schaute er aufs Meer hinaus, mal ließ er den Blick über Land schweifen, und als er auf dem Uferweg fast an der Ferienhaussiedlung vorüber war, kam es ihm so vor, als sehe er wieder Licht im Ferienhaus der Deutschen. Er blieb stehen und kniff die Augen zusammen. Die Räume waren dunkel, aber die Lichtkegel von Taschenlampen huschten an Wänden und Decken entlang, und einmal zeichnete sich eine Silhouette vor dem Licht ab. Harald bog in den schmalen Pfad ein, der vom Uferweg aus ins hohe Gras gemäht war. Kurz bevor er das Haus erreichte, duckte er sich und arbeitete sich auf der ungemähten Wiese weiter vor, bis er so nahe an die Terrasse herangeschlichen war, dass er einigermaßen erkennen konnte, was im Inneren des Gebäudes vor sich ging.

Im Haus befanden sich nicht die beiden Deutschen, sondern zwei Männer in dunkler Kleidung. Sie trugen Handschuhe und schwarze Wollmützen, hatten ihre Gesichter aber nicht vermummt. Es dauerte eine Weile, bis beide Gestalten so durch das Licht der Taschenlampen gehuscht waren, dass er ihre Gesichter ausmachen konnte. Den dämlichen Niels, der sich so viel auf seine Anschleichkünste einbildete, erkannte er als Ersten. Als er das Gesicht des anderen sah, pfiff er ganz leise durch die Zähne und schlich rückwärts in Richtung Uferweg davon. Gut, dass Knud jetzt nicht bei ihm war. Der hätte sich beim Anblick des Mannes nicht zurückhalten können und wäre schreiend und brüllend auf ihn losgestürmt.

Auf der Überfahrt und später in seinem Bett dachte Harald Schenstrøm darüber nach, was Niels und sein windiger Auftraggeber wohl im Ferienhaus der Deutschen zu suchen hatten. Das Paar aus Deutschland hatte ihn nach den Umständen von Ægir Hovens Tod gefragt. Ob der Mann, der Knud um seinen Besitz gebracht hatte, auch in dieser Sache seine Finger im Spiel hatte?

– NI –

Die Holzbohlen der Terrasse hätten wieder einmal einen Anstrich vertragen, und auch von der Brüstung blätterte die Farbe, doch die Aussicht war beeindruckend. Linker Hand sah man Schloss Aalholm, geradeaus lag der fast kreisrunde Tümpel, aus dessen dunklem Wasser abgestorbene Baumstämme ragten, und nach rechts wurde das Sichtfeld begrenzt durch Wiesen und Felder und die Allee, die zu Jens Hovens Anwesen führte.

Doch Søren Christensen hatte im Moment keinen Blick für dieses Panorama. Er saß vor einem Holztisch und studierte eine Skizze, bevor er zum wiederholten Mal probierte, einen Wollfaden mit einer dicken Häkelnadel durch eine Schlaufe zu ziehen. Es ging schief, Christensen fluchte und zog nun einen Videoclip zurate, der dieselbe Handbewegung zeigte – nur eben mit dem Unterschied, dass sie im Video gelang. Auch der nächste Versuch schlug fehl, und als daraufhin direkt neben ihm ein heiseres Lachen erklang, fiel Christensen vor Schreck die Häkelnadel aus der Hand. Sie prallte zwei-, dreimal von den Holzbohlen ab, bevor sie ein paar Zentimeter zur Seite rollte und mit gedämpftem Klappern in der Ritze zwischen zwei Bohlen verschwand.

»Verdammt, Harald, hast du mich erschreckt!«, brauste

Christensen auf, rutschte von seinem Stuhl und kniete sich auf den Boden. Doch die Häkelnadel musste er wohl verloren geben, bis er irgendwann einmal die alten Bohlen gegen neue austauschen würde. Kopfschüttelnd stand Søren Christensen wieder auf und starrte seinen Besucher mit finsterer Miene an.

»Was willst du hier?«

Der Alte hielt ihm eine Plastiktüte hin. Christensen nahm sie und schaute hinein, seine Miene wurde freundlicher.

»Ah, geräucherter Hering. Vielen Dank, Harald. Aber das nächste Mal klingelst du, ja? Du hast mich wirklich erschreckt, und falls ich keine Ersatznadel mehr finde, kann ich losgehen und mir wegen dir eine neue kaufen!«

»Ich bin nicht nur wegen des Fisches hier«, erklärte Schenstrøm. »Ich wollte dir sagen, dass heute Nacht in das Ferienhaus der beiden Deutschen eingebrochen wurde.«

»Ach? Und woher weißt du das?«

»Ich hab's gesehen.«

»So, so. Und wann war das?«

»Um zwei, halb drei.«

»Und was hattest du um diese Zeit in der Nähe des Ferienhauses zu suchen?«

»Knud und ich hatten Durst, wir sind beim Trinken eingeschlafen, und als wir wieder aufgewacht sind, war es mitten in der Nacht. Da hab ich Knud eben nach Hause begleitet. Als wir das erste Mal am Ferienhaus vorbeikamen, wurde gerade das Licht ausgeschaltet, und ich dachte, dass einer der Deutschen halt noch mal aufs Klo musste und in diesem Moment wieder schlafen ging. Aber auf dem Rückweg sah ich vom Ufer aus, wie drinnen jemand mit Taschenlampen zugange war. Also bin ich hingeschlichen und hab gesehen, wer sich im Haus zu schaffen machte.«

»Schön, und wer war's?«

»Niels Baghold.«

»Unser Schleicher, wie schön.«

»Und Albert.«

Christensen bildete sich viel ein auf sein Pokerface, aber einen Moment lang zuckte es verräterisch um seine Augen. Harald registrierte es mit einem leichten Grinsen.

»Da brauchst du gar nicht so zu grinsen«, fuhr ihn Christensen an. »Was Albert an einem Tag treibt, an dem ich freihabe, interessiert mich nicht die Bohne. Also ruf bitte die Kollegen in Rødby an, und melde denen das. Ich habe dieses Wochenende frei.«

»Um ehrlich zu sein, hatte ich gehofft, dass wir zusammen was unternehmen deswegen.«

»Was? Heute, am Samstag?« Er hielt die Linke hoch, um die noch der Wollfaden geschlungen war. »Du siehst doch, dass ich beschäftigt bin!«

»Wenn du doch sowieso keine Häkelnadel mehr im Haus hast …«

»Ich muss erst nachschauen.«

»Die zweite fällt dir auch ohne Schreck in die Ritze, so ungeschickt, wie du dich anstellst.«

»Du musst grad reden! Als könntest du häkeln!«

»Klar kann ich häkeln – das ist doch mehr oder weniger dasselbe wie Netze flicken.«

»Pah!«

»Ich schlag dir einen Deal vor: Wenn du noch eine Nadel im Haus hast, zeige ich dir, dass ich sehr wohl häkeln kann – zur Not bringe ich es dir sogar bei. Und dann kommst du mit mir zum Ferienhaus, und wir reden mit den Deutschen.«

»Und wenn ich keine zweite Nadel finde?«

»Dann kommst du gleich mit.«

»Toller Deal!«, brummte Christensen und erhob sich, um eine Ersatznadel zu suchen.

Lisa erwachte mit leichten Kopfschmerzen. Einen Moment lang musste sie nachdenken, bis ihr wieder einfiel, dass Fred und sie bei Tom Vaks übernachtet hatten. Ihr Gastgeber führte sie in ein Delikatessengeschäft aus, das im selben Haus untergebracht war wie seine Wohnung – und obwohl das Innere des Ladens etwas karg wirkte und sie sich einen sehr kleinen Tisch direkt am Schaufenster teilen mussten, schmeckte das deftige Frühstück ausgesprochen lecker. Gestärkt ließen sie sich von dem Anwalt zu ihrem Wagen bringen und fuhren nach Nysted.

Unterwegs wurde Fred einmal misstrauisch, weil eine Limousine ihnen zu folgen schien, die dem Wagen des Mannes ähnelte, der gestern Abend den Alten im Rollstuhl besucht hatte. Doch die Limousine bog irgendwann ab und tauchte auch nicht mehr in Freds Blickfeld auf. Ohne Zwischenfälle kamen sie gut voran, und nach etwas mehr als eineinhalb Stunden ließ Fred den Wagen auf dem Kiesweg neben dem Ferienhaus ausrollen. Kurz bevor Lisa den Schlüssel ins Schloss der Eingangstür stecken wollte, schob Fred sie zur Seite und gab ihr mit einer Geste zu verstehen, dass sie kurz warten und still sein solle. Er huschte ums Haus, lugte durch alle Fenster, und erst als er das Gebäude einmal umrundet hatte, gab er Entwarnung.

»Ich wollte dich nicht erschrecken, Lisa, aber in unser Häuschen ist eingebrochen worden – und ich wollte sichergehen, dass niemand mehr dort drin auf uns wartet.«

»Woran hast du das erkannt?«, fragte sie und schloss auf.

Er deutete auf drei Streichhölzer, die vor der Eingangstür auf dem Boden lagen.

»Die habe ich gestern früh aufgestellt wie ein Dreibein, und jemand hat sie in unserer Abwesenheit umgetreten.«

Lisa stutzte, und Fred musste lachen.

»Alte Angewohnheit, sorry. Findest du das albern?«

»Nein, schon gut – ich bin ja froh, dass wir auf diese Art sofort wissen, dass jemand im Haus war. Und noch besser ist, dass jetzt niemand mehr da ist, der womöglich etwas Böses im Schilde führt.«

Fred und Lisa verschafften sich einen Überblick, was gestohlen oder beschädigt worden war. Die Bilanz ließ keinen Zweifel daran, dass die Einbrecher ihr Ferienhaus nicht zufällig ausgewählt hatten: Es fehlten die Unterlagen, die Jens Hoven ihnen in der Erbschaftssache übergeben hatte, sonst war noch fast alles da. Ein Hundertkronenschein, den Lisa in der Küche hatte liegen lassen, war verschwunden, aber in ihrem Reisegepäck lag immer noch der Briefumschlag, in dem sie ihr deutsches Geld, ein paar Euroscheine und Münzen deponiert hatte.

Plötzlich hielt Fred inne. Er schien etwas gehört zu haben, denn er sah aus dem Fenster. Lisa folgte seinem

Blick. Draußen auf der Terrasse erschienen Søren Christensen und Harald Schenstrøm, der alte Fischer. Lisa öffnete die Terrassentür.

»Gut, dass Sie kommen«, sagte Lisa. »Hier ist eingebrochen worden.«

»Ich weiß, aber ich bin privat hier«, erklärte der Polizist. »Ich habe dieses Wochenende frei.«

»Ach, dann interessiert Sie der Einbruch gar nicht?«

Christensen lächelte. »Das schon, aber eher inoffiziell, wenn ich es mal so ausdrücken darf.«

»Das heißt?«

»Herr Schenstrøm hat den Einbruch beobachtet. Ihm ist aufgefallen, dass zwischen zwei und drei Uhr heute Nacht zwei Gestalten mit Taschenlampen im Gebäude unterwegs waren.«

»Warum hat er das nicht gleich der Polizei gemeldet? Vielleicht wären die Einbrecher auf frischer Tat ertappt worden, wenn Ihre Kollegen schnell genug vor Ort gewesen wären – dann wüssten wir, wer das Haus durchsucht hat.«

»Durchsucht, sagen Sie?«

»Ja, durchsucht.«

»Das klingt, als handle es sich nicht um einen normalen Einbruch. Ist denn Bargeld gestohlen worden?«

»Nur ein Hundertkronenschein, der auf dem Küchentisch lag«, entgegnete Lisa. »Das deutsche Bargeld im Reisegepäck ist noch komplett.«

»Dachte ich mir schon. Da wollte nur jemand eine falsche Fährte legen. Was wurde denn außer dem Geldschein gestohlen?«

Lisa tauschte einen kurzen Blick mit Fred, der kurz mit den Schultern zuckte. Sie konnten Christensen eigentlich auch die ganze Wahrheit sagen. Schließlich wusste er schon darüber Bescheid, dass sie für Hoven recherchierten.

»Unterlagen zu dieser Erbschaftsangelegenheit, in der wir für Herrn Hoven tätig sind.«

Christensen nickte und sah eine Weile nachdenklich vor sich hin.

»Sollten wir nicht Ihre Kollegen hinzuziehen?«, schlug Lisa vor. »Am besten jemanden, der die Spuren sichert, damit wir herausfinden, wer unsere Unterlagen gestohlen hat.«

»Das wissen wir schon«, versetzte Christensen und deutete auf den alten Fischer, der stumm neben ihm stand. »Er hat die beiden Männer erkannt. Sie trugen Handschuhe, hatten ihre Gesichter aber nicht vermummt.«

Lisa sah die beiden mit großen Augen an.

»Und dann stehen Sie hier rum und tun nichts? Oder sind Ihre Kollegen schon auf dem Weg, um die beiden festzunehmen?«

Christensen setzte ein Grinsen auf, das Lisas Unmut noch verstärkte.

»Ich habe eine bessere Idee, Frau Langer«, sagte er ungerührt. »Und soviel ich aus Kopenhagen gehört habe, sind Sie und Herr Hamann unkonventionellen Wegen gegenüber durchaus aufgeschlossen.«

»Aus Kopenhagen?«

»Sie wissen, dass ich früher in der Hauptstadt Dienst getan habe. Aus dieser Zeit habe ich noch recht gute Kontakte, deshalb bin ich weitgehend im Bilde, was Ihnen gestern dort widerfahren ist und wie Sie damit fertigwurden. Meinen Respekt!«

»Geschenkt!«, sagte Lisa patziger, als sie es wollte, weil ihre Wut von eben noch nicht ganz verraucht war. »Was schlagen Sie also vor?«

»Und wer hat denn nun hier eingebrochen?«

»Das erzähle ich Ihnen alles, aber könnten wir dazu vielleicht reingehen? Und wenn Sie einen Kaffee für mich hätten ...? Als Herr Schenstrøm mich überredet hat, sofort hierherzukommen, hat er leider vergessen zu erwähnen, dass Sie noch nicht da sind. Wir haben zwei Stunden lang auf Sie gewartet, weil Sie die Nacht in Kopenhagen verbracht haben. Immerhin konnte ich die Wartezeit für ein paar Telefonate nutzen, um mich über Ihren Aufenthalt dort zu informieren.«

»Ich setze Kaffee auf«, verkündete Fred, und Lisa bat die beiden Männer herein. Als der alte Fischer vorüberging und sie die Wolke aus Altmännerschweiß und ungewaschenen Kleidern roch, die ihn umwehte, ließ sie die Terrassentür offen und platzierte Schenstrøm so nah an der Tür wie möglich.

Nicklas Balling hatte die beiden Deutschen seit Kopenhagen verfolgt. Als er den Eindruck bekam, der Fahrer vor ihm könnte ihn bemerkt haben, verließ er mit der Limousine die Autobahn und machte eine kleine Pause, bevor er auf die Schnellstraße zurückkehrte. Er war ohnehin überzeugt, dass die beiden sich zu ihrem Ferienhaus begeben würden, also fuhr er ohne große Eile nach Nysted, stellte die Limousine ein Stück von der Ferienhaussiedlung entfernt ab und suchte sich zu Fuß eine Stelle, von der aus er das Haus unbemerkt beobachten konnte.

Der Chef hatte ihm noch gestern Nacht erklärt, wen die Fotos zeigten, die er ihm weitergeleitet hatte. Die Weisung, ab sofort das Haus zu observieren, in dem Vaks seine Wohnung und seine Kanzlei hatte, wäre gar nicht mehr nötig gewesen. Nicklas hatte sich sofort auf die Lauer gelegt und die drei seit dem Frühstück nicht mehr aus den Augen gelassen.

Den Chef verehrte er, seit er für ihn arbeiten durfte. Auch von seinem Sohn Micky hatte er große Stücke gehalten, und das nicht nur, weil sie seit der Schulzeit befreundet gewesen waren. Doch dass seit Mickys Tod ausgerechnet Albert der designierte Nachfolger des Chefs war, das setzte Nicklas zu. Albert war ein Waschlappen, ein Großmaul, ein Feigling und ein Schürzenjäger – und sobald er diese Eigenschaften an der Spitze jener Organisation, für die Nicklas arbeitete, ausleben konnte, würde das der Firma über kurz oder lang das Genick brechen.

Von seinem Beobachtungsposten konnte Nicklas sehen, wie die beiden Deutschen das Ferienhaus betraten. Offenbar hatten sie bemerkt, dass heute Nacht jemand ihre Sachen durchsucht hatte. Wegen der vielen Fenster hatte er die beiden fast durchgängig im Visier seines Zielfernrohrs, das er vom Gewehr abmontiert hatte, um genauer sehen zu können, was im Haus vor sich ging. Und wenn ihm einer der beiden das Gesicht zuwandte, konnte er sogar versuchen, einen Teil der Unterhaltung von den Lippen abzulesen – er hatte sich das vor Jahren einmal antrainiert, und seither hatte ihm diese Fähigkeit, auch wenn er nur ansatzweise darüber verfügte, immer wieder gute Dienste geleistet. Diesmal konnte er immerhin aufschnappen, dass Geld gestohlen worden war – dass die beiden das aber für eine Finte hielten, um vom Diebstahl irgendwelcher Dokumente abzulenken.

Von den beiden Männern, die nun in sein Blickfeld traten, war er völlig überrascht. Er hatte sie nicht kommen sehen, vermutlich hatten sie irgendwo im hohen Gras gelauert und gingen nun zur Terrasse. Er konnte nur hoffen, dass ihn die beiden nicht bemerkt hatten. Den Alten hatte er noch nie gesehen, aber der andere war ihm bekannt: Søren Christensen hatte ihm die Geschäfte ziemlich erschwert, als er noch Polizist in Kopenhagen war. Vor einigen Jahren war er recht plötzlich von der Bildfläche verschwunden, und als Nicklas aus purer Neugier nachgeforscht hatte, wurde ihm gesagt, dass sich Christensen zur Polizei nach Lolland habe versetzen lassen. Doch jetzt schien er privat hier zu sein, denn er trug keine Uniform, und nach einem kurzen Plausch mit den beiden Deutschen, die sie an der Terrassentür abgefangen hatten, gingen er und der Alte nach drinnen.

Bald hatten sich alle vier bei Kaffee und Keksen zusammengesetzt, doch sie saßen so ungünstig, dass er erst gar keinen Versuch unternahm, jemandem etwas von den Lippen abzulesen.

Er zog sich zurück und fuhr mit dem Wagen zu Albert. Eine junge Frau in schwarzem Kleid und weißer Schürze empfing ihn an der Tür.

»Ich möchte Albert sprechen«, sagte er ohne große Vorrede.

»Tut mir leid, er schläft noch.«

»Dann weck ihn bitte auf.«

»Ich weiß nicht, ob ihm das recht ...«

»Pass mal auf, Mädchen, sein Vater schickt mich, und wenn du den Hausherrn nicht augenblicklich aus den Federn jagst, mach ich das selbst!«

Die junge Frau zuckte zusammen. Nicklas' entschlossene Miene ließ keinen Zweifel daran, dass es ihm ernst war – und dass man dem Vater ihres famosen Hausherrn besser gehorchte, wusste sie offenbar auch.

»Einen Moment, bitte«, hauchte sie noch, dann zog sie die Haustür hinter sich zu. Nicklas hörte eilige Schritte auf der Treppe, und bald darauf schwang die Tür wieder auf. Albert Kvist stand vor ihm, die nackten Füße in pelzbesetzten Hausschuhen, bekleidet mit einem weißen Bademantel, dessen Kragen eine Goldkette nur halb bedeckte.

»Na, mein lieber Nicklas, wie geht's dir so als Papas Laufbursche?«

Nicklas Balling reagierte nicht auf die höhnische Bemerkung, sondern drängte sich ruppig an Kvist vorbei in die Empfangshalle. Am oberen Ende der Treppe stand die junge Frau und sah verschreckt auf den Gast herunter.

»Na, mein lieber Albert, stellst du immer noch junge Häschen für den Haushalt ein und wirfst sie wieder raus, wenn du ihnen erst mal an die Wäsche konntest?«

»Nur keinen Neid, Nicklas«, konterte Albert leise und rief dann zu dem Mädchen hinauf: »Das wäre dann alles, Airin.«

Sie zögerte noch kurz, dann verschwand sie aus dem Blickfeld der beiden Männer.

»Wir sprechen besser in meinem Arbeitszimmer«, meinte Albert und ging seinem Gast voraus.

In dem modern, aber geschmacklos eingerichteten Raum ließ sich der Hausherr auf einen Sessel fallen und wies Nicklas mit einer lässigen Geste einen Platz auf dem Polstermöbel gegenüber zu. »Und was sollst du mir von meinem geliebten Vater ausrichten?«

»Nichts. Nachdem du nicht in der Lage warst, den Anwalt und die Deutschen zu beschatten, soll ich dich fragen, ob wenigstens eure kleine Diebestour heute Nacht etwas eingebracht hat.«

»Ich habe alle Unterlagen.« Albert Kvist deutete auf einen Karton. »Es geht um das Erbe Ægir Hovens, wie erwartet. Sein Neffe Jens weiß nicht viel darüber, er kennt die Zusammenhänge nicht – oder er hat sein Wissen den Deutschen vorenthalten, aber das kann ich mir nicht vorstellen. Schließlich arbeiten sie für ihn.«

Mit selbstgefälligem Lächeln lehnte sich Albert in seinem Sessel zurück. Nicklas musste sich sehr beherrschen, um seine Faust nicht in dieses Lächeln krachen zu lassen.

»Wie schlau von dir«, antwortete er spöttisch und grinste breit. Wie meistens reichte auch das, um Alberts blödes Lächeln wegzuwischen. Ärger machte sich nun auf seinem Gesicht breit.

»Du solltest dafür sorgen, dass du genug für dich beiseitegeschafft hast, wenn mein alter Herr mal abtritt. Denn dass du der Erste bist, den ich rauswerfe, wenn ich den Laden übernehme, wirst du dir denken können.«

»Keine Angst, da gehe ich schon von allein.«

»Apropos gehen: Musst du nicht wieder zurück nach Kopenhagen und Papi Bericht erstatten?«

»Auf jeden Fall muss ich an die frische Luft. Mit dir zusammen in einem Raum – das halte ich nicht lange aus, das weißt du ja.«

Albert erhob sich, und sein Gast folgte seinem Beispiel. Als Nicklas die Klinke der Haustür schon in der Hand hatte, wandte er sich noch einmal um.

»Ach, eins noch«, sagte er grinsend und rief dann mit erhobener Stimme zur ersten Etage hinauf: »Airin, denk dran: Sobald du ihn rangelassen hast, bist du deinen Job los!«

Oben waren leise Schritte zu hören. Unten funkelte Albert Kvist seinen Gast hasserfüllt an.

»Wirst schon eine andere finden, Al«, bemerkte Nicklas und betonte den Spitznamen des Juniorchefs so ironisch, wie er nur konnte. Dann fuhr er davon und stellte die Limousine wenig später am Straßenrand ab, um Alberts Vater anzurufen.

Nach einer Tasse Kaffee erzählte Søren Christensen, was der alte Fischer in der Nacht beobachtet hatte, und vertraute ihnen an, dass einer der beiden Einbrecher ein gewisser Niels Baghold gewesen sei, ein Taugenichts Mitte dreißig, der nicht der Schlaueste war, aber nach eigener Einschätzung im Anschleichen so gut wie ein Indianer.

»Dass er damit jahrelang auch in den Kneipen von Nysted und Umgebung angegeben hat, zeigt vielleicht noch etwas deutlicher, was für ein schlichtes Gemüt er hat«, merkte Christensen lachend an. »Denn soweit ich weiß, hat er sonst zu gar nichts Talent. Seit einigen Jahren ist er als Handlanger für einen zwielichtigen Geschäftsmann tätig, der ein protziges Gebäude etwas außerhalb von Nysted bewohnt.«

»Sie meinen aber nicht Jens Hoven, oder?«, hakte Lisa nach.

»Nein, obwohl die beiden ungefähr denselben Geschmack haben, wenn es um möglichst repräsentative Bauten geht. Ich möchte nicht die Hand dafür ins Feuer legen, dass alle Geschäfte, die Jens Hoven betreibt, astrein sind – aber der Mann, den ich meine, ist noch einmal ein anderes Kaliber. Bislang konnte ihm keiner was nachweisen, aber dass er in zahlreiche illegale Machenschaften verwickelt war und ist, steht für mich fest. Außerdem ist er ein unangenehmer Mensch, großspurig und anmaßend. Dieser Geschäftsmann ist die zweite Person, die Harald heute Nacht in Ihrem Haus gesehen hat, und dass es sich dabei um Albert Kvist handelt, stellt eine Verbindung in die Kopenhagener Unterwelt dar. Und es muss eine wichtige Verbindung sein, denn sonst würde Kvist sich kaum selbst hierherbemühen.«

Fred hatte zu Beginn ihres Gesprächs noch einige Male misstrauisch nach draußen geblickt, aber irgendwann war er doch überzeugt, dass niemand ums Haus schlich, und konzentrierte sich ausschließlich auf Christensens Erzählungen.

»Wie Sie wissen, war ich früher Polizist in Kopenhagen. Das war eine aufregende Zeit damals«, erinnerte sich Christensen, und seine Miene nahm einen schwärmerischen Ausdruck an. »In Kopenhagen teilten sich bis vor etwa zehn Jahren vier Banden den Großteil der illegalen Geschäfte, und eine Zeit lang befand sich das alles in einer gewissen Balance. Die Ganoven ließen sich gegenseitig meistens in Ruhe, und wir wussten in der Regel, wo wir nachfassen mussten, wenn ein Fall zu klären war. Geschah in der Stadt ein Mord oder eine Entführung, wurden uns ab und zu auch Informationen zugespielt, die uns die Ermittlungen erleichterten. Und wenn wir einen Schuldigen ausfindig gemacht und ihn verhaftet hatten, stellten ihm seine … nun ja … Kollegen zwar einen gewieften Anwalt zur Seite, aber niemand ließ Beweismittel verschwinden oder setzte die Staatsanwaltschaft unter Druck, damit sie die Anklage fallen ließ oder die Ermittlungen mit etwas weniger Nachdruck führte. Sie dürfen sich das natürlich nicht zu idyllisch vorstellen, aber man könnte sagen, dass sich Unterwelt und Polizei damals auf eine gewisse Art respektiert haben.«

»Und haben Sie den Kriminellen im Gegenzug die eine oder andere Warnung zukommen lassen, oder haben Sie auch mal die Augen zugedrückt?«

Christensen verzog das Gesicht zu einem schmerzlichen Lächeln.

»Sie sollten Krimis schreiben. Da ist es doch häufig so, dass der korrupte Bulle den Verbrecher deckt. Aber der heldenhafte Journalist lässt nicht locker und findet alles heraus, nicht wahr?«

Der Polizist nahm einen Schluck Kaffee und bemerkte deshalb nicht, dass Lisa sich räusperte und Fred einen schnellen Blick zuwarf. Doch so beiläufig, wie Christensen weiterredete, schien er nicht zu ahnen, dass Lisa tatsächlich Krimis schrieb.

»Ich habe Bjarne Toft immer hoch angerechnet, dass er Polizisten jenseits von gängigen Klischees schildert«, fuhr er fort.

»Sie kennen Bjarne Toft?«

»Selbstverständlich kenne ich ihn. Er hat bei den Recherchen für seine Krimis viel mit Anwälten, Richtern, Rechtsmedizinern und Polizisten gesprochen. Mich hat er oft zu Details der Polizeiarbeit befragt. Bjarne ist ein prima Kerl, wir treffen uns noch ab und zu auf ein Bier – und das meiste über Ihren Tag in Kopenhagen habe ich von ihm erfahren. Wobei es heute etwas mühsam war, er hat wohl gestern Abend etwas viel Aquavit erwischt.«

Lisa sah Christensen mit gesteigertem Interesse an. Hinter der Fassade des dienstmüden Dorfpolizisten schien sich noch eine andere Seite zu verbergen.

»Wissen Sie«, plauderte er weiter, »auch in Bjarnes Romanen gibt es trottelige, bestechliche und schlechte Polizisten – aber sie werden immer als Einzelfälle dargestellt und nicht als typisch für ihren Berufsstand. Wie auch immer: Es hat damals Spaß gemacht, Polizist in Kopenhagen zu sein. Bis sich vor knapp zehn Jahren dieser Autounfall ereignete.«

Er führte die Tasse zum Mund, und nach einer kurzen Pause erzählte er weiter. Seine Stimme hatte nun einen anderen, traurigeren Klang, als gehe ihm dieser Unfall noch heute nahe.

»An einem Nachmittag Mitte Juli saßen Micky Kvist und sein Vater Villads im Fond einer Limousine und ließen sich gemütlich auf der Autobahn von Kopenhagen Richtung Süden chauffieren. Kurz vor dem Autobahndreieck Avedøre setzte ein Sattelschlepper zum Überholen an, und als die Limousine die Stelle erreicht hatte, wo die E47 und die E20 zusammengeführt werden, war dort ein weiterer Sattelschlepper unterwegs. Die Limousine geriet zwischen die beiden Lastzüge, prallte erst gegen den einen und dann gegen den anderen, überschlug sich, verkeilte sich unter dem Auflieger des einen Sattelschleppers und kam zusammen mit dem Lastwagen von der Fahrbahn ab. Der Sattelschlepper kippte um, das Knäuel, das die beiden Fahrzeuge bildeten, durchbrach die Leitplanke, und die Zugmaschine des Sattelschleppers schlug schließlich drei Meter tiefer auf dem Midlergårdsvej auf, der an dieser Stelle als Radweg unter der Autobahn hindurch verläuft. Der zweite Sattelschlepper fuhr weiter, ohne sich um den Unfall zu kümmern.«

»Das klingt ja entsetzlich!«

»Kann man so sagen. Der Fahrer der Limousine, der Fahrer des Sattelschleppers und Micky Kvist kamen durch den Zusammenstoß ums Leben. Villads Kvist überlebte wie durch ein Wunder, allerdings sitzt er seither im Rollstuhl. Die Polizei hat nach dem zweiten Lastzug gefahndet, dessen Fahrer Unfallflucht begangen hatte. Gefunden wurde der Sattelschlepper am selben Abend in der Nähe von Helsingør, im Führerhaus lag der tote Fahrer, er hatte sich die Pulsadern aufgeschnitten. Die zuständigen Dienststellen ermittelten, und am Ende kam man zu dem Schluss, dass der Zusammenstoß ein normaler, wenn auch ausgesprochen tragischer Verkehrsunfall war. Man ging davon aus, dass der zweite Fahrer nach dem Unfall erst auf Landstraßen und dann nordwärts über die E47 geflüchtet war. Er hat wohl die Radiodurchsagen gehört und mitbekommen, dass nach ihm gefahndet wurde – und womöglich war ihm auch erst zu diesem Zeitpunkt wirklich klar geworden, was geschehen war. Im Abschlussbericht stand, dass er Selbstmord begangen habe – aufgrund seiner Schuldgefühle oder aus Verzweiflung.«

Lisa war aufgefallen, dass die Stimme von Søren Christensen einen zunehmend bitteren Unterton angenommen hatte.

»Das hat Sie damals nicht überzeugt?«, fragte sie deshalb.

»Mich nicht und auch nicht einige meiner Kopenhagener Kollegen. Das hatte vor allem mit den beiden Kvists zu tun, die in der Limousine saßen.«

»Verwandte von Albert Kvist, nehme ich an.«

»Ja, sein älterer Bruder Michael, genannt Micky, und sein Vater Villads. In Kopenhagen waren die beiden große Nummern in der Organisierten Kriminalität. Villads ist den meisten Gaunern in der Stadt nur als Vito bekannt. Diese Anspielung auf die Hauptfigur in ›Der Pate‹ hat ihm schon immer geschmeichelt, und so falsch war es ja auch nicht: Vito Kvist führte eine der vier Banden, von denen ich vorhin gesprochen habe, und er führt sie wohl noch heute.«

»Aber auch solche Leute können ja Pech haben und wirklich durch einen unglücklichen Zufall ums Leben kommen.«

»Das können sie schon, aber in diesem Fall … Sagen

wir es mal so: Es gab einige Ungereimtheiten, doch denen wurde nicht nachgegangen, zumindest nicht mit dem notwendigen Eifer. Und ich hatte den Eindruck, dass vielen die Schlussfolgerung mit dem gewöhnlichen Verkehrsunfall ganz lieb war. Ein-, zweimal habe ich noch zu erreichen versucht, dass meine Kollegen und ich weitere Nachforschungen zu Micky Kvists Tod anstellen durften, aber es wurde uns ziemlich deutlich zu verstehen gegeben, dass wir endlich Ruhe geben und den Unfall Unfall sein lassen sollten. Irgendwann habe ich dann meine Versetzung hierher nach Lolland beantragt. Die wurde übrigens überraschend schnell bewilligt.«

Er lachte freudlos und trank seine Tasse leer.

»Wenn ich mal zusammenfasse, was Sie uns erzählt haben«, sagte Lisa, »dann haben wir diesen Albert Kvist, der gezielt Unterlagen zu Ægir Hovens Erbe gestohlen hat. Er ist der Sohn eines Kopenhagener Paten – woraus Sie schließen, dass der Streit um Hovens Nachlass mit der Organisierten Kriminalität in der Hauptstadt zu tun hat.«

»Ja, so ungefähr. Außerdem brach dieser eigenartige Bandenkrieg, von dem keiner zu wissen scheint, was es mit ihm auf sich hat, kurze Zeit nach Ægir Hovens Tod aus. Ich nehme an, Sie haben sich einige Geschäfte von Ægir Hoven schon angesehen? Und Sie oder der smarte Anwalt von Jens Hoven haben doch sehr wahrscheinlich daraus schon Ihre Schlüsse gezogen, richtig?«

»Worauf spielen Sie an?«, gab sich Lisa bedeckt.

»Es wird Ihnen aufgefallen sein, dass Ægir Hoven mit manchen Deals so wenig verdient hat, dass er ein schlechter Geschäftsmann gewesen sein müsste, wenn es ihm nur auf den Verdienst angekommen wäre.«

»Aber er war kein schlechter Geschäftsmann, glauben Sie?«

»Nein, er war sogar ein sehr ausgefuchster, ein knallharter Händler – aber meiner Überzeugung nach hat er manche Käufe und Verkäufe vor allem durchgezogen, um damit Geld zu waschen. Das geht in Dänemark nicht ganz so leicht wie in Deutschland, wo viel häufiger mit Bargeld bezahlt wird, aber es geht schon, wenn man weiß, wie man es anzustellen hat. Und Ægir Hoven wusste das sehr gut.«

»Und was hat das mit den Morden in Kopenhagen zu tun?«

»Stellen Sie sich Ægir Hoven als geschickten Geldwäscher vor – dessen Dienste wollen zum Beispiel in Kopenhagen nach einer Weile nicht nur die Ganoven einer Bande in Anspruch nehmen, sondern irgendwann wäscht der das Geld für mehrere Gangs oder gar für alle. Jede dieser Banden steckt also illegal eingenommenes Geld in Projekte von Ægir Hoven und bekommt über Umwege nach einiger Zeit sauberes Geld zurück, vereinfacht gesagt.«

»Okay, und?«

»Zu jedem Zeitpunkt besitzt Ægir Hoven also Geld, das noch gewaschen werden muss oder das schon gewaschen, aber noch nicht zurückgezahlt worden ist. Also auch zum Zeitpunkt seines Todes.«

»Sie meinen, das Erbe, auf das Jens Hoven hofft, besteht vor allem aus Geld, das mit Organisierter Kriminalität verdient wurde?«

»Ægir Hoven wird schon auch selbst einiges an Vermögen angehäuft haben«, erwiderte Søren Christensen, »aber ein Teil des Nachlasses könnte durchaus solches Schwarzgeld sein. Und selbst wenn im Erbe selbst nichts von diesem Geld enthalten sein sollte: Als er starb, hatte er – wie verschleiert auch immer – sicher ansehnliche Vermögenswerte in seinem Besitz, die ursprünglich den Gangs aus Kopenhagen gehört hatten. Und diese Gangs wollen sie natürlich auch zurückhaben.«

»Dann wäre es wahrscheinlich, dass einer seiner Kunden Ægir Hoven ermordet und das ganze Geld an sich genommen hat.«

»Zum Beispiel – und weil die anderen Kunden damit nicht einverstanden sind, setzen sie den Mörder unter Druck. Irgendwann eskaliert das Ganze, und es kommt zu tödlichen Auseinandersetzungen zwischen den Banden.«

»Also glauben Sie auch, dass Ægir Hoven ermordet wurde und dass sein Tod kein Unfall war?«

»Ich halte es für möglich – der Bandenkrieg in Kopenhagen könnte aber auch ausgebrochen sein, wenn es wirklich ein Unfall gewesen wäre. Das Geld bleibt ja so oder so verschwunden, und wenn in der Hauptstadt auch nur einer glaubt, Hoven sei ermordet worden, und dafür auch gleich einen mutmaßlichen Täter im Visier hat, taugt das allemal als Zündfunke für eine so explosive Konstellation wie die Kopenhagener Unterwelt.«

»Und da Albert Kvist uns heute Nacht die Unterlagen zum Nachlass von Ægir Hoven geklaut hat, glauben Sie, dass dessen Vater Vito die Sache jetzt in die Hand nimmt, stimmt's?«

»Ja, zumal es da noch einige Ungereimtheiten gibt. Ich hatte Ihnen ja erzählt, dass nie herausgefunden wurde, wohin Vito und Micky Kvist wollten, als sie verunglückten. Ich bin überzeugt, dass sie auf dem Weg nach Nysted waren, um Albert den Kopf zu waschen. Seit meiner Versetzung hierher habe ich mich unter der Hand immer wieder mit Alberts Geschäften beschäftigt, und in den Monaten vor dem Unfall scheint Albert besonders aktiv gewesen zu sein. Er gründete einige Firmen, die sich in ganz unterschiedlichen Branchen engagierten – und einige Deals aus dieser Zeit warfen auf den ersten Blick ähnlich wenig ab wie die Geschäfte von Ægir Hoven, die sehr nach Geldwäsche aussehen. Es kann also durchaus sein, dass er als dessen Konkurrent auftrat, und Hoven hätte sich das sicher nicht gefallen lassen, ohne den Vater in Kopenhagen darum zu bitten, dass der seinem Filius deswegen mal auf die Finger klopft.«

»Dann könnte Albert Kvist ein Motiv gehabt haben, Ægir Hoven zu ermorden.«

»Und er könnte ein Interesse daran gehabt haben, dass sein Vater und sein Bruder nie in Nysted ankommen. Nach dem Tod seines älteren Bruders hat sich das Verhältnis zwischen Vater und Sohn gebessert, zumindest macht es nach außen diesen Eindruck. Und nach allem, was ich über meine alten Kontakte in Kopenhagen erfahren konnte, gilt Albert Kvist heute als designierter Nachfolger seines Vaters.«

»Okay, aber Sie haben vorhin angedeutet, dass Sie einen Vorschlag haben, einen Plan – was haben Sie vor?«

»Ich konfrontiere Albert Kvist damit, dass ich von seinem Einbruch heute Nacht weiß und dass ich mein Wissen nur für mich behalte, wenn er mir eine bestimmte Summe bezahlt. Ich habe genug Geld, aber Albert weiß nichts über meine finanziellen Verhältnisse und hält mich womöglich für korrupt. Außerdem mache ich Andeutungen, als hätte ich irgendwelche Informationen, die ihn mit dem Tod von Ægir Hoven in Verbindung bringen. Und ich lasse durchblicken, dass ich seinem Vater diese Informationen zuspielen werde, falls er nicht bezahlt – mit etwas Glück kann ich an seiner Reaktion erkennen, ob er wirklich etwas mit Ægir Hovens Tod zu tun hat.«

»Ich dachte, es sei Ihnen ganz recht, wenn Hovens Tod weiterhin als Unfall gilt und Sie keine zusätzliche Arbeit mit einem neu aufgerollten Fall haben«, kommentierte Lisa.

»Das stimmt, und im Grunde genommen ist es mir völlig egal, wie Ægir Hoven ums Leben kam. So richtig schade ist es um ihn nicht. Aber mich ärgert es, wenn einer wie Albert Kvist einfach in meinem Wohnort in ein Ferienhaus einbricht und Dokumente klaut, wie es ihm beliebt. Und …«

»Und was?«

»Vielleicht kann ich mit meinem kleinen Auftritt etwas Staub aufwirbeln und für Irritationen zwischen Vater und Sohn Kvist sorgen. Und wer weiß? Vielleicht kommt sogar noch die Wahrheit über diesen verdammten Verkehrsunfall ans Licht.«

»Sie wollen allein zu Kvist – das klingt riskant.«

»Na ja, wir können schlecht zu dritt dort aufkreuzen, wenn ich den korrupten Polizisten spiele, nicht wahr?«

»Können Sie es einrichten, dass Sie mit Kvist nicht in seinem Haus sprechen, sondern vor dem Gebäude oder in der geöffneten Tür?«, schlug Lisa vor. »Dann könnten Herr Hamann und ich uns in der Nähe postieren und eingreifen, falls es brenzlig für Sie wird.«

Christensen dachte nach, dann nickte er.

»Das müsste ich hinbekommen.«

Der alte Fischer hatte die ganze Zeit still zugehört, doch nun räusperte er sich.

»Du solltest doch jemanden mitnehmen, wenn du zum jungen Kvist gehst«, sagte er. »Einen, der Albert auf jeden Fall nervös macht.«

»Und wer soll das sein?«

»Knud.«

- 11 -

Es war Samstagmittag. Tom Vaks saß in seiner Kanzlei und grübelte. Seit der Abreise von Lisa und Fred hatte er das Gefühl, einen wichtigen Hinweis übersehen zu haben. Er schaute sich noch einmal das Video an, das Jens Hovens Butler ihm zugespielt hatte. Als er zu der Stelle kam, an der Ægir Hovens Testament zu sehen war, fiel ihm ein, dass es sich bei dem rätselhaften Erben, der im selben Postleitzahlenbereich wie Vaks wohnte, auch um den Alten im Rollstuhl handeln konnte, der schräg gegenüber wohnte und offenbar sehr interessiert an allem war, was Lisa, Fred und er selbst gerade in Kopenhagen unternahmen.

Vaks arbeitete noch einmal die Unterlagen durch, die ihm sein Mandant Jens Hoven für seine Recherchen in der Erbschaftssache übergeben hatte. Unter anderem waren dort einige Firmen aufgeführt, an denen Ægir Hoven Anteile besessen hatte. Er recherchierte im Zentralen Unternehmensregister Virk, in dem Informationen über alle in Dänemark ansässigen Firmen für jedermann frei zugänglich waren. Dabei fiel ihm eine Gesellschaft namens VS Invest ApS auf, für die eine Adresse in der Egilsgade angegeben war. Die Hausnummer schien zu dem Gebäude zu passen, in dem der Mann im Rollstuhl wohnte.

Nach und nach ging er die Unternehmen durch, an denen die Firma in der Egilsgade beteiligt war, und stieß dabei auf die Provenus ApS, die zur Hälfte der VS Invest gehörte – und zur Hälfte der HovInvest in Roskilde. Also waren der verstorbene Onkel seines Mandanten und der Mann im Rollstuhl Geschäftspartner gewesen. Und wenn der Alte in dem Testament bedacht war, das Vaks bisher nur aus dem Video kannte, konnte das bedeuten, dass die Provenus ausschließlich zum Waschen illegaler Gelder der VS Invest gegründet worden war – und dass all diese Gelder nach dem Tod von Hoven vollständig an den Alten zurückfallen sollten. Das würde zu allem passen, was sich Lisa, Fred und er bisher zusammengereimt hatten.

Die Homepage von Provenus wies einen Nicklas Balling als Geschäftsführer aus, sogar ein Foto des Mannes war abgebildet – es war der Mann in der Limousine, der dem Alten gestern Abend Bericht erstattet hatte. Die Puzzleteile fügten sich allmählich zu einem Bild.

Es war ein sonniger Tag, und so fiel es nicht auf, dass Fred direkt nach der Abfahrt alle Autofenster herunterließ. Fischer Schenstrøm nahm auf dem Beifahrersitz Platz, um Fred zu Knud Aalstrups Behausung zu lotsen, und im Nu war das Innere des Wagens mit seinem Geruch erfüllt. Nach kurzer Fahrt erreichten sie zum Glück ihr Ziel, und Harald Schenstrøm ließ Fred am Straßenrand vor dem Friedhof halten.

»Ich geh schon mal voraus und red mit Knud. Wenn ich euch ein Zeichen geb, könnt ihr kommen«, sagte er und trottete davon.

Die anderen stiegen aus, ließen die Fenster und nun auch die Türen geöffnet, und schauten dem alten Fischer hinterher, der nach einer Weile nach rechts aus ihrem Sichtfeld verschwand.

Lisas Handy klingelte. Es war Tom Vaks. Sie stellte ihr Smartphone auf laut, damit Christensen und Fred mithören konnten, was seine Recherchen ergeben hatten. Besonders stolz war er, als er ihnen den Namen des Alten im Rollstuhl liefern konnte, den er in einem Zeitungsartikel gefunden hatte. Doch Lisa musste seiner Euphorie einen kleinen Dämpfer verpassen.

»Auf den Namen Villads Kvist sind wir auch schon gestoßen. Herr Christensen von der hiesigen Polizei hat uns von ihm erzählt.«

Sie berichtete vom Einbruch ins Ferienhäuschen und von ihren neuesten Erkenntnissen.

»Aber dass Kvist mit Ægir Hoven eine gemeinsame Firma betrieb, wussten wir bisher nicht«, schob sie nach. »Erinnern Sie sich eigentlich an den Mann, der allabendlich an der Ostsee entlangwandert und Unverständliches vor sich hin brüllt?«

»Ja, wieso?«

»Wir werden gleich mit ihm reden. Offenbar ist der Sohn von Villads Kvist der Grund für sein Geschrei. Albert Kvist muss ihm vor einigen Jahren übel mitgespielt haben.«

In diesem Moment trat der alte Fischer wieder in ihr Blickfeld und winkte ihnen zu.

»Wir müssen los«, erklärte Lisa am Telefon. »Bis später, wir melden uns!«

In Knud Aalstrups seltsamer Behausung fiel die Duftwolke, die Harald Schenstrøm umgab, nicht weiter auf. Eine seltsame Mischung von Aromen lag in der staubigen Luft. Es roch nach altem Öl, verrostetem Metall, ungewaschenen Kleidern, halb geleerten Konservendosen und billigem Fusel – Lisa mochte sich gar nicht vorstellen, was ihre Nase hier auszuhalten hätte, wenn es nicht so spürbar durch die Ritzen des Wellblechbaus gezogen hätte.

Auf einem dreibeinigen Hocker kauerte Knud Aalstrup, dessen Rufe sie abends aufgeschreckt hatten, wie ein Häuflein Elend.

»Knud, das sind die Leute, von denen ich dir erzählt hab«, sprach der alte Fischer seinen Freund an, der zunächst nicht reagierte, sondern weiterhin den Kopf zwischen hängenden Schultern gesenkt hielt. »Sie wollen Albert ans Leder, und du kannst ihnen helfen.«

Nun hob sich der Kopf des Mannes, und aus blutunterlaufenen Augen sah er sie trübe an.

»Du wirst ihnen doch helfen, Knud?«

Es dauerte eine Weile, aber dann kam etwas Leben in den Blick des Mannes, und schließlich nickte er bedächtig.

»Dürfen deine Gäste sich setzen?«, fragte Harald nun.

»Aber natürlich«, krächzte Knud mit einer Stimme, die an diesem Tag wohl noch nicht benutzt worden war, und dazu machte er eine vage einladende Geste, die das Sammelsurium der vor ihm stehenden Sitzmöbel umfasste und beinahe galant wirkte. Alle nahmen Platz und machten es sich auf einer durchgesessenen Couch und auf wackligen Stühlen leidlich bequem.

»Und jetzt erzähl den Leuten, was Albert Kvist dir angetan hat«, sagte Harald.

Schulterzucken, dann ein langsamer Blick in die Runde.

»Was er dir genommen hat«, schob der alte Fischer hinterher, als müsse er dem Gedächtnis seines Freundes auf die Sprünge helfen.

Knud sah ihn lange an, seine Miene drückte Verzweiflung aus, vielleicht auch ein bisschen Hoffnung.

»Werden sie mir helfen können, alles wiederzubekommen?«, fragte er schließlich.

»Ich glaub nicht«, brummte Harald Schenstrøm. »Du hast damals unterschrieben, der Vertrag gilt, und wie Albert dich zum Unterschreiben gebracht hat, kann niemand außer euch beiden bezeugen. Und dass er lügen wird, wenn es hart auf hart kommt, davon kannst du ausgehen.«

Knuds Kopf ging wieder nach unten.

»Aber die Leute können Albert vielleicht das Handwerk legen«, fuhr Schenstrøm fort. »Sie können vielleicht dafür sorgen, dass er so etwas nicht noch einmal machen kann. Und Søren glaubt sogar, dass er diesem Drecksack mit viel Glück etwas nachweisen kann, was ihn ins Gefängnis bringt.«

Knud hob den Blick und sah Søren Christensen an. Der Polizist nickte ihm zu.

»Ja, das glaube ich«, bestätigte er. »Und du kannst mir vielleicht helfen, Albert Kvist so in die Enge zu treiben, dass ihm gar nichts anderes übrig bleibt, als sich zu verquatschen.«

»Harald hat gesagt, dass Sie aus Deutschland sind. Verstehen Sie mich überhaupt?«

Beide nickten, und Lisa fügte hinzu: »Was Sie abends immer auf die Ostsee hinausrufen, haben wir aber nicht verstanden.«

Nun verzog sich Knuds Mund doch zu einem breiten Grinsen.

»Das kann ich Ihnen sagen: ›Albert!‹, rufe ich, und dann verfluche ich ihn: ›Din svinepels, din løgnhals, din ågerkarl!‹«

Er sah Lisa an, als warte er auf ihre Reaktion, und wirkte in diesem Moment geradezu verschmitzt.

»Du Saukerl, du Lügner, du Halsabschneider«, sprach sie nach kurzem Nachdenken halblaut die deutsche Übersetzung aus.

»Genau«, sagte Knud. »Saukerl, Lügner, Halsabschneider!« Er war für diese Worte in ein verwaschenes Deutsch verfallen, wechselte aber gleich wieder in seine Muttersprache zurück. »Das alles und noch viel mehr ist Albert Kvist.«

Er lachte heiser, es klang wie das letzte Husten eines Lungenkranken. Dann erzählte er weitschweifig, was sie von seiner Vorgeschichte schon wussten: vom Bauernhof der Eltern außerhalb von Kettinge, vom Tod der Eltern und davon, wie sehr er es genossen hatte, den Hof, die Felder, die Wiesen zu bewirtschaften.

»Nur mit dem Geld hatte ich es nicht so«, gab er zu, »Immer wieder hat mich jemand mit dem Preis für meine Ernte runtergehandelt, und ich glaube fast, es hat sich irgendwann herumgesprochen, dass man den dummen Knud wunderbar über den Tisch ziehen kann. Jedenfalls habe ich für mein Getreide, mein Gemüse oder mein Obst nie denselben Preis bekommen wie meine Nachbarn. Das hat mir damals natürlich niemand erzählt, die haben sich einfach nur ins Fäustchen gelacht und sich abends in der Kneipe über mich lustig gemacht. Erst hinterher, als alles verloren war, ist der eine oder andere kleinlaut zu mir gekommen und hat zugegeben, dass man mich damals übers Ohr gehauen hatte. Aber da war es schon zu spät, da war ich den Hof schon los. Den Hof meiner Eltern und Großeltern und …«

Er wischte sich mit dem Ärmel über die Nase und räusperte sich dann.

»Ist ja auch egal. Jedenfalls ist das Geld irgendwann knapp geworden. Für meine Ernte habe ich zu wenig Geld gekriegt, aber die Kosten waren natürlich dieselben. Zwei Jahre nacheinander hatte ich Pech: Im ersten Jahr hatte ich Schädlinge an den Kartoffeln, und im zweiten Jahr hat ein Pilz meinen Weizen erwischt. Irgendwann waren meine Geldreserven aufgebraucht. Gerade als ich ganz verzweifelt war und nicht mehr weiterwusste, ist mir ein Angebot für mein Land ins Haus geflattert. Der Preis, der mir pro Quadratmeter geboten wurde, lag deutlich über dem, was sonst so im Süden von Lolland bezahlt wird. Ich habe erst noch gezögert, weil ich den Bauernhof meiner Eltern ja eigentlich erhalten wollte. Aber genau in dieser Zeit hat sich das Finanzamt gemeldet, dass eine Steuerprüfung und hinterher vielleicht eine Nachzahlung ansteht, und die Bank hat Druck gemacht, weil sie von meinen Schwierigkeiten erfahren hat. Ich hielt das damals für Zufall, heute bin ich mir da nicht mehr so sicher.«

Knud schnaubte und machte eine kurze Pause.

»Ich habe mir das Angebot noch einmal angesehen, wollte aber mit niemandem drüber reden. Es war mir peinlich vor den Nachbarn, dass ich daran dachte, mein Erbe zu verkaufen, den Aalstrup-Hof, der seit Generationen im Besitz meiner Familie war. Und so habe ich mir aus dem Schreiben irgendwas zusammengereimt, was gar nicht drinstand. Ich habe überschlagen, wie viel von meinem Land ich verkaufen musste, damit ich genug Geld hätte, um den Hof wieder flottzubekommen. Und dann habe ich bei dieser Firma angerufen.«

»Was war das für eine Firma?«, fragte Lisa.

»Provenus hieß die, auf dem Briefpapier stand eine Kopenhagener Adresse.«

Lisa, Fred und Søren Christensen tauschten schnelle Blicke. Knud redete weiter, ohne es zu bemerken.

»Dem Anschreiben lagen Prospekte und Infoblätter bei – offenbar hatte diese Firma in den Jahren davor schon jede Menge Grund auf Lolland gekauft. Am Telefon hat man mir versichert, dass mich gleich jemand zurückruft. Kurz danach klingelt mein Telefon, und es meldet sich ein Mann namens Albert Kvist. Er hat sich als einer der Geschäftsführer dieser Firma vorgestellt und gleich für den nächsten Tag einen Termin mit mir vereinbart. Wir haben in meiner Wohnküche gesessen, und er hatte auf jede meiner Fragen eine einleuchtende Antwort. Und als ich ihm erklärt habe, dass ich auf keinen Fall meinen gesamten Hof mit allem Grund und Boden verkaufen will, sondern nur so viele Felder und Wiesen, dass ich genug Geld zum Weitermachen zusammenkriege, wirkte er auch damit einverstanden. Wenn ich gewusst hätte …«

Knud Aalstrup unterbrach sich und schwieg eine ganze Weile. Dann redete er weiter.

»Wir haben den ersten Vertrag miteinander abgeschlossen, und Albert Kvist ist wieder gegangen. Ein paar Tage später ruft mich jemand von der Firma an, dass es mit dem Vertrag ein Problem gibt und dass deshalb die Auszahlung des Kaufpreises erst mal auf Eis gelegt wird. Als ich nachfrage, was für ein Problem das sei, hat man mir Alberts nächsten Besuch für die kommende Woche angekündigt. Als er kam, gab er sich untröstlich und hat gemeint, er hätte einen dummen Fehler gemacht und dass es ihm sehr leidtue, wenn ich nun länger auf mein Geld warten müsse als gedacht. Außerdem hat er mich auf eine Klausel im Vertrag hingewiesen, die mir bis dahin nicht aufgefallen war. Da stand, dass Provenus mir nur dann den angebotenen Quadratmeterpreis bezahlen kann, wenn ich den gesamten Grundbesitz an Provenus verkaufe. Andernfalls würde ich pro Quadratmeter nur den Bruchteil des Preises kriegen. Dann wäre der Erlös natürlich viel zu gering gewesen, um den Rest des Hofes zu retten. Ich fühlte mich reingelegt und wollte vom Kaufvertrag zurücktreten, aber Albert hat gemeint, dass das nicht geht, schließlich hätte ich ja unterschrieben, wenn auch nur für einen Teil meines Landes. Er hat gesagt, er hätte eine Lösung parat, denn schließlich wäre der Fehler im Vertrag ja seine Schuld. Dann hat er mir einen neuen Vertrag vorgelegt, in dem es hieß, dass nun der Quadratmeterpreis doch in voller Höhe an mich zu zahlen sei. Ich war erleichtert, wollte aber noch nicht unterschreiben, sondern mir das Ganze noch durch den Kopf gehen lassen. Albert hat mich noch für meine Umsicht gelobt und mir geraten, gründlich über alles nachzudenken und mir ruhig Zeit zu lassen. Sein Angebot sei nicht an eine Frist gebunden. Zum Abschied hat er mir sein Kärtchen mit seiner Handynummer gegeben und ist weggefahren. Am nächsten Morgen hat die Bank angerufen und mich noch für denselben Nachmittag zu einem Gespräch nach Nysted einbestellt. Die haben ordentlich Druck gemacht und gesagt, dass ich innerhalb von zwei Wochen frisches Geld auftreiben muss, sonst kündigen sie mir die Kredite und versteigern meinen Hof. Und noch einen Tag später hat sich das Finanzamt gemeldet und für zwei Wochen drauf eine Steuerprüfung angekündigt.«

»Hatte da auch Albert Kvist seine Hände im Spiel?«, fragte Lisa.

»Keine Ahnung, ich kann es mir aber gut vorstellen. Natürlich habe ich mir den Kopf zerbrochen, wen ich zum Vertrag befragen könnte. Da ist mir Richard eingefallen. Mit seinem älteren Bruder war ich zur Schule gegangen, und ich wusste, dass Richard als Butler für Jens Hoven arbeitet, diesen Verleger mit dem protzigen Schlossnachbau. Ich habe mir gedacht, dass Richards Chef bestimmt einen Anwalt hat, der sich mal den Vertrag anschauen kann.«

»Wie hieß der Anwalt? Tom Vaks vielleicht?«

»Wenn ich das wüsste. Ich habe auch nie direkt mit dem Anwalt gesprochen, aber Richards Chef hat mich angerufen und mir von seinem Anwalt ausrichten lassen, dass der Vertrag in Ordnung ist und außerdem sehr vorteilhaft für mich, weil niemand sonst in dieser Gegend so einen hohen Preis für Land bezahlen würde. Also habe ich Albert Kvist angerufen, und der hat gleich am nächsten Tag den unterzeichneten Vertrag abgeholt. Danach ist alles ganz schnell gegangen: Erst hat sich eine Bank aus Kopenhagen gemeldet, von der ich noch nie gehört hatte. Die haben gesagt, dass sie meiner Hausbank die Darlehensverträge abgekauft haben, die auf meinen Namen laufen, und dass ich das Geld nun der Kopenhagener Bank schulde. Dabei habe ich mir erst mal nichts gedacht, aber dann haben sie gesagt, dass sie meine Kredite wegen meiner schwierigen wirtschaftlichen Lage umgehend kündigen müssen. Und wenn ich nicht binnen einer bestimmten Frist alle Schulden bezahlen kann, muss mein Hof versteigert werden. Sofort habe ich Albert Kvist angerufen, wann ich denn mit der Auszahlung des Kaufpreises rechnen kann, und er hat mich erst mal beruhigt. Mit dem Geld von seiner Firma könne ich meine Schulden problemlos ausgleichen. Er hat mir eine Summe genannt, die viel höher war als die, mit der ich gerechnet hatte, und auf meine Nachfrage hat mich Albert darauf hingewiesen, dass ich doch im neuen Vertrag dem Verkauf meines gesamten Grundbesitzes zugestimmt habe. Er hat mir sogar den entsprechenden Paragrafen genannt, und als ich meinen Bekannten Richard angerufen und ihn gefragt habe, warum mich der Anwalt seines Chefs nicht vor dieser Klausel gewarnt hat, da war er ganz entsetzt und hat versprochen, sich gleich darum zu kümmern. Doch noch bevor ich wieder etwas von Richard gehört habe, kommt auch schon ein Telegramm von Provenus. Darin steht, dass die Firma fristgerecht vom Kauf meines Bauernhofs zurücktritt – und als Entschädigung liegt ein Scheck über ein Prozent des vereinbarten Kaufpreises bei. Das entspricht dem, was nach einem Rücktritt als Schadenersatz gesetzlich vorgeschrieben ist. Wenig später war mir nur noch dieser Scheck geblieben, den ich natürlich eingelöst habe – aber der Hof wurde versteigert. An wen, habe ich nie erfahren, ich musste ausziehen, und wie zum Hohn wurde mir dann noch ein Schreiben der Kopenhagener Bank zugestellt, in der mir die freudige Nachricht überbracht wurde, dass meine Darlehen vollständig getilgt sind.«

Knud atmete ein paarmal tief ein und aus. Die ausführliche Schilderung schien ihn völlig erschöpft zu haben. Vermutlich war er es nicht gewöhnt, so lange am Stück zu reden.

»Haben Sie jemals erfahren, warum der Anwalt von Richards Chef Sie ins offene Messer laufen ließ?«

»Nein, Richard hat sich seitdem nicht mehr gemeldet. Ab und zu bringt er Wein oder was zu essen vorbei, er stellt es aber nur vor die Tür und haut gleich wieder ab, ich habe ihn ein paarmal beobachtet.«

Lisa dachte nach. Hatte sie sich so sehr in Tom Vaks getäuscht? Konnte er wirklich tatenlos zusehen, wie Knud Aalstrup, dieser arme Kerl, über den Tisch gezogen wurde?

Knud griff hinter sich und hatte eine Flasche Aquavit an die Lippen gesetzt, noch bevor ihn jemand daran hindern konnte. Er trank in großen Schlucken fast die halbe Flasche leer, erst dann konnte ihm Søren Christensen die Pulle entwinden.

»Sag mal, Knud, spinnst du?«, herrschte er ihn an.

»Wir wollen dir helfen, aber dazu musst du klar im Kopf sein, verstehst du das? Wir haben was vor, und da musst auch du mitmachen. Und das geht nicht, wenn du strunzbesoffen bist, ist das klar?«

Knud zuckte mit den Schultern. Den anderen war klar, dass sie die Ausführung von Søren Christensens Plan ein wenig verschieben mussten, wenn auch Knud seine Rolle darin spielen sollte. Der Polizist disponierte ein wenig um und erklärte den anderen, was er vorhatte.

Wenig später hakten Fred und der alte Fischer Knud unter und bugsierten ihn aus der Wellblechhalle. Sie schafften ihn in Freds Wagen und brachten ihn in Dines Kneipe. Lisa mochte sich gar nicht vorstellen, wie es in Freds SUV nun dank zweier nicht sehr reinlicher Mitfahrer riechen mochte, und sie war froh, dass sie den Weg zu Dines Lokal zu Fuß zurücklegen konnte. Søren Christensen rief die Wirtin an, um sie vorzuwarnen, damit sie schon mal einen starken Kaffee kochte. Sie bat ihn, auf dem Weg zur Kneipe bei der Metzgerei am Marktplatz vorbeizuschauen und eine kleine Auswahl an Smørrebrød mitzubringen. Der Laden war samstags um diese Zeit zwar längst geschlossen, aber sie versprach, die Metzgerin, eine Freundin von ihr, gleich anzurufen, damit sie etwas vorbereiten konnte.

»Kleine Auswahl« war etwas untertrieben, denn das Paket, das sie in der Metzgerei in Empfang nehmen durften, fiel recht stattlich aus.

Søren Christensen führte unterwegs ein paar Telefonate. Dass er als Ersten Bjarne Toft anrief, bekam Lisa noch mit, aber da er ein Stück hinter ihr ging, hörte sie nicht, was er mit dem Krimiautor besprach, und sie erfuhr auch nicht, wen er noch anrief. Als er wieder zu ihr stieß, war er guter Dinge.

Knud leerte gerade schlürfend den zweiten großen Becher Kaffee und wirkte schon wieder halbwegs ansprechbar, als Christensen und Lisa in *Dines gamle knejpe* eintrafen.

Sie setzten sich hin und ließen sich das Essen schmecken. Um diese Zeit war es in dem Lokal noch immer recht leer, sodass sie sich ungestört unterhalten konnten.

Nach einer guten Stunde klingelte Søren Christensens Handy. Er nahm das Gespräch entgegen, hörte zu und sagte selbst nur: »Ja«, und: »Prima, bis gleich«, danach drückte er das Gespräch weg, wählte eine andere Nummer und gab durch: »Fünfzehn Minuten, vielleicht zwanzig, okay?«

Dann legte er auf und klatschte in die Hände.

»So, Leute, es geht los!«

Sie hatten genug Zeit gehabt, an Dines Tresen zu besprechen, wer was zu tun hatte. Jeder kannte seine Rolle, und dem leidlich nüchternen Knud wurde für alle Fälle der alte Fischer zur Seite gestellt, damit er auch wirklich keinen Blödsinn machte und erst im passenden Moment in Erscheinung trat.

Die Fahrt zu Albert Kvists Anwesen dauerte zum Glück nur wenige Minuten, denn so dicht beieinandersitzend halfen nicht einmal mehr geöffnete Fenster gegen die Ausdünstungen von Aalstrup und Schenstrøm. Das protzige Gebäude mit Doppelgarage, Wintergarten, Pool und einer breiten Treppe, die zwischen kitschigen Gipsfiguren hindurch zum Eingangsportal führte, lag etwas außerhalb des Dorfs Stubberup. Fred hatte den Wagen ein Stück entfernt abgestellt, damit er von Kvist nicht bemerkt wurde. Und während Søren Christensen die Treppe zur Haustür hinaufging, bezogen Lisa und Fred Posten hinter einer dichten Hecke. Von hier aus konnten sie beobachten, was am Eingang des Gebäudes vor sich ging, und notfalls eingreifen, ohne dass sie selbst gesehen wurden. Knud und Harald warteten hinter der Hausecke. Fred würde ihnen ein Zeichen geben, sobald er Christensens Wink für Knuds Auftritt bekam.

Die Türglocke hallte schwer und melodiös durch das Haus, und es dauerte etwas, bis die Haustür geöffnet wurde. Vor Søren Christensen stand Albert Kvist selbst. Er wirkte zerzaust und hielt ein Glas Cognac in der Hand. Christensen stellte sich vor und zeigte seinen Dienstausweis.

»Und was will die Polizei von mir?«

»Einstweilen habe ich nur ein paar Fragen«, versetzte Christensen und tat so, als wolle er am Hausherrn vorbei in die Empfangshalle schauen. Kvist stellte sich ihm in den Weg und zog die Tür zu, bis nur ein schmaler Spalt offen blieb.

»Sie haben also keinen Durchsuchungsbeschluss?«

»Nein. Würde sich denn einer lohnen?«

»Natürlich nicht, aber wenn ich Sie nicht hereinlassen muss, würde ich lieber hier in der Tür mit Ihnen reden. Man weiß ja nie, woraus einem die Polizei einen Strick dreht.«

»Sie haben Erfahrung mit so etwas?«

»Kommen Sie bitte auf den Punkt, ich habe zu tun. Meine Haushälterin hat kurzfristig gekündigt, also muss ich mich gerade um alles selbst kümmern. Also, was wollen Sie?«

»Sie waren heute Nacht mit einem … wie soll ich es ausdrücken … mit einem Ihrer freien Mitarbeiter unterwegs, einem gewissen Niels Baghold.«

Kvist blinzelte.

»Zusammen mit Herrn Baghold sind Sie in ein Häuschen der Ferienhausanlage östlich des Campingplatzes eingedrungen.«

Kvist räusperte sich.

»Wie kommen Sie denn auf so etwas?«

»Es gibt Zeugen Ihres Einbruchs.«

»Einbruch? Ich muss schon bitten!«

»Ich halte die Zeugen für glaubwürdig, und ich schätze die Sache so ein, dass Sie eine Menge Ärger bekommen können, *falls* ermittelt wird.«

Ärger spiegelte sich auf Albert Kvists Miene wider, dann stutzte er.

»*Falls* ermittelt wird?«

Christensen lächelte entschuldigend.

»Wie Sie sehen, bin ich ohne Begleitung zu Ihnen gekommen.«

Kvist schaute sich um. Hinter seiner Stirn arbeitete es.

»Ich dachte mir«, fuhr Søren Christensen fort, »dass ich zuerst einmal mit Ihnen rede, bevor … nun ja, bevor alles seinen offiziellen Gang geht, wenn Sie verstehen, was ich meine.«

»Soll das ein Trick sein? Sie bieten mir an, über einen Einbruch Stillschweigen zu bewahren, der nie stattgefunden hat – und wenn ich auf Ihr Angebot eingehe, nehmen Sie das als Eingeständnis? Also bitte!«

»Sie wissen so gut wie ich, dass der Einbruch stattgefunden hat. Und mit den Dokumenten, die entwendet wurden, können Sie auch am ehesten etwas anfangen.«

Nun war Kvist doch verunsichert.

»Welche Dokumente?«

»Unterlagen zur Erbschaftssache Ægir Hoven«, versetzte Christensen, und er gönnte sich dazu ein boshaftes Grinsen. »Und zu den Todesumständen dieses Mannes gibt es so viele Ungereimtheiten, dass sich meine Kollegen das vielleicht noch etwas genauer anschauen sollten.«

Kvist sah sich noch einmal um, als wolle er sich vergewissern, dass der Mann wirklich allein gekommen war.

»Gerade jetzt, wo diese Dokumente ausgerechnet von Ihnen gestohlen wurden«, schob Christensen nach.

Albert Kvist dachte nach, dann stieß er hervor: »Was wollen Sie von mir?«

»Sie wohnen schön hier. So etwas kann sich unsereins von seinem Gehalt leider nicht leisten. Wissen Sie, ich bin auch zufrieden mit meinem Häuschen, aber gelegentlich einen Urlaub, eine Flugreise in den Süden, das wäre schon schön.«

Kvists Blick wurde stechend.

»Wie viel?«, zischte er.

»Nicht viel, vielleicht hunderttausend Kronen, oder nein, lieber zweihunderttausend.«

»Ach, und morgen wollen Sie dreihunderttausend?«

»Nein, so gierig bin ich nicht. Zweihunderttausend – und ich vergesse alles, was ich über Ihren Einbruch weiß!«

»Sie spinnen doch! Keiner hat mich heute Nacht in diesem Ferienhaus gesehen – und dass ich das eben gesagt habe, streite ich natürlich ab. Verschwinden Sie, und lassen Sie sich bestechen, von wem Sie wollen!«

Christensen wedelte hinter seinem Rücken mit der linken Hand, und Fred gab den beiden Männern das vereinbarte Zeichen.

»Das würde ich mir an Ihrer Stelle noch einmal überlegen«, raunte Christensen und trat zur Seite, um den Blick auf Knud freizugeben, der gerade auf das Haus losmarschierte. Albert Kvist stutzte und schaute nun deutlich weniger selbstsicher zwischen Knud und dem Polizisten hin und her.

»Wie Sie sehen«, sagte Christensen und grinste breit, »wird es in Ermittlungen gegen Sie nicht nur um Einbruch gehen und um Ungereimtheiten in einem Todesfall, sondern man wird auch Ihr eigenwilliges Geschäftsgebaren beim Kauf von Grundstücken auf Lolland untersuchen.«

Kvist lachte, aber es klang aufgesetzt.

»Ach, jetzt kommen Sie mit diesem Trottel, der Verträge unterschreibt, die er nicht versteht? Das ist alles sauber abgelaufen, Herr Aalstrup hat freiwillig unterschrieben, und wenn er zu blöd war, die Sache vorteilhafter auszuhandeln, kann ich ihm auch nicht helfen!«

Christensen versuchte einen Schuss ins Blaue.

»Was werden wohl meine Kollegen dazu sagen, wenn Sie herausfinden, dass Sie mit Ihren Kontakten zu Knud

Aalstrups Hausbank und zum Finanzamt dafür gesorgt haben, dass seine finanzielle Notlage verschärft wurde? Und dass Sie am Ende sogar das Kaufangebot zurückgezogen haben, um am Ende noch deutlich billiger an Aalstrups Hof zu kommen?«

Knud hatte inzwischen die unterste Stufe der Treppe erreicht. Er murmelte etwas vor sich hin, und je näher er kam, desto lauter wurde er und desto deutlicher waren seine Worte zu verstehen: »Svinepels«, »Løgner«, »Ågerkarl«.

»Denn ich nehme an«, fuhr Christensen fort, »dass es eine Ihrer Firmen war, die den Aalstrup-Hof von der Kopenhagener Bank ersteigert hat und …«

Knud war inzwischen in leichten Trab verfallen und nahm nun zwei Stufen auf einmal. Er hatte die Arme erhoben und sah aus, als wollte er nach Kvist greifen, sobald er ihn in Reichweite hatte. Dazu brüllte er immer lauter seine Flüche. Kvist wirkte unsicher und gehetzt. Doch gerade als Christensen ihn packen und abführen wollte, sprang Kvist ins Haus zurück und schlug krachend die Tür hinter sich zu. Christensen und Knud standen da und starrten völlig perplex die geschlossene Haustür an.

Von drinnen waren Schritte zu hören, die sich schnell entfernten, dann einige Geräusche, die Christensen nicht zuordnen konnte, unterdrückte Rufe, ein Schmerzensschrei und ein seltsames Schnarren und Schleifen. Und schließlich schwang die Haustür wieder auf.

Albert Kvist stand vor ihnen – doch diesmal im eisernen Griff eines Mannes, der keine allzu große Mühe zu haben schien, ihn im Zaum zu halten. Der Mann war elegant gekleidet, und der linke Ärmel seines Maßanzugs war ein wenig nach oben gerutscht und gab den Blick frei auf eine teuer wirkende Uhr.

Fred, der sich aus seinem Versteck erhoben hatte, erkannte selbst auf diese Entfernung den Mann aus der Limousine, der dem Alten im Rollstuhl Bericht erstattet hatte. Wie auf ein Stichwort rollte nun auch ebendieser Alte vor Albert Kvists Doppelgarage und blieb mitten in der Einfahrt stehen, ohne sich um die anderen zu kümmern – weder um Fred und Lisa noch um den alten Fischer, der nun ebenfalls sein Versteck verlassen hatte.

»Albert!«, rief Villads Kvist zur Haustür hinauf. Das Gesicht seines Sohns wurde noch ein wenig bleicher, als es ohnehin schon gewesen war. »Komm her! Nicklas, lass ihn los.«

Der Anzugträger löste seinen Griff, und Albert trottete zu dem Rollstuhl hinunter wie ein Schüler, der sich vom Klassenlehrer eine Standpauke abholen muss. Søren Christensen und der Mann im Maßanzug folgten ihm. Knud dagegen blieb stehen, wo er war, und beobachtete alles aus sicherer Distanz.

Christensen nickte dem Alten zu, bevor er ihn den anderen präsentierte: »Das ist Villads Kvist, genannt Vito, der Vater von Albert Kvist. Und das hier …« Er deutete auf Lisa, um sie vorzustellen, aber der Alte winkte ab.

»Ich weiß, wer sie ist. Ich kenne alle Anwesenden bis auf diese beiden Männer.«

Vito Kvist deutete auf den alten Fischer und auf Knud.

»Das ist Harald Schenstrøm«, erklärte Christensen, »und oben an der Tür steht sein Freund Knud Aalstrup.«

Ein Schatten legte sich auf das Gesicht des Alten.

»Das ist Aalstrup?«

Christensen nickte. Vito Kvist betrachtete Knud eine Weile, bevor er den Mann im Maßanzug als Nicklas Balling vorstellte.

»Er ist Geschäftsführer meiner Firma Provenus ApS«, fügte er hinzu, bevor er sich an seinen Sohn wandte und mit schneidender Stimme hinzufüge: »Der *einzige* Geschäftsführer von Provenus!«

»Aber, Vater, du hast doch ...«

»Schweig! Dort oben steht der lebende Beweis dafür, dass du es nicht wert bist, die Geschäfte dieser Firma zu führen. Du hast diesen armen Kerl übers Ohr gehauen, hast gelogen und betrogen, hast Beziehungen spielen lassen, um ihn in die Enge zu treiben. Und diese ganzen Spielchen hast du nicht etwa mit einem Rivalen getrieben, der dir ebenbürtig war, sondern mit diesem armen Wicht, der vermutlich gar nicht gemerkt hat, wie ihm geschah! Pfui Teufel!«

»Du hast mir den Auftrag gegeben, auf Lolland Grundstücke zu kaufen!«

»Ja, aber die Preise hier sind so niedrig, dass wir alle anständig bezahlen können und trotzdem unseren Schnitt machen! Gier ist der letzte Schritt vor dem Absturz, Albert! Maßhalten, nicht auffallen, in Ruhe kaufen und verkaufen – so kommt man am besten voran. Das hättest du im Lauf der Jahre eigentlich von mir lernen können.«

»Im Lauf der Jahre! Pah! Wo gibt es das sonst noch, dass ein Vater seinen einzigen Sohn so lange kleinhält und im eigenen Unternehmen nicht groß werden lässt!«

»Einziger Sohn?«

Die Stimme des Alten hatte einen gefährlichen Unterton angenommen.

»Ja, ich bin dein einziger Sohn! Micky ist tot, seit bald zehn Jahren, begreif das endlich!«

»Das weiß ich, daran musst du mich nicht erinnern! Niemand muss mich daran erinnern!«

Vater und Sohn starrten sich feindselig an, und es dauerte ein wenig, bis wieder einer der beiden das Wort ergriff.

»Du lässt mich nichts werden in der Firma, Vater – und das, obwohl ich dir mehrmals den Arsch gerettet habe!«

»Ach? Das wüsste ich aber!«

»Nimm doch nur diesen Ægir! Wie lange hast du auf ihn eingeredet, hast ihm gesagt, er soll die Grundstücke wieder abstoßen, weil dieser verdammte Fehmarnbelt-Tunnel noch immer nicht gebaut worden ist. Dabei sollte er die ganzen Grundstücke, die ihr zusammengekauft habt, so viel wertvoller machen, er sollte Lolland mehr Touristen und euch Geschäfte ohne Ende bringen! Hat er auf dich gehört? Nein, hat er nicht! Aber jetzt ist er tot, und du hast ein Testament von ihm, das dich als Alleinerben einsetzt. Da hast du dein Land und dein Geld, und du kannst endlich alle Grundstücke wieder verkaufen.«

»Ægir ist tot, aber das war ein Unfall, sagt die Polizei.«

Nur ganz kurz zog ein höhnisches Grinsen über Kvists Gesicht, doch Christensen hatte es bemerkt und trat neben Vito Kvist.

»Sie sind nicht besonders stolz auf Ihren Sohn, nehme ich an.«

»Das ist nichts, was ich mit Ihnen erörtern werde«, beschied ihm der Alte kühl.

»Sie verurteilen, was er Knud Aalstrup angetan hat.«

»Ich bin ein knallharter Geschäftsmann, aber wenn mir jemand so unterlegen ist wie dieser Knud …«

Vito Kvists Miene drückte deutlich aus, dass er jetzt am liebsten vor seinem Sohn ausgespuckt hätte.

»Und deshalb wollten Sie und Ihr Sohn Micky vor fast zehn Jahren auch hierher fahren, stimmt's?«

Der Alte sah Christensen an, und sein erstarrtes Gesicht bestätigte dem Polizisten, dass er richtiglag.

»Ihr Sohn Albert hat geahnt, dass er Ärger bekommen würde«, fuhr er fort, »und er kam zu dem Schluss, dass es vielleicht besser wäre, wenn Sie und Micky erst gar nicht auf Lolland ankommen würden.«

Vito Kvist wurde blass.

»Das hat ja auch geklappt«, sagte Christensen. »Nach Mickys Tod hatten Sie sicher andere Sorgen, als Albert wegen seiner fragwürdigen Geschäftspraktiken zur Ordnung zu rufen. So verlief die Sache im Sand, und obendrein war nun auch für Albert der Weg frei, eines Tages Ihre Nachfolge anzutreten. Wobei ich ja glaube, dass er diese Nachfolge am liebsten direkt nach dem Unfall auf der Autobahn angetreten hätte.«

Vito Kvists bleiches Gesicht hatte inzwischen wieder Farbe angenommen, Wut loderte in seinen Augen, und die Finger umklammerten die Lehnen des Rollstuhls so fest, dass die Haut über den Knöcheln ganz weiß wurde. Albert schluckte, er spürte, dass sich die Situation nicht gut für ihn entwickelte.

»Du wirst doch diesem korrupten Bullen nicht glauben«, rief er aus und sah seinen Vater fast flehend an. »Der spinnt sich da was zusammen – wieso sollte ich denn einen Unfall inszenieren? Denk doch nur, wer mir da alles als Mitwisser hätte gefährlich werden können! Allein die beiden Lastwagenfahrer!«

»Von denen einer durch den Unfall starb«, knurrte Vito Kvist, »und der andere sich noch am selben Tag die Pulsadern aufschnitt.«

»Aber das ist doch Blödsinn, Vater! Lass dir da nichts einreden, bitte!«

»Ich wette, wenn ich mich ein bisschen umhöre, werde ich jemanden finden, der mehr über diesen Unfall weiß, als gut für dich ist.«

»Das traust du mir zu? Mir, deinem Sohn?«

Vito Kvist seufzte.

»Ja, leider.«

Er sah seinen Sohn lange mit traurigem Blick an. Schließlich gab er Nicklas Balling einen Wink.

»Nicklas, bitte.«

Balling zögerte einen Moment lang, dann holte er eine kleine Pistole aus der Jacketttasche und hielt sie Albert hin.

»Was soll ich damit?«, fragte der.

»Du bist es nicht wert, meinen Platz einzunehmen«, erklärte Vito Kvist. »Deshalb gebe ich dir jetzt die Chance, das Ganze sauber zu Ende zu bringen. Mach Schluss wie ein Mann, Albert, und beweise dieses eine Mal, dass du wirklich mein Sohn bist.«

Er warf Albert noch einen Blick zu, dann griff er in die

Räder seines Rollstuhls und wendete sein Gefährt. Er war noch keinen Meter vorangekommen, als hinter ihm die Stimme seines Sohnes donnerte.

»Bleib hier, alter Mann! Ich bringe das Ganze jetzt wirklich sauber zu Ende, darauf kannst du dich verlassen! Wenn du mit einem Waschlappen wie diesem Knud Mitleid hast, wird es höchste Zeit, dass du Platz machst für einen, der deinen Laden besser führt und sich nicht mit solchen Skrupeln herumschlägt!«

Vito Kvist drehte seinen Rollstuhl wieder um und sah ruhig auf seinen Sohn, der mit der Pistole auf ihn zielte.

»Sei doch froh, dass ich Ægir Hoven für dich weggeräumt habe!«, rief Albert. »Es war ein Versehen. Wir haben uns gestritten, weil er nicht auf dich hören wollte und weil er mich nicht als gleichwertigen Partner akzeptiert hat. Mir ist die Sicherung durchgebrannt, und dann lag er auch schon tot vor mir auf dem Boden. Dass seine Leiche an Land geschwemmt wurde, obwohl ich ihn draußen in der Ostsee versenkt hatte – mein Gott, man kann auch mal Pech haben, oder? Es ist ja nichts weiter passiert, die Polizei hat einen Abschlussbericht geschrieben, und darin ist von einem Unfall die Rede.«

»Genauso wie nach dem Unfall, der mich in diesen verdammten Rollstuhl gebracht hat und Micky ins Grab.«

»Ja, genauso«, sagte Albert und grinste siegessicher. »Aber das bringe ich jetzt zu Ende, Vater.«

Und nach diesen Worten drückte er ab.

Søren Christensen hatte bemerkt, wie sich Alberts Körper anspannte, und er hatte sofort reagiert. Auch Fred hatte es kommen sehen und sprang nach vorn. Doch beide hatten keine Chance, den Mann zu entwaffnen, bevor er abdrückte, und Nicklas, der direkt neben ihm stand, rührte sich nicht.

Alberts Zeigefinger zog durch bis zum Anschlag, aber es war kein Schuss zu hören, sondern nur ein metallisches Klicken. Die Pistole war nicht geladen. Albert Kvists Grinsen erstarb, und auf ein knappes Nicken seines Vaters hin schlug Nicklas ihm die Faust gegen die Schläfe. Albert knickten die Beine weg, er ließ die Pistole fallen und schlug hart auf dem Boden der Einfahrt auf.

Von der Straße her waren zwei Autos zu hören, die sich in hoher Geschwindigkeit näherten. Bremsen quietschten, Türen wurden zugeschlagen, und dann rannten vier uniformierte Polizeibeamte herbei. Nicklas bückte sich und ließ die Pistole mit einer schnellen Bewegung in seiner Jacketttasche verschwinden.

Einer der Polizisten war der Cousin von Lisas Kollegin, der ihr den Kontakt zu Christensen vermittelt hatte – er nickte ihr grüßend zu. Ein anderer sah Christensen tadelnd an.

»Mensch, Søren«, schimpfte er, »hättest du doch was gesagt, dann hätten wir Martinshorn und Blaulicht eingeschaltet und wären schneller hier gewesen!«

»Alles gut«, sagte Christensen, und er hoffte, dass ihm der Kollege die gespielte Gelassenheit abnahm. »Ihr könnt ihn mitnehmen.« Er deutete auf Albert Kvist, der am Boden lag. »Betrug, Mord und Mordversuch.«

Der Kollege sah Christensen verdutzt an.

»Erklär ich euch alles später«, versicherte Christensen. »Jetzt nehmt ihr ihn erst mal mit, okay?«

Die beiden anderen Beamten zerrten Albert hoch, der dabei schon wieder halb zur Besinnung kam. Die linke Seite der Stirn hatte er sich auf dem Pflaster der Einfahrt blutig geschlagen, und auf der rechten Schläfe war der Abdruck einer Faust zu sehen. Der Kollege zog die richtigen Schlüsse und deutete auf Nicklas Balling.

»Sollen wir ihn auch gleich mitnehmen?«

»Nein, das wird nicht nötig sein. Das war Notwehr, ich kann's bezeugen.«

Der Kollege schaute noch ein paarmal zweifelnd zwischen Nicklas Balling und Christensen hin und her, dann zuckte er mit den Schultern und drängte die anderen zum Aufbruch. Albert Kvist wurde auf die Rückbank des Streifenwagens verfrachtet, die Polizei fuhr davon, und dann kehrte wieder Stille ein.

»Ist die Waffe registriert?«, fragte Christensen den Alten.

»Nein.«

»Dann sollte ich sie den Kollegen bringen, als Beweisstück, wegen der Notwehr, Sie verstehen?«

»Ja, natürlich. Nicklas, gib ihm bitte die Waffe.«

Balling wischte den Griff der Pistole gründlich ab, bevor er sie Christensen überreichte.

»Und jetzt?«, fragte Vito Kvist.

»Na ja«, antwortete Søren Christensen, »früher in Kopenhagen hätte ich weitergebohrt, bis ich Sie drankriege, wegen Drogenhandels oder Geldwäsche oder was auch immer. Vielleicht auch wegen der Beteiligung an einem der Morde, die es in den vergangenen Wochen in Kopenhagen gab.«

Der Alte zuckte mit den Schultern und lächelte wehmütig.

»Diese Morde könnte man genau genommen auch meinem missratenen Sohn in die Schuhe schieben. Hätte er Ægir nicht verschwinden lassen, würden seither nicht all die Millionen brachliegen, die er waschen sollte. Und dann wäre keiner meiner Kollegen in Kopenhagen auf die Idee gekommen, dass sich irgendein Konkurrent dieses Geld unter den Nagel gerissen und alle Rivalen darum betrogen haben könnte. So kam's zur ersten Leiche, und dann hat ein Mord zum nächsten geführt – wie das halt so ist, wenn bestimmte Leute nervös werden.«

»Geht das jetzt immer so weiter?«

»Nein, ich werde schauen, dass ich dem einen Riegel vorschiebe. Es ist ja auch ärgerlich, wenn einem ständig Mitarbeiter verloren gehen und man sich gar nicht mehr in Ruhe um seine Geschäfte kümmern kann, nicht wahr? Das Testament, in dem Ægir mich zum Alleinerben bestimmt, gibt es übrigens wirklich. Ich wollte die Sache nur eben lieber unter der Hand regeln. Zu viel Aufmerksamkeit ist in meiner Branche stets von Übel. Mir geht es nur um die Firmenanteile und die Vermögenswerte dieser Firmen. Was Ægir durch seine … nun ja … Transaktionen an Privatvermögen auf die Seite geschafft hat, interessiert mich nicht.« Er drehte sich zu Lisa und Fred. »Wären Sie so freundlich, seinem Neffen auszurichten, dass er diesen Teil des Erbes gern für sich beanspruchen kann? Soweit ich weiß, sollte es genügen, um seinen Verlag wieder flottzumachen und den Unterhalt seines skurrilen Schlösschen auf Jahre hinaus zu finanzieren.«

Ein Lächeln legte sich auf das faltige Gesicht von Vito Kvist, als er Lisa ansah.

»Aber vielleicht unterschreiben Sie doch lieber keinen Vertrag mit Hovens Verlag. Er ist ein Windbeutel, wissen Sie? Er schmeichelt Ihnen, bläst sich auf, tut ungeheuer wichtig – aber wenn es daran geht, Tantiemen auszubezahlen, hat er es plötzlich gar nicht mehr eilig. Es wäre schade um Ihre Krimis, wenn ausgerechnet Hoven die Hand auf der dänischen Übersetzung hätte.«

Lisas verdutztes Gesicht quittierte er mit einem noch breiteren Lächeln.

»Es ist gewissermaßen mein Job, möglichst viel über alle Leute zu wissen, mit denen ich zu tun habe«, fügte er noch hinzu, bevor er sich wieder an Christensen wandte.

»Kann ich zurück nach Kopenhagen?«

»Meinetwegen.«

Kvist schaute noch einmal in die Runde, dann blieb sein Blick an Knud Aalstrup hängen, und er fingerte eine Visitenkarte aus seiner Brusttasche. Darauf waren eine Handynummer, eine Adresse in der Kopenhagener Egilsgade und der Firmenname VS Invest ApS abgedruckt.

»Er soll mich anrufen. Es würde mich wundern, wenn ich ihm nicht dabei helfen kann, dass er seinen Hof zurückbekommt.«

Vito Kvist nickte allen zum Abschied zu, winkte auch zu Knud hinauf und ließ sich schließlich von Nicklas aus der Einfahrt schieben.

– TI STILLE! –

An der Tür zu *Dines gamle knejpe* hing ein Schild mit der Aufschrift »Lukket«. Das Lokal war allerdings nur für die Öffentlichkeit geschlossen. Als Søren Christensen und Lisa eintrafen, war der Gastraum schon gut gefüllt.

Fred brachte währenddessen Knud Aalstrup und Harald Schenstrøm mit dem Wagen nach Hause. Unterwegs erzählte er den beiden, dass Vito Kvist Knud helfen wolle, seinen Hof zurückzubekommen.

»Kann er das denn?«, fragte Knud, der dem Braten noch nicht traute.

»Sein Sohn Albert hat Sie reingelegt, Ihre Hausbank hat Ihre Kreditverträge an eine Bank in Kopenhagen abgetreten, und von der hat wiederum eine Firma Ihren Bauernhof mit allem Land zum Spottpreis ersteigert. Vito Kvist wird die Firma gehören, in deren Besitz Ihr Hof im Moment ist – und ich würde mich nicht wundern, wenn auch diese Bank zu seiner Unternehmensgruppe gehört. Er wird das also alles in Ihrem Sinne regeln können, davon dürfen Sie ausgehen.«

Knud und Harald beschlossen, das gleich in der Wellblechhalle am Friedhof gebührend zu begießen, und Fred fuhr mit heruntergelassenen Fenstern zurück zu Dines Lokal, wo die Stimmung mittlerweile recht ausgelassen war. Inzwischen waren Bjarne Toft und Tom Vaks aus Kopenhagen eingetroffen. Dem Krimiautor hatte Christensens Telefonat vorhin gegolten. Von ihm hatte er über ein paar Ecken die Nummer von Vito Kvists rechter Hand, Nicklas Balling, bekommen. Als Nicklas von Christensen erfuhr, dass Albert womöglich in den ominösen Verkehrsunfall verwickelt war, der seinen Bruder Micky das Leben und seinen Vater die Kontrolle über seine Beine gekostet hatte, musste er nicht mehr groß überredet werden, mit seinem Chef nach Stubberup zu kommen. Kurz bevor die beiden dort angekommen waren, hatte Nicklas in Nysted Bescheid gegeben. Das war der Anruf gewesen, den Christensen dann als Signal zum Aufbruch genommen hatte.

Tom Vaks erzählte, was er währenddessen herausgefunden hatte. Die Blondine, die dem Wirt von *Min hule* und den Jungs aus Maltes Bubenbande den Atem geraubt hatte, war die Schwester von Kjeld. Sie betrieb ein schickes Bistro in Teglholmen – und zwar in dem Haus, wo Ægir Hovens Apartment lag. Ihm war sie wie einigen anderen zahlungskräftigen Herren nebenbei gelegentlich als Callgirl zu Diensten gewesen. Als einer ihrer Kunden jedoch nicht die Grenzen wahrte und aufdringlich wurde, wandte sich Birte Pedersen, so hieß die Blondine, an ihren Bruder Steffen, genannt Kjeld, der ihr die Dienste von Maltes kleiner Schlägertruppe empfahl.

Auch die Namen der Rocker, die Malte und seine Leute in ihrem Unterschlupf auf Geheiß von Nicklas Balling aufgemischt hatten, kannte Tom Vaks inzwischen – zwei von ihnen waren früher Motocross gefahren, und es stellte sich heraus, dass sie mit Ryker Hansen befreundet waren und auch für ihn schon unliebsame Zeitgenossen in die Mangel genommen hatten. Übrigens hatte der Betreiber der Motocross-Anlage die Biker darauf angesetzt, die Leute zu finden, die ihm die Leiche von Steen Egeberg in die Einfahrt gelegt und damit für einige Zeit den Umsatz verdorben hatten. Bjarne Toft versprach, mit Hansen darüber zu reden und ihm zu raten, lieber nicht weiter in diesem Wespennest herumzustochern.

Nach einer Weile hielt es Lisa nicht länger aus, und sie sprach Vaks direkt auf die Schweinerei an, die Kvist junior mit Knud angestellt hatte – und vor der er als Anwalt von Jens Hoven den armen Kerl nicht gewarnt hatte.

»Davon weiß ich nichts«, erklärte Tom Vaks sichtlich betroffen. »Mich hat Herr Hoven nie zu dieser Angelegenheit befragt. Natürlich hätte ich diesen Knud gewarnt! Aber angenommen, mein Mandant war nicht ganz ahnungslos, was die Geschäfte seines Onkels Ægir betrifft, könnte es doch sein, dass Jens Hoven gar nicht seinen Anwalt gefragt hat, sondern bei seinem Onkel nachgehakt hat, ob der irgendetwas mit diesem Immobiliengeschäft zu tun hatte. Und als Ægir seine Vermutung bestätigt hatte, wollte Jens ihm nicht in die Suppe spucken und hat Knud – angeblich nach einem Gespräch mit seinem Anwalt – geraten, den Vertrag zu unterschreiben.«

Er musterte Lisa und fragte sie dann: »Würden Sie mir zutrauen, dass ich den armen Kerl auf diese Weise ins offene Messer laufen lasse?«

»Um ehrlich zu sein, nein. Aber Knud hat von Hovens Anwalt erzählt – und der sind ja nun mal Sie.«

»Aber nicht mehr lange. Ich bin wählerisch, was meine

Mandanten angeht, und Herr Hoven ist nach allem, was ich inzwischen weiß, nicht so ganz nach meinem Geschmack. Aber Sie könnten mir mal beschreiben, wo dieser Knud haust. Wenn er mit Vito Kvist Kontakt aufnimmt, ist es vermutlich kein Fehler, wenn er jemanden an seiner Seite hat, der darauf achtet, dass alles sauber läuft.«

»Ich fürchte, Knud Aalstrup kann Ihr Honorar nicht bezahlen.«

»Machen Sie sich da mal keine Sorgen. Ab und zu betreue ich Leute, die es nötig haben, auch kostenlos. Und Knud scheint es sehr nötig zu haben.«

»Nett von Ihnen. Und ich finde es auch anständig, dass Sie künftig nicht mehr für Herrn Hoven arbeiten wollen.«

»Ich kann's mir leisten.«

»Tja.« Lisa wurde nachdenklich. »Mal sehen, ob Herr Hoven uns überhaupt bezahlt, jetzt, da wir nicht gerade das erreicht haben, was er sich erhofft hat.«

»Auch da sollten Sie sich keine Sorgen machen. Ich werde mich ganz offiziell von Herrn Hoven verabschieden, mit offenem Visier, sozusagen. Dabei werde ich ihm zu verstehen geben, dass ich alles, was ich im Zusammenhang mit dieser Angelegenheit erfahren habe, nur dann auf sich beruhen lasse, wenn er alle seine Rechnungen bezahlt – die an mich und die an Sie. Wenn ich gehe, wird ihm klar sein, dass ich ihm seine Rolle des unschuldigen und ahnungslosen Neffen nicht abnehme. Ich werde ihm aber auch zu verstehen geben, dass er trotz Vito Kvists Ansprüche genug Geld erben wird.«

Søren Christensen war inzwischen dazu übergegangen,

Trinksprüche auszurufen und mit den anderen das Glas zu erheben: auf die tolle Kneipe, auf die wunderbare Wirtin, auf die Gäste aus Kopenhagen, auf die Gäste aus Deutschland, auf die Smørrebrød-Auswahl der Metzgerin, auf den guten Ausgang der Geschichte und noch einmal auf die wunderbare Wirtin. Dine war halb amüsiert und halb gerührt, und als der Polizist ihr zum letzten Trinkspruch einen dicken Kuss auf die Wange gab, schreckte sie nicht zurück, sondern erwiderte ihn. Søren Christensen war erst ganz baff, dann nahm er Dine in den Arm und herzte und küsste sie gleich mehrmals.

»Wurde auch Zeit«, raunte Bjarne Toft in Lisas Ohr. »Ich kenne Søren ja schon aus seiner Kopenhagener Zeit und treffe ihn seither immer wieder mal auf ein paar Bier. Was der mir an solchen Abenden schon von Dine vorgeschwärmt hat, geht auf keine Kuhhaut.« Er lachte und prostete den anderen zu. »Da habe ich mir manchmal gewünscht, er würde die Klappe halten – oder dieser Frau endlich mal gestehen, dass er ganz verschossen in sie ist.«

Søren Christensen hatte nicht hingehört, aber »Klappe halten« hatte er verstanden. Mit Dine im Arm hob er sein Glas und rief in die Runde: »Klappe halten – genau, auch das muss man manchmal können. Das gilt insbesondere für vieles von dem, was wir in den vergangenen Tagen erlebt und erfahren haben.«

Dann stimmte er den nächsten Trinkspruch an: »Ti stille!« – zu Deutsch: Schweige still!

Und wie ein Echo kamen die beiden dänischen Worte von allen zurück.

– Danksagung –

Ein sehr herzliches Dankeschön geht auch diesmal an alle, die mir meinen vierten Urlaubskrimi ermöglicht haben: an eine sehr nette Kollegin, die mir wunderbare Tipps für Kopenhagen gab (und die deshalb nicht nur Bjarne Toft für eine großartige Krimiautorin hält); an alle Dänen, die mir mit ihrer Freundlichkeit und Entspanntheit die Recherche in Dänemark so angenehm und hyggelig machten, an die wichtigste Testleserin von allen – und natürlich an das gesamte Team des Piper Verlags, wo ich diesmal noch mehr als sonst von profundem Wissen (um Dänemark, die Dänen und die dänische Küche) profitieren durfte.

Bevor es nun im Anhang in einigen Rezepten um die ausgesprochen leckere dänische Küche geht, möchte ich noch ein paar Punkte klarstellen: Alle handelnden Personen, selbstverständlich der komplette Bandenkrieg in Kopenhagen und viele Schauplätze sind frei erfunden, wie sich das für einen Krimi gehört. Einige Lokale in Kopenhagen und das Smørrebrød-Angebot der Metzgerei in Nysted sind auch in der Realität zu empfehlen, für *Dines Gamle knejpe* gilt das nicht: Sie ist fiktiv.

Schloss Aalholm bei Nysted (inzwischen leider nicht mehr öffentlich zugänglich), die Motocross-Anlage im Kopenhagener Süden und eine ähnliche Firma wie das Jacht-Center auf Refshaleøen gibt es wirklich, aber das reale Personal dort habe ich gegen frei erfundene Figuren ausgetauscht. Die Schilderung, wie Immobilienverkäufe in Dänemark vor sich gehen, stimmt dagegen, auch wenn deutsche Leser sich darüber wundern werden: Notare sind nicht zwingend beteiligt, eine Grunderwerbsteuer existiert nicht, und wer innerhalb einer bestimmten Frist von einem rechtskräftig geschlossenen Kaufvertrag zurücktritt, muss dafür keine Gründe angeben, sondern dem Verkäufer lediglich ein Prozent der vereinbarten Kaufsumme als Schadenersatz bezahlen.

Tja, und der Bau des seit vielen Jahren geplanten Tunnels, der Fehmarn und Lolland verbinden soll und den nicht nur Villads Kvist und Ægir Hoven so sehnlich erwarteten, wurde tatsächlich schon mehrmals um Jahre verschoben.

– Das Nationalgericht begann als Notlösung –

Viel Landwirtschaft und rundherum Meer: Natürlich verbindet die klassische dänische Küche Gerichte aus frischem Fisch und Fleisch, Gemüse, Salat und Obst sowie deftiges Brot und leckeres Gebäck. Landestypisch sind Zimtschnecken, süße Brötchen und Plunderstücke mit Vanille- oder Marzipanfüllung (bei uns auch bekannt als Kopenhagener, in Dänemark als *Wienerbrød*), Dorsch mit Senfsoße, Labskaus, regionaler Käse und Ymer, eine Art Sauermilchjoghurt, auf den viele Dänen gern zerkrümeltes Roggenbrot streuen. Zum Essen trinkt man kühles *Øl* (Bier), hinterher Kaffee, den traditionellen dänischen Kirschwein oder einen der bekannten Magenbitter.

Berühmt ist Dänemark für seiner spezielle Variante des Hotdogs und für Smørrebrød.

Hotdog

Für den dänischen Hotdog werden Brühwürste verwendet, die unseren Wiener Würstchen ähneln. Das besondere an ihnen jedoch ist die mit Lebensmittelfarbe behandelte Wurstpelle, die aus ihnen *røde pølser* (»rote Würstchen«) macht. Abgesehen davon hebt sich ein typisch dänischer Hotdog von seinem internationalen Fast-Food-Kollegen durch die vielfältigere Garnitur ab: Süßsaure Gurkenscheiben, Röstzwiebeln und Remoulade sind eben leckerer als einfach nur ein Streifen Senf.

Smørrebrød

Das Smørrebrød ist im Prinzip ein belegtes Butterbrot, woher es auch seinen Namen hat: *Smør* heißt Butter, *brød* heißt Brot. Doch wer einmal ein Smørrebrød gegessen, nein: auch nur gesehen hat, weiß, dass »Butterbrot« die Untertreibung des Jahres ist. Jede Brotscheibe – meist wird eher dunkles Brot genommen – ist unter den diversen Zutaten eher begraben als damit belegt. Fisch, Fleisch, Salat, Gemüse – worauf auch immer Sie Appetit haben, legen Sie es aufs Brot, und verfeinern Sie es mit einer Soße. Das Rezept lässt sich auf eine einfache Formel reduzieren: »Man nehme gute Zutaten und richte sie mit Liebe an.« Wenn Sie erst einmal ein fertig garniertes Smørrebrød probieren wollen, bevor Sie sich selbst ans Garnieren wagen: In Restaurants ist Smørrebrød oft lecker, aber immer teuer. Günstiger bekommen Sie sie in Metzgereien, vor allem auf dem Land.

Flæskesteg (Schweinekrustenbraten)

Wer es sich leisten konnte, ließ sich früher Gänsebraten zu Weihnachten schmecken. Wer auf günstigeres Fleisch ausweichen musste, bereitete sich stattdessen einen Schweinebraten mit Schwarte zu – und inzwischen mögen die Dänen noch immer Gänse, aber zum Nationalgericht ist der Schweinebraten avanciert. Als Fleisch eignet sich jedes Bratenstück vom Schwein, sofern es eine Schwarte aufweist. Bauchfleisch ist manchen zu fett (mir auch). Vor allem in Süddeutschland gibt es das passende Stück unter der Bezeichnung »Krustenbraten« – und ein guter Metzger weiß auch im Norden, was darunter zu verstehen ist.

Zutaten (für 4 Personen)
Für alle:
1 kg Schweinebraten mit Schwarte
2 Lorbeerblätter
2 Knoblauchzehen
Pfeffer, Salz, Kümmel
40 g Butter

Für Geduldige:
500 g Salz

4 Lorbeerblätter
4 Thymianzweige
1 EL Pfefferkörner (schwarz)
1 EL Zucker (gern Rohrzucker)

Vorbereitung (für Geduldige)
Wer sich die Zeit dafür nehmen will, beginnt die Vorbereitung dieses Gerichts zwei bis drei Tage vor dem Servieren. Der Lohn: Das Fleisch wird mürber und erhält einen besonderen Geschmack.

Zuerst wird das Fleisch gewaschen und in eine Schüssel gelegt, die mit einem Deckel verschließbar ist und in den Kühlschrank passt. Die Zutaten »für Geduldige« mit Wasser in einem Topf zum Kochen bringen – die Wassermenge sollte ausreichen, um das Fleisch in der Schüssel vollständig zu bedecken. Die kochende Flüssigkeit über das Fleisch gießen, die Schüssel abdecken und in den Kühlschrank stellen, sobald alles einigermaßen abgekühlt ist. Etwa zwei Tage darin ziehen lassen. Dann das Fleisch aus der Flüssigkeit nehmen, einen Teil der Flüssigkeit zum Ablöschen zurückbehalten, den Rest wegschütten. Die leere Schüssel ausspülen, das Fleisch wieder hineinlegen und mit klarem kaltem Wasser bedecken. In der folgenden Stunde drei- oder viermal das alte Wasser abgießen und neues dazugeben. Danach das Fleisch entweder gleich weiterverarbeiten oder noch für wenige Stunden in einer gut verschlossenen Folie im Kühlschrank ziehen lassen.

Das Fleisch sollte vor den nächsten Schritten Raumtemperatur haben. Die Schwarte mit einem scharfen Messer im Abstand von ein bis zwei Zentimetern parallel einschneiden – dabei bis in die Fettschicht unter der Schwarte, nicht aber ins Fleisch selbst schneiden.

Vorbereitung (für Eilige)
Auch hier wird das Fleisch gewaschen, und die Schwarte wird wie oben beschrieben eingeschnitten. Danach das Bratenstück mit der Schwarte nach unten in eine flache Schüssel legen, Wasser angießen, bis die Schwarte (und nur die Schwarte!) bedeckt ist. Zwei Stunden liegen lassen.

Zubereitung (für alle)
Den Backofen auf 180 Grad vorheizen (Ober-/Unterhitze). Etwas Wasser in ein hohes Backblech gießen und das Blech in die zweitunterste Ebene des Ofens schieben. Während der Garzeit des Bratens sollte man darauf achten, dass immer ein wenig Flüssigkeit im Blech verbleibt, notfalls bitte Wasser nachgießen. (Geduldige können das Wasser ganz oder teilweise durch die Flüssigkeit ersetzen, in der das Fleisch eingelegt war.)

Die Knoblauchzehen halbieren, das Bratenstück rundherum mit der Schnittfläche der Zehen sowie mit Pfeffer und Salz einreiben und darauf achten, dass vor allem Salz auch in die Spalten der eingeschnittenen Schwarte gelangt. Die Lorbeerblätter in Stückchen teilen und die Schwarte damit und mit Kümmel spicken. (Wer keinen Kümmel mag, kann ihn auch weglassen – allerdings wird Schweinefleisch durch dieses Gewürz bekömmlicher.)

Das Fleisch mit der Schwarte nach oben auf einen Rost legen und in der mittleren Ebene in den Ofen schieben.

Nun wird der Braten etwa 1,5 Stunden gebacken – er ist gar, wenn die Oberfläche der Schwarte trocken wirkt und etwas Farbe angenommen hat. Wer ein Bratenthermometer hat: Das Fleisch sollte eine Kerntemperatur von etwas über 80 Grad aufweisen.

In einer kleinen Pfanne auf dem Herd (oder in einer Auflaufform, die man neben dem Braten auf den Rost stellt) die Butter zerlassen.

Nun das Fleisch herausnehmen, die Kruste mit der geschmolzenen Butter bestreichen und das Fleisch wieder auf den Rost geben. Nach gut 10 Minuten sollte die Kruste goldbraun und knusprig aussehen. Das Fleisch herausnehmen und etwa 10 bis 15 Minuten ruhen lassen – nicht abdecken, damit die Kruste nicht weich wird. Falls das Fleisch dadurch etwas auskühlt, kommt es einfach kurz vor dem Servieren noch einmal für 3 bis 5 Minuten in den Backofen.

Die Flüssigkeit aus dem Backblech in einen Topf gießen, etwas einkochen und abschmecken. Schließlich diese Soße eindicken – entweder mit Mehl oder mit etwas Maisstärke, das in kaltem Wasser gelöst wird, oder man nimmt den Topf vom Herd und rührt mit dem Schneebesen kalte Butter unter, bis die Soße sämig ist.

Dazu essen die Dänen Rotkohl und Salzkartoffeln – oder *brunede kartofler* (Karamellisierte Kartoffeln), wie sie das nächste Rezept beschreibt.

Brunede kartofler (Karamellisierte Kartoffeln)

Auch diese Köstlichkeit, die im Grunde genommen fast zu schade ist, um lediglich als Beilage genossen zu werden, hat ihren Ursprung darin, dass sich viele Dänen das kostspieligere Original nicht leisten konnten. Traditionell gab es in wohlhabenderen dänischen Häusern schon vor langer Zeit neben Gans und Grünkohl karamellisierte Kastanien zu Weihnachten. Irgendwann experimentierte jemand mit kleinen Kartoffeln anstelle von Kastanien – und bescherte der dänischen Küche eine sehr schmackhafte Spezialität.

Zutaten (für 4 Personen)

1 kg Kartoffeln (klein, festkochend)
50 g Zucker (wer es süßer mag, darf auch 80 g nehmen)
50 g Butter
Salz

Zubereitung

Die Kartoffeln waschen und in Salzwasser knapp gar kochen – die Kochzeit hängt von der Größe der Kartoffeln ab. Im dänischen Original werden Kartoffeln in der Größe von Esskastanien verwendet, es gehen aber auch etwas größere Knollen. Die Kartoffeln abgießen und noch heiß pellen. Und wer im Laden nur normal große gefunden hat, kann sie nach dem Pellen auch auf Kastaniengröße zurechtschneiden oder -würfeln.

In einer Pfanne, die ausreichend Platz für die Kartoffeln bietet, den Zucker erhitzen. Wer Übung hat, kann mit mehr Hitze arbeiten, Einsteiger gehen es lieber etwas vorsichtiger an. Sobald der Zucker schmilzt, werden Butter und Kartoffeln dazugegeben. Nun die Kartoffeln immer wieder wenden, bis sie eine schön goldbraune Farbe angenommen haben und vor Butter und geschmolzenem Zucker leicht glänzen.

Das ist die klassische Beilage für dänischen Schweinebraten. Karamellisierte Kartoffeln passen aber auch wunderbar zu Lamm oder zu Gemüsegerichten mit starken Aromen, gern auch asiatisch abgeschmeckt. Und wer es süßer mag: Mit einem gehäuften Esslöffel Vanillezucker schmecken *brunede kartofler* auch als Dessert – etwa in Verbindung mit Zwetschgen- oder Kirschkompott.

Torsk med sennepssovs (Dorsch in Senfsoße)

Natürlich gibt es in einem Land, in dem niemand weit vom Meer entfernt wohnt, auch zahlreiche Fischgerichte. Das bekannteste in Dänemark ist wohl Dorsch in Senfsoße.

Zutaten (für 4 Personen)
1 kg Dorschfilet (Kabeljau)
1 große Zwiebel (oder 3 Schalotten)
1 EL Butter
2 EL Senf (mittelscharf)
200 ml Weißwein
100 ml Wasser

200 ml Sahne
1 EL Pimentkörner
1 EL Pfefferkörner
4 Lorbeerblätter
etwas Estragon oder Dill, Salz, Pfeffer, Zucker

Zubereitung
Im Wasser die Piment- und Pfefferkörner sowie die Lorbeerblätter kochen, bis die Flüssigkeit etwa auf die Hälfte reduziert ist. Das Wasser durch ein Sieb gießen und etwas abkühlen lassen.

Die Zwiebel oder die Schalotten grob würfeln und mit der Butter in einer Pfanne anschwitzen, die groß genug ist, damit die Fischfilets nebeneinanderliegen können. Den Fisch leicht mit Salz und Pfeffer würzen und auf die Zwiebelwürfel betten, mit Weißwein und dem Wasser angießen und zugedeckt etwa zehn Minuten ziehen lassen. Währenddessen sollte der Sud heiß sein, aber nicht kochen. Den Fisch herausnehmen und warm stellen, Senf und Sahne in den Sud einrühren und alles zum Köcheln bringen. Wenn der Sud auf etwa die Hälfte eingekocht ist, mit Salz, Pfeffer und einer Prise Zucker abschmecken, zum Schluss etwas Estragon oder Dill zugeben und die fertige Soße durch ein Sieb gießen.

In vielen Rezepten wird empfohlen, die Senfsoße mit einer Mehlschwitze dicker zu machen – wer es etwas leichter verdaulich haben will (zumal ja nicht an Sahne und Butter gespart wurde), kann die Soße auch einfach etwas länger reduzieren. Oder man nimmt die abgeseihte Soße vom Herd und rührt mit dem Schneebesen sofort einen Esslöffel möglichst kalter Butter unter, das bindet die Soße ebenfalls.

Dazu werden in Dänemark meistens Salzkartoffeln gereicht.

Rødgrød med fløde (Rote Grütze mit Sahne)

Schweinebraten mit Schwarte, Dorsch mit intensiver Senfsoße und karamellisierte Kartoffeln: Dänen essen gern deftig. Aber fürs Dessert geht für sie nichts über eine süße Versuchung, die längst auch in der deutschen und österreichischen Küche Einzug gehalten hat: Rote Grütze mit Sahne – *Rødgrød med fløde* – ist der Klassiker unter den dänischen Desserts. Wer wissen will, was die Dänen daran so lieben, sollte einen weiten Bogen machen um alle fertigen Grützen im Kühlregal der Supermärkte. Zumal die Zubereitung wirklich kein Hexenwerk ist.

Zutaten (für 4 Personen)
1 kg rote Beeren (Himbeeren, Erdbeeren, Johannisbeeren, ggf. auch einige entsteinte Kirschen), frisch oder gefroren
200 g Zucker
1 EL Speisestärke
50 ml Wasser

Zubereitung
Frische Beeren waschen, danach Stiele, Blätter usw. entfernen. Gefrorene Beeren antauen lassen. In einem aus-

reichend großen Topf das Wasser und die Beeren langsam erhitzen. Zucker einrühren und alles drei Minuten köcheln lassen. Dabei ist es wichtig, dass nichts anbrennt. Den Topf vom Herd nehmen. Die Speisestärke in ganz wenig kaltem Wasser auflösen und in die Beerenmasse einrühren. Die Grütze noch einmal unter ständigem Umrühren kurz aufkochen lassen, dann in eine kalt ausgespülte Schüssel geben und kalt stellen, gern über Nacht.

Das Originalrezept kommt ohne Wasser aus, da die Beeren eigentlich genug Flüssigkeit abgeben – aber dann muss durchgehend umgerührt werden, damit am Boden nichts ansetzt. Hilfreich ist auch ein hoher Topf mit möglichst kleinem Durchmesser und damit wenig Bodenfläche, an der etwas anbrennen könnte.

Während die Grütze abkühlt, bildet sich auf der Oberfläche eine Haut, die aber vor dem Servieren leicht untergerührt werden kann. Wer keine Haut möchte, kann die Grütze vor dem Abkühlen mit Zucker bestreuen oder mit Puderzucker bestäuben. Und natürlich kann man die Grütze auch in Gläsern oder Dessertschalen abkühlen lassen, um sie danach gleich servierfertig zu haben.

In Dänemark gibt es zur roten Grütze traditionell süße Sahne, ungeschlagen direkt aus dem Kühlschrank – aber wer mag, darf gern auch Vanillesoße nehmen.